狮

野寻踪

IN PURSUIT OF LIONS

非洲的青山 著

北京出版集团公司
北京出版社

图书在版编目（CIP）数据

狮野寻踪 / 非洲的青山著. — 北京：北京出版社，2019.7
ISBN 978-7-200-14965-4

Ⅰ. ①狮… Ⅱ. ①非… Ⅲ. ①游记—作品集—中国—当代 Ⅳ. ①I267.4

中国版本图书馆CIP数据核字(2019)第117995号

狮野寻踪
SHI YE XUNZONG
非洲的青山 著

*

北京出版集团公司
北京出版社 出版
（北京北三环中路6号）
邮政编码：100120

网 址：www.bph.com.cn
北京出版集团公司总发行
新华书店经销
北京华联印刷有限公司印刷

*

787毫米×1092毫米 16开本 15印张 280千字
2019年7月第1版 2019年7月第1次印刷
ISBN 978-7-200-14965-4
定价：69.80元
如有印装质量问题，由本社负责调换
质量监督电话：010-58572393

前 言
Foreword

2014年，我写完《到坦桑》（北京出版社出版）后，有朋友建议我写一本续集，名为《在坦桑》。那时我刚到塞伦盖蒂工作，素材不够，经验不足，难登大雅之堂，遂拖延至2018年才动笔。

这本书讲的是我在坦桑尼亚13年的生活工作，特别是我在国家公园从事野生动物观测和拍摄的经历，以狮子、猎豹、大象等为故事主角，没有虚构的成分。以往的非洲主题的文艺作品，大都展现非洲的民俗风情（比如央视拍摄的《走进非洲》），较少深入探寻野生动物世界。民俗风情当然是非洲重要的组成部分，但我觉得非洲最大的魅力来自朝气蓬勃、多姿多彩的动物们。

此前欧美国家涌现过许多优秀的动物纪实作品，中国在这方面还比较薄弱，大部分国人对野生动物并不了解，对野生动物的观感只有吃与被吃之分。实际上，野生动物是人类的朋友，不是人类的敌人。我和野生动物打了多年的交道，从没遇到过来自动物的威胁，我不用无端揣测，处处提防。动物们表里如一，温和善良。相比而言，人才是最难把握的。我和一只陌生的猎豹建立互信，只需要安静地共度一个下午，但跟一个陌生人则需要一个月或更长。动物身上有不少闪光点，比如狮群内部从不恃强凌弱，狮子之间坦诚相待，携手合作，共同抵御外敌，也许因为狮子没有人类这样高的智商，但就是这种质朴，带给我极大的鼓舞和感动。

我曾经在坦桑尼亚最贫穷的一个小渔村工作过两年，生存条件简陋得不能再简陋，但那是我最难忘的一段时光。在那里，欲望降到了最低点，我好像一棵植物一样，收获了前所未有的轻松自在。我发现，快乐和金钱多寡没有多大的关系，人不能只为了钱活着。真正的幸福，来自心灵的富足。

　　有一位学者说："金钱是人与物质世界对话的工具，文字是人与精神世界对话的工具。"在大草原上待了将近10年，我逐渐被草原化了。我像猎豹一样，适应了孤独，也像狮子一样，习惯了失败和忍饥挨饿。我尝试着用动物的视角来叙述故事，但限于文笔浅陋和时间仓促，一定有诸多不尽如人意的地方，希望读者们多多包涵。

　　书中有一些我和狮子、猎豹近距离的同框照片，严格来说，放入这样的照片是不合适的，会误导读者，以为人可以如此接近野生动物。我们还是应该尊重自然界法则，与野生动物保持一定距离。过分接近他们，可能会造成他们的紧张，发生意外。一旦野生动物攻击了人，不管有意无意，他们都会被国家公园射杀或圈禁。在此为我的鲁莽举动表示歉意。

　　最后这本书能够问世，我要衷心地感谢北京出版社，感谢家人，感谢坦桑尼亚国家公园，还要感谢众多好友的持续关注和鼓励！

非洲的青山
2018年年末

目 录
Contents

前言 ·················· I

启程 ·················· 001

林迪的小渔村················ 002

世外桃源···················· 011

塞卢斯的历险················ 020

寻找食人狮·················· 029

在鲁菲济河上················ 040

天堂向左我向右·············· 053

塞伦盖蒂的岁月 ············ 065

小石屋······················ 066

动物大迁徙直播·············· 082

国家公园的工作人员·········· 098

超级狮群的故事………………… 108

寻找德华………………………… 123

猎豹希拉的故事………………… 135

任是无情也动人——花豹……… 145

大象的背影……………………… 156

旱季里的时光…………………… 170

挑战 ………………………… 185

动物救助………………………… 186

一路同行………………………… 192

最艰难的时光…………………… 206

狮子先生………………………… 215

烟雨平生………………………… 221

后记 ………………………… 231

启 程

1. 林迪的小渔村
2. 世外桃源
3. 塞卢斯的历险
4. 寻找食人狮
5. 在鲁菲济河上
6. 天堂向左我向右

1 林迪的小渔村

那天，月亮刚刚升起来的时候，高尔山（Gol Kcopjies）的岩石阵在草地上投射下长长的影子，犹如张开了温暖的怀抱，好像传说中的蓝月山谷一般妩媚。苍穹之上，最后一缕火烧云，随着倦鸟的归鸣，渐渐脱下了红装。凉风带着湿润的泥土的气息，轻柔地吹拂脸庞，好像天边传来的苏格兰风笛声。一排大象，有30多头，迈着稳健的步伐，从我的车边鱼贯走过，象鼻子里的热气喷在了我的脸上。我睁开眼睛，才发现膝盖不小心触动了越野车的空调开关。我伸展了一下身躯，把头探出窗外，环顾车边，狮子们已不见踪影。他们应该走到岩石堆里打盹，或者外出寻猎去了。

我在越野车里睡了一个下午，并不是为了打猎或冒险。在这静谧无边的荒野，好像置身上帝的殿堂，我和一群狮子相伴，从南到北，由东及西，整个世界只属于我和狮子。我可以什么都不想，也可以什么都不做。越野车里热气已经散尽，我穿上了外套，不经意间瞥见一只猫头鹰蹲在高耸的岩石顶上，忽闪着铜铃一般的眼睛好奇地看着我。我从胸腔里发出一声长啸，猫头鹰却无动于衷。我记不清这是第几次在草原上流连忘返了，不知不觉，记忆的阀门被打开，往事在丝绸一般的月光中静静流淌。

10年前,是我在坦桑尼亚的第四个年头,那时我正处于人生的一个岔口,整天彷徨煎熬。最简单稳妥的出路,是回国继续待在体制内朝九晚五,虽然按部就班,但衣食无忧;另一条出路,是被派往坦桑尼亚南部的贫困地区做保护区规划,那里条件艰苦,收入锐减,前途未卜,但好处是能实现我多年以来渴望观察狮子的夙愿。

我从上小学开始,就对野生动物,特别是狮子产生了浓厚的兴趣。在中学时代,我偷偷地写了一本关于狮子的小说,自娱自乐了之。读大学时,我看完所有关于东非野生动物的纪录片,把BBC《塞伦盖蒂国家公园》的解说词背得滚瓜烂熟,从那时,我就对狮子的大本营——东非大草原,极度向往之。2006年我机缘巧合,被外交部派到驻坦桑尼亚大使馆工作,距离狮子们生活的国家公园近在咫尺,却限于外事纪律,始终不能前往。

思量再三,我终于做出了决断。

9月的一天,我搭上了一辆前往南部的中巴车。从首都达累斯萨拉姆到南部林迪省的首府林迪县城,有500千米之遥,开车需要整整12个小

▼ 前往林迪县的公路

时，沿途的路况十分差劲儿，不是坑坑洼洼，就是碎石遍地。有一段约100千米的土路，刚刚下过暴雨，泥泞不堪，我们几次陷在泥地里，全车人不得不下车步行，等待车辆脱困。抵达林迪县已是晚上8点左右。

这时天全黑了，街上也没有路灯，车辆行人稀少，荒凉得瘆人。项目部的黑人同事在车站接到我，寒暄几句后，就开车带我去住处。林迪县城算是一座省会，面积还没有我们大学校园的1/3大，城区总共只有2条柏油街道，没有一栋3层以上的房屋。这里显然处于前工业化时代，我坐在车里朝外观望，街道空空荡荡的，如同一座空城。我不由得回忆起4年前，我第一次踏上非洲的土地，来到坦桑尼亚这个贫困落后的国家。我降落在达累斯萨拉姆机场，这是坦桑尼亚最大的机场，设备陈旧，空间狭小，灯光昏暗，条件还不如国内一个县城的长途汽车站。海关办事拖沓，拖运行李居然靠人工搬运，我花了2个小时才出关，使馆的同事来机场接我，开车送我去使馆。一路上街景萧索，店铺杂陈，灰尘满地，群鸦乱飞，我的内心拔凉。可现在的条

▼ 沿途经过的村庄

▲ 林迪县的民居

件，比初到达累斯萨拉姆时还要惨淡得多，我的沮丧有过之而无不及。

　　大约半小时后，我抵达了住宿的旅馆。这家巴掌大的旅馆总共只有10间房，据说是当地最好的一家，条件和国内的青旅差不多。房间里只有两张小床，床上罩着一顶黑乎乎、破洞无数的蚊帐，淋浴间里也没有热水，马桶的抽水是坏的。晚上10点以后停电了，一问前台，回复说整个林迪省停电2个月了，旅馆用的自家发电机，只供电4个小时。大约凌晨5点时，附近清真寺的诵经声响起，震耳欲聋。这是个什么鬼地方！我脑子一片混乱，躺在床上翻来覆去睡不着。

▼ 室内的陈设简陋

　　挨到天亮，我胡乱地吃了几片烤面包和煮鸡蛋，项目部就派车来接我了，让我带上所有行李，前往项目区。司机用不太熟练的英语介绍自己，他名叫穆萨，35岁。穆萨是林迪当地的黑人，信奉伊斯兰教，又瘦又小，人看起来和善朴实。他一边开车，我一边问他当地情况，诸如物价如何，人口多少，能看到什么野生动物，他都很认真地作答。

我想起了此行没有带什么药品过来，问他："当地有什么传染病吗？"

他挠挠头说："传染病？嗯，没有什么传染病。"

我又问："没有吗？比如疟疾呢？"

"疟疾倒有，但我们不认为疟疾是传染病，疟疾就是很普通的病。"

"那你们得了疟疾怎么办？去医院吗？"

"我们就在市内的药店买点药，很少去医院。"

"为什么不去医院？"

"因为医生们都罢工了，医院经常没人。"

"……"

后来我才知道，2010年林迪县（林迪省下辖5个县，林迪县是其中之一）政府财政困难，公务员、医生、教师等已经13个月没有领到工资了，难怪他们罢工。

这里简单说一下坦桑尼亚（简称"坦桑"）的地方行政机构。坦桑的地方行政层级主要有两个，即省（region）和县（district）。但是省不

◀ 抵达工作的村庄，和村民合影

▲ 林迪市内的主干道

属于严格意义上的一级政府，更多属于政治层级。省政府不负责具体的行政事务工作，也没有经费资源支持县里开展工作，省政府的主要职能是协调中央和县之间的关系。坦桑的县才属于严格意义上的地方政府，县一级的政治和行政长官都由中央政府任命，省对县没有上下级领导权，这一点和中国完全不同。我后来和省里的官员一起到县里工作，省里的官员每次都得首先拜访县领导，向县领导汇报工作目的和工作内容，得到县领导的同意后才能够开展工作。有意思的是，如果省级官员需要县里的相应人员配合工作，还要为后者支付交通费和餐费。

坦桑南部的气候地貌与北部阿鲁沙地区有比较大的差别，阿鲁沙凉爽干燥，这里却潮湿炎热，蚊虫颇多，我得时刻涂抹防叮咬的药水。我们开着车一路朝南飞驰，丛林茂密，沿途见不到一座村庄和一个行人，只有高大的猴面包树和野枇果树。树上有许多鹳类筑巢，路边的草丛中有疣猪和獴。司机介绍说，几年前这条路的两边经常能见到狮子。这并不奇怪，这里靠近非洲最大的自然保护区塞卢斯禁猎区，塞卢斯是全世界狮子数量最多的地方，约有4600只。

我们从主路弯进了一条羊肠小道，灌草丛生，颠簸难行，大约又开了3个小时的车，终于抵达了即将工作的村庄。我环视这个村庄，绝对是整个非洲最原始的地方，与世隔离，"不知有汉，无论魏晋"。村子里没有一件现代化设施，房屋都是用泥巴糊成墙，茅草做屋顶，里面阴暗狭小，不蔽风雨。我刚下车，全村就炸开了锅，所有的村民都跑来围观我，围了里外三层，那种异样而羡慕的眼神让我觉得自己像一头牛。司机穆萨做起了临时翻译，给村长递交了一封信函，向村长介绍了我们的来意。村长咧着缺牙的大嘴，跟我握手表示欢迎。村长50岁上下，长着典型的坦桑尼亚南部人的模样，圆脸塌鼻，咖啡色的皮肤，瘦小的个子，穿一件破旧的发白的衬衣，脚上一双凉鞋。

村长带着一大帮人，前呼后拥地把我引到住所。住所在一个小山头上，树木环绕，许多大鸟在树梢停歇。这是村里唯一一幢水泥建筑，房顶是铁皮搭盖的，是这里最好的房子，用来接待外宾。房屋里有桌子、床等家具，但没有电，没有水，用水得到村里的一口公用水井去挑。

我把行李从车上卸下来，拿出早已准备好的手电、手套、望远镜、防蚊液、锅碗瓢盆和各种食品。我们的车上还带了一台小型发电机，每天开2~3小时给电脑、手机等充电。这些用品让村民们大开眼界，小孩子们聚集在我身边，露出想摸又不敢摸的样子，村长连声驱赶他们去上学。

下午天空开始洒雨，噼里啪啦地打在房顶上，我发现房子居然漏雨，连忙把床挪到干净的

▼ 村里的孩子们对我们的到来感到非常好奇

▲ 户外的风光

地方，以免床铺淋湿。傍晚雨停了，虫子们都爬了出来，门前和房内，到处都是，有千足虫、蜗牛、蜈蚣、蚯蚓、蝎子、蛤蟆、飞蛾、蚂蚁等，足够开一堂生物课。屋子里又湿又热，我浑身大汗，只好脱光上衣，拿本书当扇子。想来当年梁实秋先生写《雅舍》时，应该不如我这里这么丰富有趣吧。好不容易天色晚了，我上床睡觉，一躺下就陷进了床垫里，这块床垫其实就是一块大的海绵，把人包裹起来，很不透气。

我所在的村子位于林迪省的东南部，依山而建，东面的山脚下是印度洋。整个村子只有不到百户人家，500多人。大约400多年前，葡萄牙殖民者曾经到达过这里，建立了几座碉堡，用来关押在非洲内陆抓获的黑奴，再用船运送到桑给巴尔、阿拉伯半岛和欧洲。碉堡的遗迹位于海滩边，隐藏在一片灌木丛中，可见一些断壁残垣，现在是当地村民倾倒生活垃圾的场所。

村里种了很多腰果树，腰果是当地人主要的零食，他们做饭的油也是用腰果榨出来的。每家茅草屋前后就是他们的田地，种植着玉米、木薯、大豆、西红柿等。他们没有什么耕种技术，没有农业机械，也没有耕牛，更不用化肥，完全是广种薄收，靠天吃饭。玉米产量才每公顷0.2吨。如若风调雨顺，收成比较好，粮食有了富余，他们就拿到林迪省城的集市上卖。每个白天，男人们都无所事事地坐在一棵腰果树下闲聊，或者用瓶盖或小石头下棋玩。女人们就是带孩子和做家务。晚上天气不那么炎热时，有不少人驾着独木舟到海里捕鱼，一直到第二天天亮才返回。他们经常打到石斑鱼、乌贼等，除了自家食用，多的就会卖给村里的几家小餐馆。

小餐馆只做烤肉和烤鱼，他们并不讲究烹饪技术和口味，只是把肉和鱼烤熟了，再撒点盐就吃，配菜只有炸薯条和青椒。第一天晚上，我在小餐馆吃了一份烤牛肉，牛肉烤得像炭一样黑，比核桃还要坚硬，我奋力咀嚼了半个小时才吞咽下去。村民们以食肉为主，基本不吃蔬菜。

初到这个新环境，我感到各种的不适应。我习惯性地摸出手机，想上网看看新闻或跟朋友聊天，但一点儿网络信号都没有。我只能干坐在屋檐下，看看草上的雨露，望望天边的斜阳。心里开始叨咕，这种日子怎么消磨？这里和使馆的工作环境真是天壤之别。使馆虽然封闭，约束多多，但生活条件一流，周末或节假日还能出去跟朋友们一起聚会吃饭。在这穷乡僻壤，要什么没什么，我不知道怎样存活下来！如果在这儿生病了，连个医院都没有。被毒虫什么的咬一口，弄不好就会死在这里，家人可能十天半个月之后才会知道。这真是一个错误的决定，我得看看能否找个机会提前开溜。

第二天，其他同事也陆续到达了。我们的工作团队由6个人组成，除了我，还有一个德国人，名叫安德鲁，另外4个是坦桑尼亚人，全部是男性。安德鲁是项目负责人，不到40岁，身材高大，学识渊博。他之前在法兰克福动物研究学会工作，在坦桑尼亚南部从事野生动物保护和研究长达10年之久，他的妻子因此跟他离了婚。他的经历终于被我用来说服了自己，既然人家能在这样的地方干10年，那么我至少也要坚持几个月！

▼ 普通农家的房屋

❷ 世外桃源

伯瑞尔·马卡姆在《夜航西飞》中写道:"生命有了不同的形状,它长出了新枝,有些老的枝丫却死去。它遵循着所有生命亘古不变的模式:去旧迎新。"

来到林迪的最初几天,我遭遇到了人生最大的挑战,生活条件的简陋,通信手段的匮乏,均超出了我的想象,让我心烦意乱。更让我焦虑的是,这不是一次探险旅行,而是签了两年合约的长驻工作。我每天都在村口转一转,希望有车从城市里来。虽然不可能跟着车回去,但好歹能得到一些外界的信息。

好不容易挨过了一个月,躁动不安的情绪开始平静,不知是我领会了随遇而安的道理,还是在一番心理交战之后逐渐认命。总之,这是一个有别于以往任何环境的新天地,仅仅比新石器时代进步了一点点,我好像身处另一个时空,总有打野战游戏的错觉。我在山脚下的农田行走,看到悠闲的牛羊,飞舞的白鹭,鸣噪的青蛙,放学路上打闹嬉戏的学生,晚饭后坐在树下仰望满天的繁星,一番回味之后,觉得情况并不如想象中那么糟。

每天天不亮,我就起床洗漱,匆匆吃几块饼干,司机穆萨开车到了山脚下,接上我一道去野外勘察。起先的一个星期,我们主要沿着村庄的几条主路行驶,熟悉周边的环境。我们跑得很远,也没有准备午餐,饿得发慌。我跟穆萨请求,能不能到前面的村庄里买一两根玉米做烧烤吃,穆萨遗憾地告诉我,现在还没到玉米的成熟季节,无处可寻。正犯愁,我们看到远处椰树下坐着几个当地村民,我让穆萨问他们,能不能上树帮我们弄几个椰子,对方立即答应了,其中一个很麻利地爬到椰树顶,抽出腰刀砍下七八个金黄色的椰子,并帮我们打开椰子壳。我就用椰汁解渴,椰肉充饥。我从没喝过这么香甜的椰汁。

▲ 和当地官员一同开展工作

我摸出钱包,问穆萨:"我要给他们多少钱?"

穆萨拦住我说:"别给他们钱。这里到处是椰子树,喝椰子是免费的,他们反正成天坐在这里没事干,活动一下不算什么。"

我说:"那怎么行?人家毕竟出了力,帮我们砍了椰子啊,就当给他们的小费吧。"我连忙从钱包里拿出一张纸币,递给那几个人。其中一个接过钱,眼睛登时一亮,嘴巴张大了。

穆萨笑着说:"他们这辈子也没见过这么大面额的钱,你抬高了当地物价啊。"

我说:"你们平时要喝椰子,也是这样吗?不给钱?"

穆萨回答:"一般不用给,这里的人都这样,互相帮助。你如果要给的话,顶多一人给50先令*吧。"

那天我们忙到天快黑时才收工回去,我嘴里还有椰子的清香。落霞绝美,红透了整个天空。

回到住处,用水是个麻烦事。前面说过,我住的屋子是没有自来水的,用水得到山下的一口井去挑。我提着两个大空桶,徒步走到山下打水,然后吭哧吭哧地提水上山,来回大约要一个小时。做饭、洗衣、洗澡都靠这两桶水。我的邻居是一户农民,他们家也需要下山打水,但

---

*注:50先令折合人民币一角。

他们家养着牛，让牛拉着一板车水回来。他们跟我说，你明天不要自己去提水了，我们用牛车顺路给你打回来。我感激不尽。不知道他们是可怜我那小身板，还是天性乐于助人，我要给他们钱，他们摆手不要。

当地人自然是极端的贫穷，没有多少财产，住的房屋都是草棚为顶，泥土为墙，屋内除了一张床和一些简陋的锅碗瓢盆，就空空如也了。但他们纯真善良，乐观开朗。无论我在村庄里还是去工作的路上，无论男女老幼，都会热情地用土著语向我问好。上学的孩子们见到我，一边好奇地看着，一边礼貌地说："Shikamo（您好）！"他们的神情告诉我，他们是发自内心地尊敬我。

项目部请了一位胖胖的村妇给我们做饭，但我吃不惯当地口味，就自己做饭吃。菜从村头的菜场买来，所谓菜场，就是七八个农民摆的地摊，能买到的只有西红柿、青椒、洋葱、红薯之类，肉类主要是鸡肉，偶尔有牛肉和鱼。每次付钱时，不知道是这里的黑人数学比我还差，还是他们真对钱不在乎，无论我怎么还价，他们没有不答应的，我说多少钱就多少钱。有一次，我提了一袋西红柿回去，不料菜贩又追上我，满脸诚恳地跟我说："我卖你的这袋西红柿是前天摘下来的，旁边摊子上的西红柿是今早摘的，新鲜好吃一些，你换他的吧。"于是就给我换了。

村民们最喜欢的运动是足球，他们的球只是用一堆破布毛绒裹成，就

▼ 踢足球是当地最受欢迎的娱乐方式

可以光着脚在泥地上踢得不亦乐乎。我托人从首都买了一个崭新的足球，送给村长，全村高兴得几乎要集会游行。这个球被他们珍藏起来，只有重要比赛时，才拿出来踢一下。我做出了这个"历史性贡献"，被他们吸收入队，作为外援参加比赛。

当地人踢足球的水平颇高，他们还和别的村庄打"村庄联赛"。每当周末，周边村庄的男女老少倾巢而出，他们或者骑自行车，或者徒步，敲锣打鼓，热闹非凡，像过节一般高兴。虽然场地十分简陋，大部分球员光着脚丫，但真踢起来却有板有眼，技术水平明显高于我们中国人。

除了上班和踢球，我每天傍晚去附近的海湾里游个泳，回住处洗澡、吃饭。漫漫长夜，独守空房。发电机储备的柴油有限，电脑里的游戏也玩不了多久。我只能坐在屋前的一棵火焰树下，盯着月光投下的斑驳倒影，数着时间，到了10点就去睡觉。这时，我的邻居利莫（Lyimo），给我提来了一盏煤油灯，说送给我了。简直是雪中送炭！我倍加珍视，这样我就可以在如豆的灯光下阅读了。那段时间，我读了很多书，从希腊史诗到《三重门》，单调的日子也有好处，让我心无旁骛，养成了爱好读书的习惯。

我去附近一个村庄勘察地形，途中车出了点问题，修理了3个小时，依然毫无进展。几个村民骑着自行车经过，见到无助的我，便说骑自行车载我回去。我坐在自行车后座上，听着丁零哐啷的响声，发现自行车是永久牌的，觉得无比亲切，好像他乡遇故知一般。我和这几个村民语言不通，但他们的眼神告诉我：这是一位来自远方的客人，我们要给予他最大的帮助。

下班回来得早，我总是和一大群孩子在海滩上踢足球。当地踢球的规则跟国内没有太大区别，但这些孩子更有表现欲望，相比进一个球，他们更兴奋于一个灵巧的过人或一次漂亮的停球。孩子们对我彬彬有礼，任何我的问话，得到的回答几乎都是"Yes, sir"（好的，先生）"No problem, sir"（没有问题，先生）。他们踢球时也注意分寸，不会污言秽语，更不会下黑脚。

有一天，我们照例踢球，结束后我请队友们喝水。一排人坐在海滩上，享受着清凉的海风，海中间升起了一轮圆月。不一会儿，一条独木舟缓缓地靠岸了，船后面拖着一个比独木舟还要长的东西。我们都靠拢去看，原来渔夫打了一条鲨鱼，把鲨鱼拖在船后面。我问渔夫："在哪儿打的鲨鱼？"

他指一指我眼前的海湾："就在这里打的。"

"……"

从此以后，我再也不敢在那片海里游泳了。

那天晚上，村里所有的饭馆门口，都挂出一个牌子："欢迎品尝鲨鱼肉"。

邻居利莫家有3个孩子，最大的15岁。这几个孩子除了每天帮我运水，带我到附近的海滩上踢球，也跟着我学习英语和中文。我跟他们说，好好学习，以后争取到中国去读大学。

015 / 启程

▲ 每次徒步回市区经过的小石桥

有一次,最大的那个孩子问我:"中国是什么样的?"

我说:"中国很大,有很多人。"

"有多大?和达累斯萨拉姆一样大吗?"

"哈哈,中国是一个国家,达累斯萨拉姆是一个城市,怎么能相比呢?中国可比达累斯萨拉姆大了几百倍呢!"

"噢,那中国人也喜欢踢球吗?"

"喜欢的不多。"

"你不是很喜欢踢球吗?"

"是啊,像我这样喜欢踢球的人比较少见。"

他又问我:"中国的学校是什么样子的?"

"中国的学校很先进,教室里有电灯,有黑板,有多媒体,有空调,还有很漂亮的操场。操场上铺着人工草皮,摔一跤也不会受伤的。"

"那学费一定很贵吧?"

我笑着说:"好好学习吧,到时候如果你符合条件,我会帮你申请奖学金。"

他咧开嘴笑起来,做了一个"give me five"(击掌)的手势。

▲ 猴面包树酒吧

▲ 召开村民会议，表决搬迁事项

项目组周末会开车回林迪县城，仿佛从原始丛林回归了人类社会。城郊有一座猴面包树酒吧，简单而富有情调，很适合消磨时光。整个酒吧建在一棵硕大的被掏空了的猴面包树干之中，猴面包树估计有上千岁，依然枝繁叶茂。我点一份炸鸡薯条，开几瓶啤酒，喝到醉醺醺，看看时间已经不早，就顶着蓝天白云，吹着和煦海风，摇摇晃晃地走回城里。在回城的路上，要经过一座小石桥，小石桥横梁下和柱子上有许多燕子筑巢。每次走过，燕子都在头顶和身旁飞舞，叽叽叫个不停，我被燕子们包围起来。我坐在桥边的草地上，闭上眼睛深呼吸，感觉到鱼在溪水里跳跃，一会儿云遮住了太阳，风吹得树叶沙沙响，简直如天籁之音。我索性躺在草丛里睡着了，不知道睡了多久，直到入夜的凉风把我吹醒。

我越来越觉得心情愉悦，返璞归真的生活让我重新开始思考人生的意义，给自己定位。之前在使馆，我常常因为工作压力而整夜失眠，成天头昏脑涨，惶惶不可终日，现在躺在野外居然能很快入睡。林迪虽然条件艰苦，但当地人对我很好，我的生活方式变得极为简单，我再也不用处心积虑地讨领导欢心，再也不用看别人的脸色说话，这是一种前所未有的轻松自在。

这里的主食是鸡肉，每家都"规模化"养鸡，少则几十，多则上百。鸡都是散养的，遍布田间道路。我去省政府办事时，一进大门，就看见一群鸡在省长办公室门口啄食，省长正在办公室里和下属开工作会议，这让我叹为观止。我每天的饭菜里都有鸡肉，比如早餐是Chapati（当地的一种烙饼）配一碗鸡汤，午餐是烤鸡胸脯，晚餐是炸鸡或烧鸡。虽然整天吃鸡，但并没有觉得多么腻厌。我从来没有吃过比这更美味的鸡肉。平时如果有空，我自己也做鸡肉吃。我的方法是在屋子前点一团篝火，把几块鸡胸脯或鸡腿用锡箔纸包好，用铁丝网架起来，再撒上一些辣椒粉，一会儿就香气四溢了，连野生的小斑獴（灵猫科的动物，一种小型食肉兽）都被吸引来了。

我的邻居利莫见我喜欢吃鸡，就把他们家刚孵出来的几只小鸡崽送给了我，说让我养着玩，养肥了可以吃。但我怎能忍心吃呢？我就搭了一个鸡棚，尽心喂养着这几只小鸡。村子附近常有花豹和黑鸢（小型猛禽）出没，时常会偷鸡吃，我外出工作时，只能把他们都关在鸡棚里。但我一回来，就放他们出来溜达，小鸡也兴奋得东跑西窜。养了一年多，好几只鸡都开始下蛋了。这样,我每天的午餐,除了烤鸡胸脯和椰子,又多了几个鸡蛋。

我们平时的主要工作是沿着塞卢斯禁猎区测绘,勘定塞卢斯的边界,现有的边界是100年前德国殖民者划定的,绝大部分区域的界线已经湮灭,无法识别。约100年来,周边村庄人口增长了十几倍,人们进入到禁猎区内和野生动物混居在一起。我们的任务之一就是探访这些村庄,跟村民们解释他们侵占了塞卢斯的土地,现在我们必须重新划界,如果村民的房屋和田地越界了,就必须搬迁出来,坦桑政府和世界自然基金会(WWF)将给予他们一定的经济补偿。

这项工作难度极大,进展缓慢,虽然当地老百姓老实友善,但一跟他们说要重新进行土地规划和定界,还要他们举家搬迁,那就是一百个不愿意。无论我们怎么解释,他们也难以理解,自从祖辈就居住耕种的土地,怎么能只凭我们的几句话就变成了野生动物独有的地盘?

我们曾经到过一个村子,唾沫横飞地跟村长争论了一整天,最后村长把两手一摊,跟我们说:"我一个人的意见没用,我们可以为你们召开村民大会,如果半数以上的村民同意搬迁,那么我们就搬迁吧。"

村民大会过了两天就召开了,会场就在村里的一棵大杧果树下,整个村庄的人都到会了。他们平时也无所事事,开一次会就全民出动。在开会之前,好多人载歌载舞,热闹非凡。好不容易现场才安静下来,村长用斯瓦希里语做开场白,絮絮叨叨地说了半个钟头,然后轮到村民发表意见。

坦桑尼亚人都有极强的表现欲望,开会也不例外,每个人都想站到会场中心,哇啦哇啦说上一个小时。他们似乎没听懂我们的来意和开会的目的,每个人都在说一些毫不相干的事情。例如:"我家有20只羊,前天走丢了1只,谁能帮我找回来?""村里的路上有好多石子,你们能不能帮忙收集石头,我要盖房子用。"而更多的是不知所云。让这些几乎没受过一天教育的人来理解我们规划塞卢斯禁猎区,也实在是难为他们了。

冗长的会议从早上10点一直开到下午5点,没有任何进展。我目光呆滞地坐在下面。一只小羊居然从人群中钻出来,探头探脑地走到会场中间咩咩地叫起来。人群一阵哄笑。难道这里连羊都爱出风头?

站在这些林迪人的角度,他们世代就居住在这里,靠山吃山,靠水吃水,他们只知道怎么活下去,不知道什么是野生动物保护,也不明白为什么要成立保护区。野生动物到处都是,有狮子来伤人吃人,有大象、水牛、林猪、狒狒等来祸害庄稼地,但大家世代都是这样过的,不想改变什么。如果真的要改变,应该是你们这些外人来帮助我们赶跑这些动物,而不是让我们搬家。

就这样,半年过去了,我们工作过的50多个村庄,大多数并不配合,只有两三个村子同意有条件搬迁,其中一个就是我居住的那个村子。可能因为那个村子是距离林迪市区比较近的一个,村民们多少有所开化,能听懂我们在说什么吧。

3 塞卢斯的历险

▲ 我开车经过塞卢斯上尉的墓地,塞卢斯禁猎区就是以他的名字命名的

我住的村庄距离塞卢斯禁猎区的南门不是太远,周末没有工作,我就自己开车去塞卢斯,希望能够遇见野生狮子。塞卢斯是一个湿地保护区,面积比中国的海南岛还要大一倍。这是一片被湖泊和森林打扮起来的处女地,旷野之中见不到任何人工雕琢的痕迹,动植物都保持着最自然的状态。约100年前,一位德国艺术家曾发自肺腑地感慨道:"这是一片没有被工业文明污染过的土地。"如今塞卢斯风采依然。

我第一次去塞卢斯,就被她的纯净高贵所倾倒。但塞卢斯的知名度不高,鲜有人问津,我经常开车在塞卢斯里转一天,也见不到另外的游客和车辆。我觉得来东非不来塞卢斯,实在是一大损失。

塞卢斯里狮子数量很多,随处可见。我经过塞卢斯腹地的一座风景秀丽的湖泊,在湖边的密林中,见到一大家狮子,数量共有12只!他们懒洋洋地趴在一棵大棕榈树下睡觉。我屏气凝神、兴致勃勃地观察了5个多小时,之前我从没有这么近距离、这么长时间地观察过狮子。狮子的一个随意动作，打个哈欠或舔舔前爪，都能让我心跳加速。

一开始狮子们显然有点儿不乐意，虎视眈眈地盯着我半天，不情愿地挪步到湖边的丛林里去了。我把车熄火，安静地坐在车里，好让他们明白我是一个有益无害的生物。过了不大一会儿，狮子们又陆续返回棕榈树下。当我第二次到塞卢斯，他们变得从容多了，看来狮子们对我也是有印象的。一个月之后，他们完全接纳了我，大大咧咧地趴在车门边休息，发出粗糙的喘气声和打雷一样的呼噜声。塞卢斯的白天炎热无聊，狮子们都在睡觉，我就玩玩手机里的游戏，或者带本书看。狮子的瞌睡症是可以传染的，没过一会儿，我也脑袋昏沉，眼皮低垂。于是我放低车座位躺下来，放低车窗，丝毫不担心狮子跳进车里咬我。不知过了多久，清爽的晚风徐徐吹来，令我头脑清醒，旁边的狮子们还睡得香甜。我心里涌出一丝感动，我跟他们挥手道别，发动车子，朝禁猎区外的酒店驶去。

有一次我觉得折返太麻烦，就干脆留在塞卢斯内宿营。宿营点位于坦噶拉拉（Tangalala）湖不远，站在营地边踮起脚，就可以看到波光粼粼的湖面。那天宿营的就我一个人，也没有持枪护卫巡逻。事实上，这个宿营地几年都没有人来过了，荒凉杂乱，旁边的灌木丛里不

◀ 曼泽狮群

停传来动物的脚步声。这是我第一次在野外宿营，和预想的差距甚大，我心里七上八下，有点儿懊悔，不该独自身处险境。

现在后悔也晚了，塞卢斯的大门早已关闭。趁着天还没完全黑下来，我赶紧从车上拿下自带的帐篷，在一块干净的地面上扎好，周围没有太多杂草，也没有行军蚁巢或马蜂窝。我又从车后备厢里拿出一把砍刀，在四周砍了一些枯木和草，拢成一小堆，淋上一点儿煤油，用打火机点燃，火苗和白烟一起腾起，呛得我直咳嗽。我取出一个铝锅、一桶纯净水和吃的，就着篝火煮泡面吃。

饭后，我把吃剩的东西又放回了车上，以免有动物来偷吃。半弦月已升上了树梢，月色朦胧，夜风将树叶吹落，落在帐篷顶。我躺在帐篷里，耳边传来无数虫鸣，夹杂着远处动物的叫声。方圆数百平方千米的天地里，只有我一个人，其他都是野生动物，或者我也成了野生动物，这种感觉实在奇妙。我开始浮想联翩。

▼ 夜宿灌木丛中

▲ 斑鬣狗是草原上最凶残的动物之一

不知过了多久，树林里传来斑鬣狗们嘈杂的叫声，可能在围攻什么猎物，不久他们发出特有的"奸笑"声，争抢战利品。斑鬣狗们昼伏夜出，成群结队，四处游荡，寻找一切可吃的东西，连一块干枯的骨头也不放过。他们捕猎技能高超，能用死缠烂打的战术把猎物累得吐血，再争相撕咬猎物。不过，我看纪录片里说，他们以食腐为主，一般不会攻击人。哎妈呀！这帮家伙怎么越来越近了？

我的小帐篷外全是斑鬣狗，刺耳的尖叫声，直入耳膜。如果他们愿意，不到一分钟就可以咬开帐篷帘，然后用他们臭名昭著的嘴把我拖出去，在狂笑声中将我大卸八块。我想起来帐篷里有一罐晚饭没吃完的快餐肉，他们是冲着这个来的？怎么办？怎么办？把罐头扔出去，但打开帐篷帘的瞬间，会不会给斑鬣狗们可乘之机？我冷汗直冒，手指不听使唤地发抖。我想起一篇报告文学里说，多年前有一名边防站的哨兵被100多只野狼围攻，虽然最后脱险，但因惊吓过度造成神经麻痹。我小心翼翼地把砍刀从枕头下拿出来，紧握在手里，心想只要斑鬣狗再靠近一步，我就一刀捅过去。

我脑补着各种惊悚画面，但斑鬣狗们只是围着我的帐篷打转，对闯进来没有更多的兴趣。过了好一会儿，斑鬣狗们突然一哄而散，一溜烟消失在不远的丛林里，好像赶去参加另一场宴会。我松了一口气，抹了一把额头上的汗，可能因为很久没有人来过，斑鬣狗们是来一探究竟吧，他们的好奇心比小孩子还强。

我不知不觉睡到了下半夜，一下子惊醒了，霍地坐起来，摸了摸手边

的砍刀。云层将月亮遮盖住了，四下里漆黑一片。我听到了风声和什么东西踩踏枯叶的嘎吱声，接着一连串的叫声从湖边传来。这叫声连贯厚实，穿透力极强。我把帐篷拉开一个小口，打开手电一照，不觉倒吸一口凉气，只见几头硕大的河马正扭动着圆滚滚的身躯，不紧不慢地朝帐篷踱步而来。

　　河马外表憨厚，行动迟缓，实则性情暴躁，富有攻击性，整个林迪省

▼ 鲁菲河支流

每年有数十人遭河马袭击而死。今天真是晦气！先是斑鬣狗把我吓得半死，河马又来凑热闹。河马白天浸泡在水中，夜晚凉快时就会上岸吃草。他们什么都不怕，一旦有人或动物挡在他们预定的道路上，就蛮不讲理地像一辆坦克一样碾轧过去。待在帐篷里太不安全了，以河马的体重，即便他们只是跑到帐篷边嬉戏或吃草，屁股一转也能把我变成肉饼。我探头看看，准备逃回车上，一头河马站在了帐篷和车之间。千万不能蛮干，否则后果不堪设想。我又开始脊背发凉，冷汗直冒，感觉心怦怦直跳。

这头河马可能察觉到了我的存在，径直朝帐篷走来。他摇晃着大脑袋，嘴巴咀嚼着枯草，好像一把生锈的大剪刀上下开合。透过帐篷的窗帘，只见暗淡的月光下，那只河马距离我不到3米。我脑袋里一片空白，握紧了砍刀，屏住呼吸，随时准备迎击他。实在没辙了，我也得让他付出一点儿代价。

河马依然不紧不慢地吃草，时间停滞了。他那胖乎乎的身体蹭到了帐篷，蹭得帆布帐篷霍霍作响，好像有钝器在割我的头皮。我蜷缩在帐篷的一边，头上的汗瀑布一样流淌。河马停止了吃草，似乎在观察，他肯定知

▼ 河马夜里上岸，经过我的帐篷边

027 / 启程

▶ 雌狮丽萨

道我在帐篷里。我都能闻到它身上的屎尿味，我不敢设想下一秒会发生什么。终于，终于……几分钟后，好像过了一个世纪般漫长，河马离开了帐篷边。我长吁一口气，瘫在帐篷里。

这是我经历过的最惊险刺激的一个晚上。我出的汗把衣服全浸湿了。目送河马走远，我连忙从帐篷里钻出来，报复似的脱下上衣，爬到车里，坐在驾驶室，让夜风吹着燥热的身体。我再也睡不着了，坐在车里大口大口地喘气，打开一罐可乐，一口气喝光。我居然跟动物如此靠近，我不是一直憧憬这种场景吗？事到临头，我又吓得魂不附体，真是叶公好龙。不过经过这次深度体验，我意识到野生动物并不如想象中凶恶，他们不会无缘无故攻击人类。

天亮后，我心有余悸地在周围转了一圈，到处都是脚印和粪便，除了河马的，居然还有大象和狮子的，夜晚的禁猎区远比白天热闹。我收拾好帐篷和物品，开车寻找狮群。狮群在昨夜猎杀了一只角马，正在狼吞虎咽。我注意到，这些狮子进食不分等级先后，雄狮、雌狮和幼狮像吃火锅一样围坐一团分享食物，跟书上说的"狮子进食要分先后顺序"并不一样。狮子们一直吃到中午，才喘着粗气，慢悠悠地走到树荫下，一个个肚皮滚圆，好像怀孕了一样。然后一屁股坐在地上，倒头昏睡起来。

接下来的2年里，这个狮群被我密切关注。我买了一台单反相机，把他们的活动一一拍摄下来，写成了我的第一本书《鳄鱼湖畔的狮群》。在这个狮群中，丽萨是我最喜欢的一只雌狮。她也是狮群里最年长的，其他成员应该都是她的姐妹和后代。这个狮群还有两只常驻的雄狮。2010年，其中一只成年雄狮被盗猎者射杀，另一只仓皇逃走，狮群群龙无首，丽萨肩负起保卫狮群的重任。我见到她赶走了一只企图入侵的年轻雄狮，也见过她身先士卒地冒险攻击水牛和长颈鹿。丽萨眼神犀利，身材高大，最明显的标志是她的右耳缺了一块，是被入侵雄狮打伤后留下的。

2010年年底，2只陌生的强壮的雄狮来到曼泽湖边，期望加入狮群，丽萨和雌狮们接纳了他们。几个月后，雌狮们产下了10只幼狮，聚在一窝，好像一堆毛球，非常可爱。丽萨年龄大了，虽然她和雄狮时而也交配，但没有生育。丽萨当了祖母，她同样爱护这些小家伙，经常和他们玩闹嬉戏。

好景不长，2011年年初，另有3只雄狮入侵了曼泽狮群，当家的雄狮抵挡不住，一死一伤，眼看就要发生纪录片里常有的狮群的改朝换代。但雌狮们没有臣服于这3个新来者，为了避免幼狮遭杀戮，雌狮们带着孩子们逃走了。丽萨没有逃走，但拒绝和新来的雄狮们同床共枕。她躲进了领地边缘的米兹萨（Mziza）区域的丛林中，像独行侠一样自力更生。米兹萨临近土著人的村庄，狮子经常会跟人狭路相逢，不知道她是如何躲过村民们的捕杀的。

那时候丽萨应该超过12岁进入了老年，她的犬齿发黄变钝，毛色越来越暗淡，更艰难的是她居然独自生活，我一度担心她活不了多久。狮群的另一只雌狮不知怎么找到了她，她可能是丽萨的女儿或侄女，她们相互扶持，共同捕猎。但丽萨渐渐力不从心，这只年轻雌狮承担了更多的捕猎任务，好像在赡养丽萨一样。她们不敢返回曼泽湖边，那3只入侵雄狮仍然占据着她们的领地。

转眼到了2013年，不知哪里跑来了6只不到4岁的年轻雄狮，他们赶跑了那3个入侵者，接管了曼泽湖畔。他们锐气十足，凶猛好斗。他们不断把尿液洒在灌木和石头上，显示出极强的征服欲望。很快，丽萨母女也回到了曼泽湖畔。一波未平一波又起，我为丽萨捏了一把汗，不知道这场遭遇战结果如何。之前有纪录片里，年轻的雄狮联盟会把不顺从的雌狮都杀死吃掉。不料双方吼叫试探一番后，居然变得亲切友好，其中2只年轻雄狮快步跑上前，伸出脸颊和丽萨亲昵舔舐。难道他们是丽萨的后代？从此，丽萨母女就和这6个小伙子待在了一起，丽萨不用再东躲西藏，可以安享晚年了。

2013—2017年，曼泽湖附近常见的狮子们就是丽萨一家。我不久以后调去了塞伦盖蒂国家公园，但隔三岔五就跟人打听丽萨的消息。丽萨和女儿尽心照顾着新一代幼狮，曼泽湖边食物充足，狮群不断壮大，最多时达到了18只。

我担心丽萨的年岁已高，恐怕已不在世间，但每次去塞卢斯我都能如愿找到她。2017年丽萨已过18岁，4颗犬牙全部脱落，两眼看不见东西，皮肤皱巴巴的，爪子也磨平了，但她淡定从容，散发出坚毅和顽强的气息，好像看透了一切风云变幻。狮群成员应该都是丽萨的后代，丽萨是5代同堂的老祖母。狮群依然尊敬她，听从她的指挥。她真是一只非凡的雌狮！

4 寻找食人狮

▲ 在林迪省出没的雄狮鬃毛并不发达，可能与食人习惯有关

林迪省被公认是全世界狮子吃人最多的地区，每年有近百人被狮子攻击甚至吃掉，《国家地理》曾经在林迪省拍摄过的一部纪录片：《坦桑尼亚南部的食人狮》。在非洲的丛林中，狮子吃人并不新鲜，但林迪的狮患何以如此严重？我在去林迪工作之前，就对此充满了疑虑。

我在塞卢斯禁猎区跟踪观察丽萨和狮群，我可以肯定他们不会变成食人狮，因为狮子们能够找到足够的斑马、羚羊等草食动物，没有必要把人当成食物，狮子不会去袭击一个从来没有吃过的生物。任何一只狮子都不会是天生的杀人犯。狮子一定是处于某种特定的环境下，或者狮子自身遭到极大的威胁，才会铤而走险攻击人。

在林迪工作了一年，研究了大量的走访材料之后，我发现攻击人的事件主要发生在塞卢斯边境靠近村庄的地方。村民们靠山吃山靠水吃水，经常进入塞卢斯内采集野蜂蜜。蜂蜜是他们的重要收入来源，他们在没有任何防护的情况下进入密林中，肯定要和狮子遭遇，这样就会遭到攻击，特别是处于交配期的雄狮，或刚生下幼崽的雌狮，他们正处于情绪极不稳定的时期，很容易受到惊吓而攻击人。此外，村民有时候在村庄里也会遭到狮子袭击。狮子潜伏在村庄的附近，不知道出于何种原因，把人当成了主要的捕猎对象。

东非曾发生过多起狮子吃人事件，比如18世纪末查沃地区的食人狮兄弟。但这些狮子并不是一开始就穷凶极恶，他们无一例外存在着生理缺陷，比如患有严重龋齿，年老体衰，无法捕猎斑马、羚羊等，而人相对容易捕捉。一旦狮子吃过一次人肉，他就会沉湎其中继续吃人，变成职业的食人兽。

但林迪的村民们却对食人狮反应麻木。我在一些村庄做土地规划时，和一些村民聊到狮子的话题。我问他们："狮子吃掉了你们的邻居或亲戚，你们不觉得害怕吗？为什么还住在这里，不搬到安全的地方去？"一位村民搔搔脑袋，说："嗯……狮子吃人，在我们这里不算什么大事。被吃的那个人一定是做了什么坏事，老天爷让狮子来惩罚他们。我只要安分守己就好了，不会有狮子来吃我的。"

▼ 有食人狮出没的村庄，村口立有一块警示牌

想来也不奇怪，这些村庄贫穷闭塞，人均寿命不到50岁，一家生七八个孩子，偶尔被狮子吃掉一两个，似乎确实算不了什么大事。我和项目组了解到，实际上好多起狮子袭击人的事情并没有报告政府，狮子吃人的事件比之前了解到的还要多！只有一些极端的案例才会被报道，比如2004年，在靠近鲁菲济河的3个村庄，一年内有49个村民被同一只雄狮吃掉。政府派一队军警在村庄附近埋伏了3个多月，才干掉这个食人恶魔。

▲ 一只被射杀的食人狮（2004年）

在林迪省政府的走道上，贴着好几只食人狮的照片，无一例外都是雄狮，且鬃毛稀少，体形瘦弱，这和查沃的食人狮兄弟很相似。我向自然资源办公室的一位官员询问，他跟我解释说："鬃毛稀少应该

▼ 村民们结伴在旷野中行走

▲ 前往村庄的荒野小路

▲ 晚上我就住在这所民房内

和吃人的习惯没有必然联系，可能林迪的气候炎热，丛林茂密，长鬃毛不利于狮子活动。另外，雄狮的捕猎技能相比雌狮弱，才更喜欢袭击人。"

我问他，为什么林迪的狮子吃人这么多？明显多于非洲其他地方。他说："林迪的狮子行为有许多难以解释的地方，无论外形和行为方式，都和塞伦盖蒂的狮子有明显的区别，但我说不清这种区别是什么原因造成的。可以肯定的是，林迪的狮子早已形成了吃人的习惯，这可能在100多年前就形成了。在别的地区狮子吃人是一种偶发事件，但林迪的一些狮子却是职业的食人狮。狮子会把吃人的经验传递给同伴，并被后代继承。这种情况非常可怕。"

我又问："是不是因为人类侵占了狮子的领地，才造成了如此多的狮子吃人？"

"这是一部分原因，但不应该成为决定性的。你知道，在鲁阿哈国家公园和塞伦盖蒂国家公园，也有许多土著人侵占了狮子的领地，狮子却很少袭击人。"

"那么你觉得有什么诱发因素吗？"

"我不敢肯定，但我觉得林猪（一种野生的猪）是一个重要诱因。林迪的林猪数量泛滥，比其他任何区域的都要多。林猪喜欢跑到庄稼地偷吃玉米，狮子随之而来，狮子抓不到林猪，就转而攻击人。"

我继续问："政府有把握干掉这些吃人的狮子吗？"

"这事儿没那么容易。你知道这里地广人稀，丛林又密，我们根本不知道食人狮的藏身之所，狮子却很清楚我们在哪里。我们只能派兵在受害的村子附近守株待兔，狮子上门，就开枪打死他。但是这种方法的效率很低，派去消灭食人狮的军警，埋伏了一两个月，毫无所获。时间一长，我们只能把军警撤回来，我们不可能长年派兵守卫村庄。"

"就是说，吃人的狮子很狡猾，很难被人打死？"

"是这样的，有的狮子好像知道有人准备射杀他，就会消失很长一段时间，等所有的人都放松警惕了，才跑出来兴风作浪。有的狮子会捉迷藏，他们一周内会光顾不同的村庄，弄得我们顾此失彼。"

"你们怎么判断村庄边上出没的狮子就是食人狮呢？"

"这个没法确切判断出来，对于村庄附近出没的狮子，我们都会格杀勿论。"

"那就是说，还有不少不吃人的狮子会被误杀？"

"对，但这也没有办法。他们即使今天没有吃人，可能明天，或者后天就吃人了，你没法确切知道。"

"什么季节是食人狮活动最频繁的时候？"

"旱季里狮子吃人的事情非常多，因为这时庄稼大多进入成熟期，塞卢斯内的草食动物们纷至沓来，狮子跟随着猎物也来到村庄附近。"

"最近有没有哪个村庄被狮子袭击过？"

那个官员犹豫了一会儿，回答说："有的，在靠近鲁伏马河附近的一个村子，最近又有人被狮子吃掉了。"

"我们能去看看吗？你手头有没有地图？"

他从资料夹中翻出了一张旧地图，找到了那个村子的位置。但这

▲ 牙齿折损的狮子由于捕猎困难，有可能变成食人狮

个村子距离塞卢斯禁猎区的边界有100多千米，狮子应该不是从塞卢斯里跑出来的。为了搞清情况，我决定开车去调查一次。

从林迪市区开车前往鲁伏马河需要4个多小时，当天难以往返，我带上了帐篷和一些生活用品，和司机穆萨一起前往。

鲁伏马区域位于坦桑的最南端，毗邻莫桑比克，道路更崎岖，灌木丛更加茂密，车在逼仄潮湿的林间小道上行驶，速度缓慢。3个小时后，车子不幸陷入了一个深沟里，再也开不出来。穆萨忙活了半天，满头大汗，说必须找人帮忙，让我坐在车上等着，然后他手里拿了一把砍刀，朝村庄的方向走去。

我别无他法，只有坐在车里消磨时间。已过正午，车内酷热难当，我站在车边休息。四周的草丛和灌木足有2米高，太适合狮子隐藏了，如果狮子埋伏在旁边不到1米，我也无法看见他，我不由得想起纪录片里狮子吃人的画面。虽然以狮子的习性，很少在最炎热的时候捕食，但万一食人狮看到我落单，手无寸铁，没准不破一次例。我只好又钻进车里坐下，锁好车门，汗珠从头上滴答落下。

2小时过去了，穆萨还没回来。按照约定，他每隔半小时应该给我打一个电话或发一个短信，报告自己的位置。我给穆萨打电话，但他的手机关机。他不会遭遇什么危险吧？在这样的荒野里，什么都有可能发生。我后悔没有带着其他同事一起来。我给安德鲁打了一个电话，告诉他车出了状况，司机一去不返，请求支援，最好再派一辆车来接我们回去。安德鲁连声答应，赶紧安排去了，不过说最快也要傍晚才能赶到，让我务必待在车里，哪里都不要去。

我坐在车里胡思乱想，也没心情吃午饭。一大片乌云遮住了烈日，天阴下来，炎热却无缓解。丛林有动物走动的声音，枯枝败叶被踩得纷杂地响。是狮子出来活动了？我让肺部小心翼翼地工作，竖起耳朵仔细听。狮子应该走路很轻，不会有这么大的声音。是大象？当地大象经

常进入村庄破坏庄稼,如果真是大象,会不会掀翻车子?应该不会吧,我没有招惹他们啊,要不我把餐盒里的香蕉扔给他们?

正想着,几只狒狒从灌木丛中跳出来,好奇地看着我。原来是他们,虚惊一场!一群狒狒随之走出来,足有50多只。几只年轻的狒狒爬上了车前盖,眨巴着一对小眼睛,表情滑稽。他们大概闻到车里的午餐,隔着挡风玻璃指手画脚。几只小狒狒觉得车是一件奇怪的玩具,上蹿下跳,把车顶踩得咚咚作响,好像打雷。成年的狒狒坐在地上吃草,有的相互理毛,紧张的气氛一扫而光。

突然,狒狒们好像受惊一般,从车上和地上离开,连蹦带跳又钻进了灌木丛。难道有什么猛兽来了?我听到了人说话的声音,原来是穆萨回来了,身后还跟着10多个的村民,都扛着锄头和锹铲。我如释重负,打开车门跳下来,深呼了一口气。

我擦了把汗,向穆萨抱怨:"你怎么去了这么久?"

穆萨连连致歉,说:"真对不起!没有信号,我在林子里迷路了,绕了一个大圈,才找到村子里。这不,我带着村民来了,他们可以帮我们把车从沟里抬出来。"

▼ 一只被军警误杀的正常狮子(2010年)

◀ 村民们帮助我们把车推出深沟

"好的,那就赶紧干吧。"

穆萨用斯瓦希里语和村民们说了一通,众人一起用锄头挖车后轮的淤泥。人多力量大,淤泥不一会儿就被清除了,人们又用砍刀砍下一些树枝,找到了几块大石头,塞到车轮下面,增加摩擦力。终于,越野车冒着黑烟从深沟里爬出来了。

我照例问穆萨:"我们需要给他们钱吗?"

穆萨摆摆手说:"不用不用,不过你可以把我们车上的可乐送给他们一些,他们喜欢这个。"

我连忙把车后备厢里的一箱可乐搬出来,让他们随意饮用,可乐是我从达累斯萨拉姆带来的。村民们不知道如何开瓶盖,有人居然用牙齿咬破了塑料瓶底,把可乐瓶倒拿着仰脖喝下去。

下午5点多,我们总算到了村子里,和村长简单地交流了一会儿,我才知道最近一年这个村子有15个人被狮子吃掉了。所有吃人事件都发生在夜间,没有人目击食人狮,也不能确定是哪一只狮子干的。

我问村长："政府没有派兵过来保护你们吗？"

村长回答说："之前派来过3个军人，每天荷枪实弹住在这里，但是毫无用处，他们没有见到任何狮子，时间到了，他们就回去了。"说着村长带我去看军人们居住过的茅草屋，实在简陋得不能再简陋，在这种地方驻扎捕杀狮子，也着实不容易。

我跟随村长到了几处惨剧发生的地点，有的在庄稼地里，有的在草房外，还有一起发生在村民家里。受害者的亲属说，狮子在凌晨时分从房顶上跳进来，在床上把熟睡的人咬死了。

我又问村长："你记不记得吃人的事情发生在哪一天？"

村长犯了迷糊："哪一天？我也不记得了。我得问问村子里的人。"

他跑去问了一大圈人，都说不太清楚时间，这里人没有年月、日期的概念。好一会儿，他回来了，说只知道3个人被害的时间，分别是10月17日、12月13日和12月18日。

我又问村长："现在采取什么防护措施了吗？"

村长说："没有什么防护，只是要求村民们晚上尽量不要外出，天黑之后小孩子不能在外面玩。"

▼ 村民家旁边的玉米地里常埋伏着食人狮

◀ 夜晚村民守卫庄稼地的茅草棚，极易受到食人狮的攻击

    我查了一下狮子吃人的时间，这3起事件都发生在上弦月的前几天，这是为什么呢？我猜想是不是因为月黑风高之时，狮子的行踪更加隐秘，人们无法借助月光发现狮子。

    当天我住在村子里。夜幕降临，有人生起了一些篝火，我和村民们围坐在火堆边烤木薯吃，许多人在聊天，小孩子在火堆的照耀下踢球玩。到了八九点钟，村民们困倦了，很多人席地而卧，躺在自家的房檐下睡着了。我提醒他们，睡在外面多危险啊，等于在向食人狮发出邀请。为什么不睡在屋里呢？有人说，屋里睡觉太热了，外面凉快。另一个老年人回答，这些狮子是巫师变的，是上天派来惩罚人类的，不会打好人的主意，而坏人不论睡在哪儿都会被吃掉，睡在屋里狮子也会破门而入。我无言以对。

    村长把自己家里的一间房让我住。我不敢直接睡在那沾满泥土和油污的床上，而是把自己的小帐篷拿出来，扎在房间的泥地上。司机把车停在房间门口，帮我把房间门锁好，又用一块大石头顶上，我这才钻进了帐篷里。

    我在帐篷里辗转反侧，脑袋里不断浮现食人狮的情景。狮子会不会今晚来村子里？该怎么对付他们呢？难道人类有权对这些食人狮格杀勿论吗？还是把他们抓起来，送到动物园去？能否考虑在村庄边缘建一道铁丝网，像海里的防鲨网那样，可是钱从哪里来？安德鲁和林迪政府计算过，在村庄周边安装铁丝网，成本至少是每千米600美元，整个村庄就得2万美元以上。简直是天文数字！林迪政府也不可能有这个经费。避免人和狮子冲突最好的办法还是让人离开这个地方，但怎样才能安置这么多人呢？这些目不识丁的村民能去哪里找工作呢？

我听见了风吹树枝的声音，有杧果从树枝上落地，沉闷地砸在门前的泥地上，有一只猫头鹰站在房顶呜呜地叫，但很快就淹没在潮水般的蛮鸣声中。风变大了，冷风从缝隙中钻入，似乎送来了一股腥臭味，是不是狮子进村了？我从床上爬起来，隔着门缝朝外看，只见到繁星满天，银河垂到了地面，仿佛伸手可及。火堆还没有熄灭，村民们躺在门边安静地睡去。我好像听见了狮吼声，我把耳朵贴在门上仔细听，这狮吼含糊不清，此起彼伏，好像从河边传来，我知道鲁伏马河距离村庄有10千米，也许只是普通的狮子，食人狮在捕猎前应该不会故意暴露自己。

第二天早上醒来，村长跑来告知我在庄稼地附近发现了一连串狮子的脚印，果不其然，在一片玉米地的田埂上，有50多个梅花瓣似的脚印，这是一只雄狮的，雌狮的脚印没有这么大。庄稼地里有一个自建的茅草瞭望台，有一个村民晚上就睡在上面，用一小盏煤油灯照明，以免野猪、羚羊等动物来糟蹋农作物。幸运的是，昨夜他没有受到狮子的攻击，可能那个不是吃人的狮子。

我问他："你不害怕吗？睡在这里多不安全啊？"

他说："我得守着这片玉米地，要不然就被动物们全吃光了。没有吃的，我和我的2个老婆、5个孩子要饿死的。"

"你的庄稼被动物吃了，不是可以向政府申请补偿吗？"

他一脸茫然地望着我："补偿？什么是补偿？"村长在一旁接话说："这种事情是很难有补偿的，政府根本管不过来，只能听天由命。"

我又问他："你恨狮子吗？"

他的回答让我吃了一惊："恨他们，我的1个孩子去年就被狮子咬死了。如果遇上狮子，我要亲手杀了他！"

我开车返回了林迪市区，和安德鲁通报了这一次考察的详细情况。我们判断，这个村庄出没的食人狮子不是塞卢斯禁猎区的，很可能是从鲁伏马河对岸泅水过来的。河对岸是莫桑比克。狮子吃完人之后，又游回了河对岸，因此很难找到害人的狮子。当前最有效控制食人狮的办法，是减少林猪和羚羊的数量，一旦他们靠近村庄，就必须猎杀一些，以免引来更多的狮子。派兵去围剿是下策，最有效的办法是在受害者尸体上下毒，如果狮子没有吃完，一定会回来再吃，这样就能毒杀狮子。这样做很残忍，还会误杀一些食腐动物，但是总比狮子继续吃人好。我把意见整合成一份文字报告，送给了自然资源办公室，供他们参考。

我和安德鲁接下来去了塞卢斯的西侧，继续做村庄搬迁动员。不久之后，鲁伏马村又有人被狮子吃掉，可能是第20个，或者第21个。林迪政府取得了家属的同意，在尸体上下毒，终于把那只作恶多端的狮子杀掉了。不出我们所料，这又是一只雄狮。村民们把狮子分食以泄愤，狮子的头骨被村民们留下来，作为了这段历史的见证。

5 在鲁菲济河上

2012年，我们经常乘船穿过塞卢斯禁猎区，到林迪省和莫罗戈罗省交接的地方去。沿着宽阔安静的鲁菲济河溯流而上，开船大约需要2个小时才能到达，返回则可以缩短一半的时间。

▲ 从鲁菲济河里钓起的鲈鱼

鲁菲济河是东非最大的河流，河水不深，水流不急。在河上行舟，两岸的丛林、岩石、山峦应接不暇，各种鸟叫和黑白疣猴的啸鸣在耳边萦绕，犹如在一幅有声的画卷中漂荡。河中是诸多河马和鳄鱼的地盘，他们通常潜在水中，只露出脑袋的一部分，一双小眼睛密切注视周边动静，一旦我们的船靠近，就立即潜入混浊的水底。河岸边的泥地和枯枝上蹲着许多乌龟和蜥蜴，犀鸟在其间跳跃追逐，他们喜欢吃坚果，夸张的大嘴好像一把镰刀，能够咬碎坚果的外壳。在一段陡峭的河沿峭壁上，许多蜂虎在此筑巢，彩色的翅膀不断挥舞，好像一群精灵。白头鱼雕则伫立在更高的树杈或枯木上，如雕像一般纹丝不动。鹈鹕、鸬鹚在河面上巡游，浅滩边是大小白鹭、黄嘴鹮鹳、琵鹭之类。

当地居民在鲁菲济河里取水和洗衣服，当我们经过时，会热情地向我们挥手致意。打鱼人划着独木小舟，放线垂钓。独木舟用一根凿空的杧果树树干做成，只能一个人乘坐。打鱼是他们唯一的生活方式。渔夫们水平高超，不一会儿船舱里就堆满各种鱼了，有鲇鱼、虎鱼、罗非鱼，最大的鲇鱼约有1.5米长。

我也被勾起了钓鱼的兴趣，跃跃欲试。我用蹩脚的斯瓦希里语问船夫："船上有钓鱼线吗？是否可以一边开船，一边钓鱼？"

船夫呵呵一笑，说："有的，但是没有准备鱼饵。"

"是吗？"我转向安德鲁，"我们的餐盒里有没有鱼饵？比如鸡肉、牛肉之类？"

安德鲁朝午餐看了一眼，回答我："没有，很抱歉，今天的午餐只有面包和西红柿。"

我怏怏不乐。

船夫看出了我的失望，连声说："别着急别着急，我帮你去找鱼饵。"说着，他把船开到河中间的一座沙洲上，下了锚，一个箭步跳上沙洲，猫着腰钻进河边的芦苇丛，仔细寻找着什么。

这时天很蓝，强烈的日光晒得我直冒汗。芦苇丛里一阵骚动，只见1只埃及鹅带着10只小鹅嘎嘎叫着飞出来，跳进了河水里。船夫已转身回来，手里居然抓了一只小青蛙，咧着嘴直笑，用手指着青蛙，告诉我说这就是鱼饵。

我们都笑了。用青蛙做鱼饵，还是第一次见识。

船夫用小刀麻利地把小青蛙的肚皮割开，绑在鱼钩上，试了试鱼线是否结实，把渔线交给我，说是可以钓了。我把鱼线都放出去，船夫拉动发动机，我们继续向上游驶去。

等了半天，一条鱼也没上钩。附近的浅滩上趴着许多肥胖的鳄鱼，正张开大嘴晒太阳。会不会鳄鱼太多，把附近的鱼都吓跑了？我看了一眼安德鲁，他显然对钓鱼没有兴趣，正闭目养神。

我问船夫："这条河里鳄鱼很多，除了我们看到的，应该也有不少潜伏在水面下，我会不会不小心把鳄鱼钓上来？"

船夫点了一下头："会的，我们经常钓到鳄鱼。"

我大惊问道："那岂不是很危险？这么大的鳄鱼，足有4米长！扯到船边，会不会跳到船上来咬我？"

"这个倒真有可能发生。"

"那，那我们怎么办？往哪儿跑？"

船夫一手掌舵，一手从破衣服口袋里掏出了一把小剪刀，说："不要紧，我们可以把线剪断。"

"……"

船开足了马力，冲过了一处急流，岸边有一群大象在河边喝水。这个象群全部是母象和小象。母象们见到我们的船靠近，十分警惕，连忙用身体牢牢看护着小象，鼻子扬得老高，发出刺耳的尖叫。

安德鲁小声说："这些大象受过惊吓，他们对我们非常戒备。"

我问他："你说的是盗猎吗？"

"是的。塞卢斯是非洲大象盗猎最严重的地方，去年有1万多头大象被盗猎者打死。"

"1万多头！"

"是的，塞卢斯原本是非洲大象数量最多的地方，在10万头以上，现在的总数可能不到1.5万头了。"

"这样下去，再没几年塞卢斯就没有大象了吧？"

"那还不至于，小象和一些不长牙的、牙短的大象，应该能活下来，盗猎者没必要杀死这些象。"

"但依然会有很多大象被杀死。政府没有什么好的办法能制止对大象的盗猎吗？"

"现在不正在想办法吗？我们今天去的村庄就是大象盗猎很严重的地方，那里的村民也参与到了盗猎中。"

"他们怎样盗猎？用枪吗？"

"有的用枪，有的用下毒的办法，就是在大象经过的区域扔一些毒香蕉，大象吃过以后就死掉了。"

"为什么村民要这么做？因为太穷了吗？卖一根象牙能赚很多钱吧？"

"是的，他们收入太低了，一年也挣不到100美元，但卖掉一根象牙，可以拿到1000甚至5000美元。"

我沉默了一会儿，问我们的船夫："你会盗猎大象吗？"

船夫说："我可不会，这个事儿太危险，搞不好有去无回。如果被发现，会被枪打死的。"

"被谁打死？政府的军警吗？"

"是的，你难道不知道吗？前年我们村有几个年轻人猎杀大象，被巡逻的警察发现了，他们交了火，然后就死了。死了5个。"

"那后来呢？"

"后来没怎么样，最近好像又有人干这事儿。"

"他们不怕吗？"

▶ 沿岸的村民，喝水、洗衣、沐浴都在这条河里

043 / 启程

安德鲁接话说："这里的人太穷了,也没受过什么教育,他们没有动物保护的意识,也不管法律。"

我们好不容易抵达了此行的目的地,那是靠近莫罗戈罗省的一个小村庄,就坐落在鲁菲济河边,村庄里栽满了棕榈树和香蕉树。村长和村委员们接待了我们。安德鲁提出塞卢斯禁猎区划界的问题,接着谈到了大象,希望村长约束村民,不要伤害大象。村长显得很不耐烦。说村里没有谁会去伤害大象,接着说祷告的时间马上到了,扔下我们一群人去了清真寺,这个村子都信奉伊斯兰教。

▼ 鲁菲济河的黄昏

045 / 启程

我从村长办公室出来，围着村庄走了一圈，到处都是1米多高的蒿草，在庄稼地附近我们发现了许多大象的粪便。大象应该经常光顾这个村子。大象的食量惊人，一个晚上可以吃完全村一年的粮食，也难怪村民们憎恨大象。虽然村长不承

▲ 河里潜伏着的河马

◀ 召开村民会议

认，但安德鲁说这里的村民们经常打伤大象，主要为了防止大象偷吃庄稼，倒不一定冲着偷卖象牙。我找了几个村民，他们出言谨慎，不断地摇头，不愿意回答任何问题。

我又返回了村长办公室，村长终于做完祷告回来了。安德鲁又解释了一遍，提出我们可以出钱帮村里建一间诊所，提供一些药品，建一所小学校，作为这些福利的回报，村里必须配合我们做两件事：第一，让我们把塞卢斯的边界标出来，我们会请人沿着GPS定位的边界，打下水泥桩，每根水泥桩相隔100米左右，此后村民们不要越界去开荒种地。第二，为了防止大象进村吃庄稼，我们出钱沿着农田周围挖出一条5米的深沟，把大象和村庄隔离开，同时种植辣椒，大象们就不敢继续越过隔离沟进村了。

村长和委员们叽叽咕咕地讨论了半天，可能觉得这么做也没什么坏处，就答应了我们的要求。我们又走访了邻近的两个村庄，结果大同小异。下午，我们坐船按原路返回。

船顺流直下，好像一只没羽的箭。我坐在船头，极目远眺，只见暮山横翠，残叶飘黄，长颈鹿们在树丛中若隐若现。我们经过一段河道，恰好被一大群河马占据，河马们虎视眈眈，好像随时会发起攻击。船夫急忙一个转舵，想要避开河马群。我措手不及，屁股没有坐稳，一翻身掉进了河里，混浊带着腥味的河水涌入我的口中，我的眼前一片金星。所幸水流不急，我的水性也还行，我手忙脚乱地扑腾了几下，从河里冒出头，刚看清船的方向，只听见安德鲁在船上大喊："我的天哪，看那边！"我一扭头，只见一头河马劈开波浪朝着我冲过来。

我惊恐万分，手足无措，好在船夫还比较镇定，他连忙轰起发动机油门，掉转船头，开到我和河马之间，想把我们隔开。我游到船边，安德鲁拽住我的手，准备拉我上去，只听"咚"的一声闷响，船底被重重地顶了一下，船身倾斜过来，又"砰"地砸在水面上。原来水底下还有一头河马！河马脑袋正顶上了我们的船。

我距离这头河马不到2米，如果他愿意，稍微一开嘴就可以把我咬成两段。我听到安德鲁和其他人一起大喊："快游开！快游开！"我来不及细想，手脚并用，掉头就朝下游游去。

船避开了水下的河马，也朝我的方向驶来。我好不容易爬到船舷边，船夫把我从水里拎了上来。我全身透湿，手机没了，鞋子也掉了一只。河的下游有一块小沙洲，安德鲁让船夫把船朝沙洲开。我上气不接下气，正准备开口说话，船突然一斜，然后就不动了。

船搁了浅，我们动弹不得。

船夫拿起船上的竹竿，来回试探，努力想把船撑走，但无济于事，船上虽然人不多，但装载了很多货物，是船夫顺路装载准备运回村庄的，我们死活也没把船撑起来。河马群近在咫尺，水下可能还有鳄鱼游弋，谁也不敢跳下船去河水里推。安德鲁不停地打手机，想找人求援，无奈信号全无。一行人只好坐在船里等待过路的船只。

天全黑了，不会有别的船经过了。气温迅速下降，河上的风又腥又凉，我冷得直哆嗦，好像一片秋叶在寒风中发抖，其他的人也都缩成一团，我在船里的货物中翻寻，想找点事情干以打发时间。安德鲁打开手电扫射周围，只见河面上点缀着无数个绿色的小灯泡，有的是河马的眼睛，有的是鳄鱼的，不一会儿狮子的吼声从河岸边传来。

安德鲁似乎猜到我在想什么，笑着安慰我说："别害怕，只要我们待在船里不动，就非常安全。河马不会上船的。"

我努力使自己笑得自然，说："我并不害怕狮子，反正要吃人也不会从我开始。我只是担心会冻死在这里。"

"不要担心，如果你觉得冷，你就跳下去游个泳，到水里就不冷了。"

"你疯了吗？河里有那么多河马和鳄鱼！"

"那不要紧，他们不会对你感兴趣的，你看河马们都要上岸去吃草了。"

我顺着手电光看，河马们果然在朝岸边移动。

我在货物中找了好半天，找到了两根树枝，想点燃了取暖。但木头发潮，无法燃烧。船夫帮我一根一根地划燃火柴，好像《卖火柴的小女孩》里的情节。

　　安德鲁过来拍拍我的肩膀，又安慰我说："干我们这一行，就得经常面对这些问题。这些都不算什么，咬咬牙就坚持过去了。我们最坏的结果是在船上住一晚，明早再回去。河马们晚上要去吃草的，过一会儿他们就肯定不在附近了，我们跳到河里让船变轻，船夫就可以把船撑出来了。"

　　我打着哆嗦说："但愿如此吧。"

　　不久之后河马们果然离开了，但船夫担心夜晚行船不安全，怕撞上河底的石头或再度搁浅，只好在原地待援。我们就靠在船舷上睡了一夜，直到第二天早上10点多，才被另一条经过的船发现，把我们连拖带撑弄了出来。

　　在那段时间，除了经常见到的河马、鳄鱼、水鸟，我迫切地渴望见到"大捻"（扭角羚羊），这种动物曾让海明威着迷。但大捻性格羞涩，行踪

▼ 村民沿着河边种植的水稻田很容易被大象、河马毁坏

▲ 在丛林中寻找大捻

飘忽，只在灌木丛深处出没，一旦有人靠近，就飞快地跑开，瞬间不见了踪影。

　　为了让我亲眼见到大捻，安德鲁在塞卢斯禁猎区附近找来一名向导，让他带着我徒步搜寻。我选了一个周末的早上，带上背包和水壶，在这位向导的带领下进入密林。我不断地在潮湿的泥地上见到大象的粪便和被大象折断的树枝。在这样的密林里遭遇大象，那可真是刺激和危险。向导安慰我说，他能够闻到象群的气味，不会让我和大象打照面。我紧张地走了大约5千米，汗如雨下，气喘吁吁。塞卢斯的丛林炎热潮湿，到处是蚊虫，我走到一块石头旁坐下，拿出防蚊喷雾一阵喷射。

　　身前的向导突然打手势，让我保持安静。他轻声告诉我说："Kudu, Kudu, the Greater Kudu。"这么快就见到大捻！我又惊又喜。我跟着向导，猫着腰碎步朝前走。向导拨开一片树叶，果不其然，只见三四只灰色的捻正在舔吃嫩叶。他们身材高大，从头到脚超过2米，身体是石灰色，两侧有细白的条纹。他们突然停止进食，警觉地左顾右盼，像狗一样吸着鼻子。我急忙掏出相机连拍好几张。相机的快门声惊动了这些捻，他们飞快地逃走了。

狮野寻踪 / 050

▲ 大捻现身

我的心怦怦直跳，连忙翻看相机。但这几只都没有长角，也就是说，都是雌的。

向导也略感扫兴，带我继续寻找别的大捻。我想，这里盗猎严重，大捻过于警觉，在这么茂密的丛林中寻找他们都困难，何况拍摄他们。不知不觉已到正午时分，太阳高升，温度已超过了35℃，我汗流浃背，可再也没见到一只大捻。向导让我坐到阴凉处休息喝水，吃点简易午餐。

现在是一天中最热的时间，大捻们应该蛰伏在某个僻静处避暑，清晨和黄昏才是他们的活跃时间。雌性大捻是群居动物，还算容易找到，而雄性大捻多是独居，更难见到。我问，是不是因为猎人喜欢捕杀雄性大捻，所以雄性比雌性更胆小更难见到？向导打了个响指，表示肯定。

我们整个下午都在河流沿岸寻找大捻踪迹。一群黄狒狒在河边捕鱼，旱季水位降低，鱼群搁浅在岸边，无法动弹，让贪吃的黄狒狒们大捞一笔。黄狒狒主要吃树叶、嫩草和果实，但他们也不放过吃肉的机会。黄狒狒抓住鱼，搁在河边的石头上摩擦，以剔除鱼鳞，再送进口中大嚼。幼年狒狒还没有学会，只能从别的家庭成员手里偷鱼吃。

我们隐藏在河边的一片灌木丛内，等着大捻在傍晚时来河边喝水。谢天

▶ 雄性大捻长有美丽的犄角和魁梧的体格，导致他们曾被大量猎杀

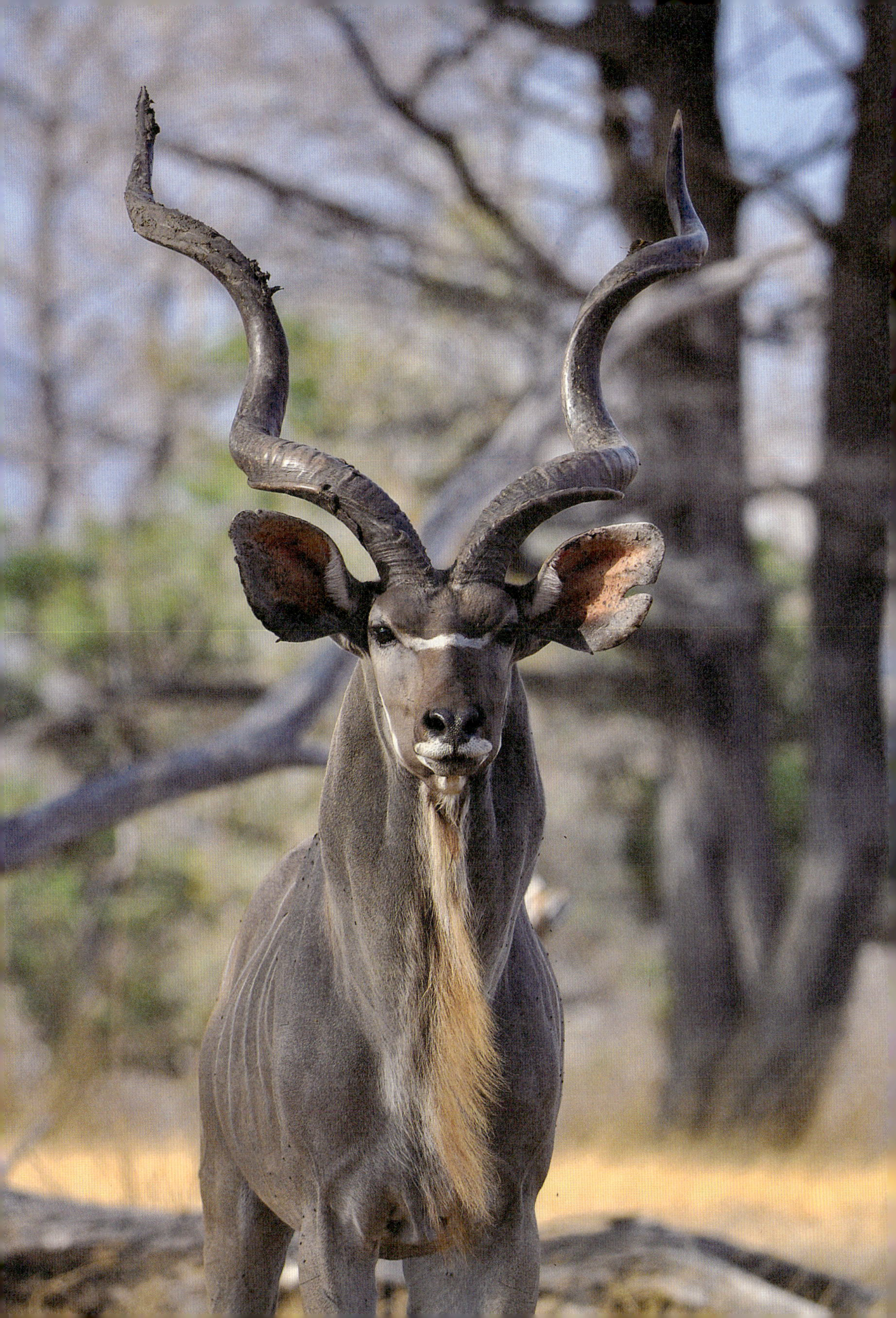

谢地，我们的辛苦没有白费，没过一会儿，几只雌性大捻混在一群黑斑羚中朝河边走来。这种混合行动有利于及早发现敌害。雌捻们终于走到了河边，犹豫试探了好长时间，才疑神疑鬼地伸长脖子低头饮水。其实，大捻并不是每天都喝水，他们属于比较耐旱的羚羊，能够从树叶和果实中获得水分。但在一年中最干旱的季节，他们也只好跑来河边喝水，给狮子们的捕食提供了机会。

我们那天见到了3群雌捻和幼捻，但依旧没有雄捻。运气实在是差到家了！天色渐暗，向导提醒我必须离开了，预定的越野车开到河边来接我回营地。我快快地上车，在夕阳中朝营地驶去。

车开得很快，经过一片树林时，突然听见前排的向导大声叫着让司机刹车，手指着树叶遮挡的地方，连声叫喊"male, male"（雄性、雄性）。我顺着方向看去，真是一只雄捻！他在丛林里进食，被车引擎惊动，不安地望着我们。他的眼间有一道"山"字形的白色斑纹，分叉的扭曲螺旋形大角足有1.5米长，喉部长着大簇灰色的鬃毛，无论相貌和气质都堪称完美。分秒必争！我一推车门跳了下去，举起相机连忙对着这只雄捻猛一阵咔嚓。这只雄捻没有选择转身逃窜，反而好奇地朝我探视，我趴在地上继续拍摄，像蛇一样匍匐向前，希望能靠近他拍摄一些细节。但很快他掉头钻进了密林，再也看不到了。

终于见到雄捻了！我激动得大喊大叫。雄捻在1岁以前是没有角的，1岁之后角才长出，慢慢呈螺旋形向上生长，大约每2岁角会扭曲一次，直到6岁才完全长成。从角的扭曲程度和长度来看，我看到的这只雄捻应该有8岁了。

第二天早晨，我们再次出发。这次运气非常好，我们见到了一对正处于发情期的大捻。雄捻搔首弄姿，嘴里发出低鸣，朝雌捻大献殷勤，雌捻芳心鼓动，接受了他的求爱。如果雌捻成功怀孕，将在8个多月后产崽。雌捻每次仅生一只幼捻，幼捻在出生6个月内和母亲形影不离，小雄捻长到6个月后会离开母亲独立生活，小雌捻往往就和母亲组成群体共同生活，终生都不离开。

▼ 漂流时遇到象群

6 天堂向左我向右

▲ 塞卢斯禁猎区的景色

在林迪市和塞卢斯周边工作2年后,我们完成了项目可行性报告,递交到坦桑尼亚自然资源和旅游部,项目进入了下一个阶段,我不用在林迪常驻了,于是我返回了阔别两年的达累斯萨拉姆,等待后续的工作安排。

此时我的合同已快到期,,若我想离开,随时可以走人,我盘算着自己的出路。我快32岁了,前途却不明朗。有朋友建议我,别待在坦桑尼亚了,赶紧回国找一份像样的工作,其次找老婆安个家。但我并没想就这么回去,并不是事业无成,而是感觉在林迪的日子我还没有过瘾。彷徨之中,我在达累斯萨拉姆住了两个多月,每天无所事事,偶尔跑到椰子海滩(Coco Beach)散步吹海风。

达累斯萨拉姆是坦桑尼亚最大的城市,聚集了全国10%的人口和70%的车辆,工业产值占了全国的一半儿,但贫富差距巨大。从机场的主路开车进城,放眼望去,嘈杂混乱,到处是拥挤、喧嚣,人们像无头苍蝇一般忙碌。正午时分,溽暑蒸人,柏油路似乎在冒烟。这座城市是如此的陌生,我不停地问自己,这是曾经工作过3年的地方吗?(我2006—2008年在使馆工作了3年)

最难熬的是每天夜里，我心神不宁，既不想看书，也不想找谁聊天解闷。我离开房间，缓步下楼，在楼下的院子里遛弯，一圈又一圈，就像当年在使馆时那样，直到门房的保安通知我赶紧回房睡觉，他们准备关门放狗。院子里有一条看家护院的大狼狗，他每天深夜都会出来巡逻。我只好上楼回到房间，呆立在阳台上，目光散乱。月明星稀，海风呜咽，一只蝙蝠突然从我面前飞过。我闭上眼，小渔村和塞卢斯禁猎区又浮现在眼前。

我想到狮子，想到镜子一般的鲁菲济河，想到河里成群的河马，还有我住了好久的那个小屋子。达累斯萨拉姆的生活与林迪市相比优越不少，但我始终魂不守舍，若有所失。我很想跟利莫打电话，问问那几只小鸡是否健康，那只半路捡来的乌龟是否还活着，屋子外晚上是否依然有幼猴啼叫。但他的电话总没有信号，除非他到林迪市区。有一个周末，林迪的一位官员来到达累斯萨拉姆办事，我请他吃饭，询问了许多我走后的事情，买了好多吃的和文具，请他带给利莫一家和一些朋友。

我租住在达累斯萨拉姆的一个公寓，邻居是一位中国女孩，在一家中资

▼ 村头卖椰子的小贩

▲ 回达累斯萨拉姆的公路上有长颈鹿经过

公司就职。周末我们一起吃饭聊天，她向我吐槽各种飞短流长，比如公司里谁拍马屁高升了，但实际上公司里大部分工作都是她顶着，好处却轮不到她，真是不公平。我连一点儿插嘴的兴趣也没有，虽然我也有过类似的经历，却引不起一丝涟漪。我给她讲狮子，她眼睛一亮，但很快又黯淡下去，觉得这种生活遥不可及。她始终不相信人可以和狮子挨得那么近，狮子却不伤害人。

我把两年来塞卢斯的照片拷贝出来，反复地看，回想当时的情景，不禁心潮澎湃。我觉得有义务记录下狮群的故事。我把自己关在房间里动笔写作，让楼下保安帮我叫外卖，不洗脸不刷牙，一坐下来就是12个小时，其他的事情引不起任何兴趣，似乎只有整理图片和写作才让我心情愉快。

圣诞假期到了，我仍然滞留在达累斯萨拉姆，没有买到便宜机票回国，也没有别的计划。恰巧有几个朋友准备自驾去塞卢斯禁猎区，约上了我。我自然轻车熟路，一路上跟他们解说塞卢斯的景色和动物，如数家珍。我们来到曼泽湖边，又见到了丽萨，她有些消瘦，身体上有两处小伤。她正在一棵棕榈树下纳凉，在稍稍迟疑后，她凝望我的眼神又变得熟悉起来。我们在丽萨旁边观看了半小时，同行的人不耐烦了，催促司机开车去找下一个动物。我却流连忘返，多希望能一直陪伴着丽萨，直到天黑再离开。

一个月后，我们的项目终于有了下文，据说由于拆迁困难和经济发展需求，坦桑尼亚政府决

▲ 海湾中升起一轮明月

定放弃在塞卢斯周边建立新国家公园的计划，同时准备启动在塞卢斯禁猎区之内开发铀矿和修建水电站的项目。政府大概觉得在塞卢斯开发生态保护业的收益过少，应该采用另一种经济发展模式。我们项目组的人得到这一消息时，都无法理解坦桑尼亚政府的决定。这意味着我们在林迪和塞卢斯工作的两年毫无意义，投入的经费和青春都打了水漂。如果在塞卢斯内开发矿产和修建水电站，林迪的小渔村还会存在吗？动物们将遭遇什么样的命运？我不敢设想，内心一片灰暗。安德鲁比我更加焦虑，他给各个国际环境保护机构发邮件，呼吁它们联合起来抗议坦桑尼亚政府的这一决策。

我们项目组成员相约在达市的一家中餐馆吃散伙饭，我想到分别在即，忍不住要流泪，之前从使馆跳槽出来，临别之际也没有这样伤感。安德鲁在法兰克福动物学会谋到了一个新职位，准备前往恩格罗恩戈罗保护区工作。其他的几位同事也基本找到了下家，准备不日赴任。只有我还没有着落，好像鸡笼里没有被挑中的最后一只小鸡那样惶恐。

2月，我决定卷铺盖回国，机票已经订下。还有一个星期才离开，我决定驱车返回林迪收拾余留的一些杂物。经过10个多小时的奔波行车，我又回到了小渔村。一切又似乎回来了！我最后一次在溪边小寐，最后一次在海滩踢球，最后一次在乡村小路上摘腰果，最后一次在猴面包树酒吧吃烤鸡。我不停地问自己，在这里度过了两年的时光，值得吗？就这么回国了吗？回去做什么呢？我除了会寻找狮子，其他能力都已退化，我还能找一份什么样的工作？如果朝九晚五上班，我还能有机会回到这里吗？一想到这些无法回避的问题，我就感觉头晕脑涨，一片茫然。

那天夜里月光皎洁，照得房间如同白昼，我躺在床上翻来覆去睡不着，于是穿衣起来，在院子里的一棵蓝花楹下散步。这里的一切——庭院和树木，都陷入了沉沉的梦乡，仿佛没有人世间的愁苦和烦忧，只剩下被时间忘却的寂静。

这样的寂静会说话。他的嗓音或许忧郁，他的语气或许低沉，好像一种经历了海啸过后的哀凉，又好像是绝处逢生一般的悠然，本质上它却如明月一般澄净，它让我感觉到，我身体里的野性在万籁俱寂中放肆地生长，仿佛是从灵魂与肉体之间反复的碰撞中发出的回声。

我想起小时候做的一个梦，我变成了一只飞鸟，随风翱翔，穿过崇山峻岭和浩瀚洋面，飘落在一个仙岛上。这里隔绝了尘世的纷争和喧嚣，居民都是狮子、斑马、大象、长颈鹿，他们随心

▼ 在鲁菲济河上垂钓

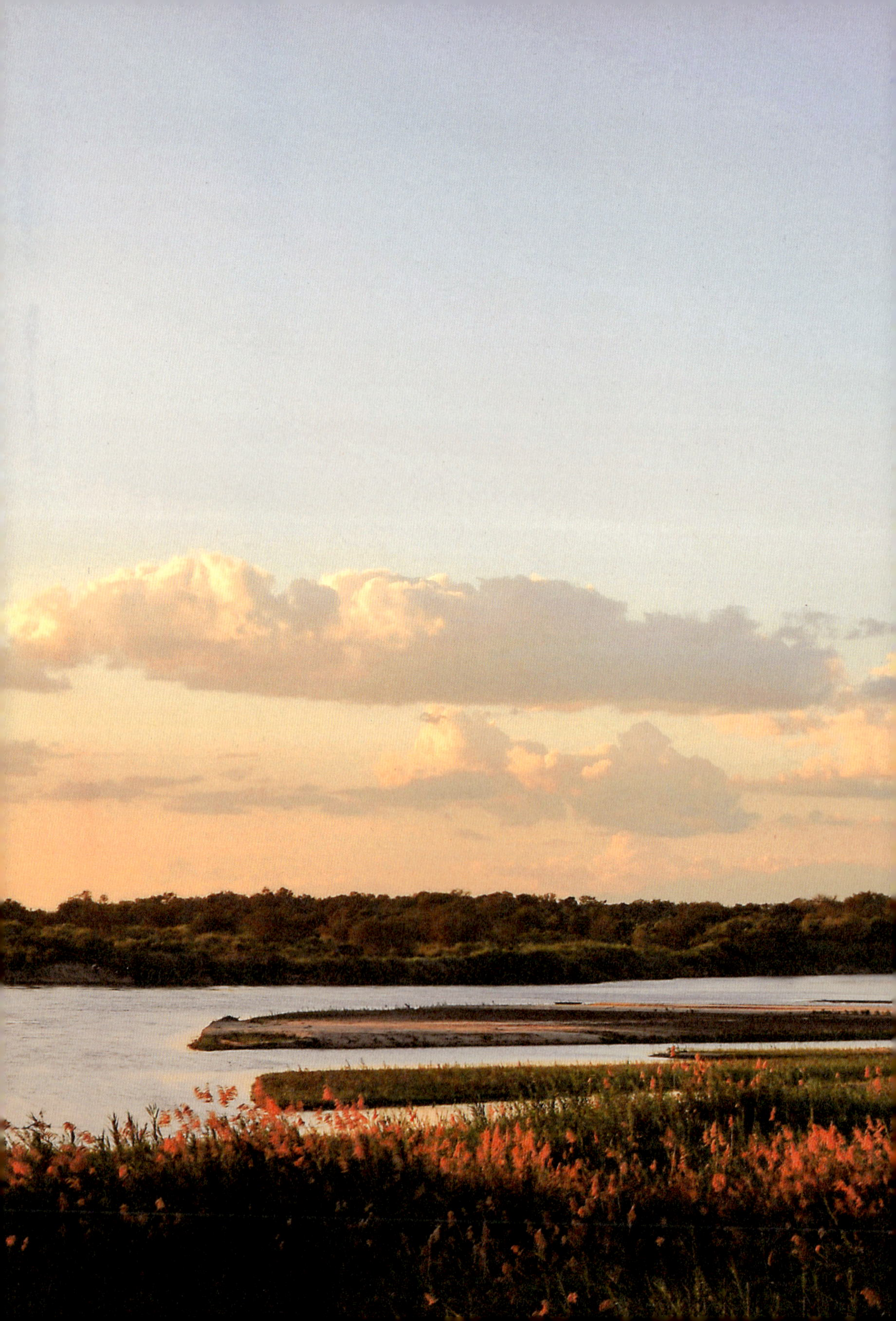

▲ 再见了，我的塞卢斯！

所欲，怡然自得。我停留在树梢，感受斜风细雨，凌波翠陌。我变成一只狮子，在棕榈树成排的海滩上撒欢打滚。我走到山岗上，俯视脚下的森林，我又变成一只长臂猿，从悬崖边呼啸跃下，一把抓住一根树干，在树枝间悠荡回旋；突然，风云变色，暴雨袭来，我又变成一只海豚，咻溜一声跳进了海里。海明威说"灵魂真正的暗夜总是在凌晨三点"。这是我灵魂的声音吗？或许是吧。

山下的海面上传来几点灯光，好像萤火虫一般忽隐忽现，我知道这是渔民准备外出打鱼了。我开车来到小村附近的海边，光着脚在沙滩上慢慢地走，听凭潮水涨落。突然我的脚指头被什么东西咬住了，疼痛难忍，我打开手电一看，原来是一只螃蟹。好家伙！敢在这时触我的霉头。我一把抓起螃蟹，准备扔进海里。突然转念一想，回头四顾，沙滩上还有好多只螃蟹正在行走。回国之前再吃顿煮螃蟹！我赶上前去，一把又抓了好几只，扔进了车里。

不一会儿，我就抓了20多只又大又壮的螃蟹，从车里找出一个大口袋装好，准备带回去当夜宵吃掉。谁知待我回到住处准备开门时，钥匙不见了！我翻遍了身上的口袋，摸遍了车里的每一个角落，依然没有。已是凌晨4点，我不可能去找村长要备用钥匙，我的钥匙应该是在抓螃蟹时从口袋里滑落出去的。真是人不走运时，喝凉水都塞牙。我无可奈何又开车回到沙滩，打着手电寻找，好不容易在天快亮时在沙子里找到了那串钥匙。

我精疲力竭地躺在沙滩上，吃螃蟹的兴趣全无。太阳升起来，明晃晃的让我睁不开眼睛。我打开装螃蟹的口袋，把他们全部放生了。

当天下午我在林迪市区的街上居然碰到了司机穆萨，他热情地邀请我去他家吃饭。我才知道，项目部撤离之后，他用这两年赚的钱又娶了一个老婆。穆萨的大老婆比他大两岁，已经生了2个孩子，一个男孩一个女孩。二老婆比他小7岁，现在也怀孕了，他希望还是一个男孩。

我问他："你又娶一个老婆，你家的big mama（大老婆）同意吗？"

穆萨说："同意啊。如果她不同意，我是不能再娶的。"

"那她不会争风吃醋？"

他连连摆手，说："不会不会，这是我们这里的习俗。而且她们并

▲ 再遇曼泽狮群

不住在一起。大老婆住村东头，二老婆住在村西头，平时也很少见面的。"

我又问："你的两个老婆不能住在一栋房子里面吗？"

"那可不行。在我们这里，每娶一个老婆都要专门为她盖一所房子。"

"那你每天住在谁家里呢？"

"我周一到周三住在大老婆家，周四到周六住在二老婆家。"

"哦，那周日呢？你去哪里住？"

"周日我有时回父母家住，有时回大老婆家住，有时回二老婆家住，看情况。"

那天穆萨家有羚羊肉吃，请我品尝。我问羚羊肉从何而来，他说这只倒霉的羚羊早上跑到村里庄稼地偷吃玉米，被他的大儿子和几个同学用弹弓打伤了，然后捉回来分给村民们吃掉，他们家也分了一点儿。羚羊肉放在木炭上炙烤，散发出诱人的香味，我尝了一小块，肉质细嫩，微甜。

临走前，我把留在项目部的大部分行李和用具都留给了穆萨一家，特别是一些防蚊虫和毒蛇的药品，对他们来说十分宝贵。

又过了一天，我开车回达累斯萨拉姆。心里充满了眷

▼ 在小渔村的海滩上捡贝壳当纪念

▲ 楼房密集的达累斯萨拉姆市区

◀ 收拾铺盖准备返回达累斯萨拉姆

恋和遗憾，一路上都在盘算，我就这么离开了吗？就让一切都结束了吗？经过塞卢斯禁猎区的时候，我不由自主地放慢了车速。我打开车窗，贪婪地嗅着塞卢斯的气味，眼前又浮现出了丽萨的样子。对那些不了解狮子、不了解丽萨的性格和故事的人来说，长时间和她待在一起确实有点浪费，一定会觉得塞卢斯旅程算不上精彩，甚至还有些乏味，但对我来说真是莫大的幸福，好像找到了心灵安放的地方。自两年前我第一次见到鳄鱼湖畔的狮群，狮子于我就是呼吸一样的存在，是我的精神支柱。

于是我对自己说："如果林迪的项目结束了，那就换一个地方继续看狮子吧！"

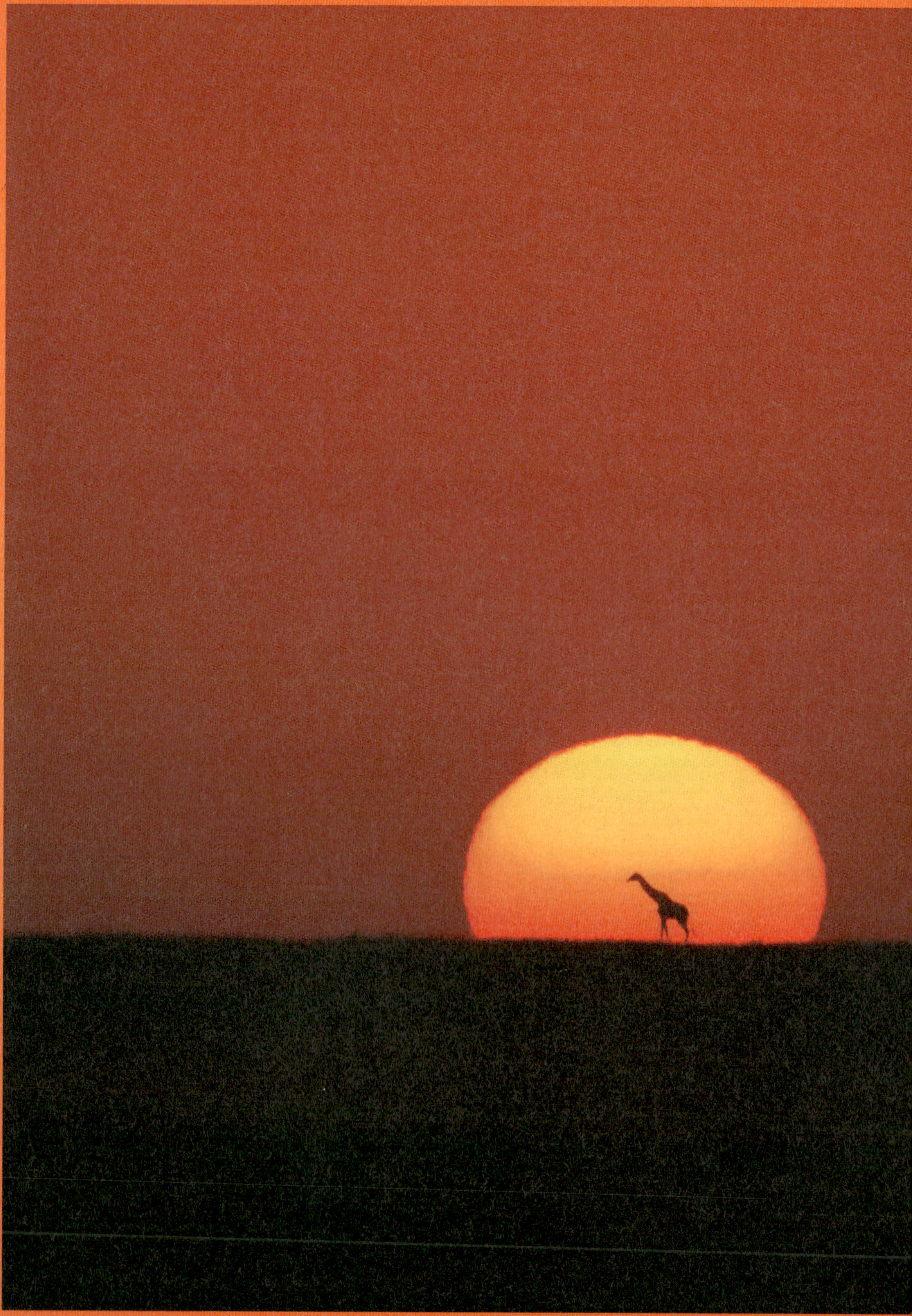

塞伦盖蒂的岁月

❶ 小石屋
❷ 动物大迁徙直播
❸ 国家公园的工作人员
❹ 超级狮群的故事
❺ 寻找德华
❻ 猎豹希拉的故事
❼ 任是无情也动人——花豹
❽ 大象的背影
❾ 旱季里的时光

1 小石屋

▲ 小石屋

从阿鲁沙前往塞伦盖蒂，最惬意的方式是乘坐螺旋桨小飞机，不到一个小时就可抵达。伴随着发动机强劲的轰鸣声，飞机穿越云层，扶摇直上。不一会儿，下方出现了郁郁葱葱的森林，覆盖在连绵起伏的群山之上，青黛色的山影和湛蓝色的天空交相辉映。在群山的一侧能够清晰地看到一条突然隆起的山脊，从北到南，连绵不绝，这就是东非大裂谷，全非洲土壤最肥沃、气候最宜人的地方。

飞机飞临马尼亚拉湖，在宽阔的湖面上绕了一个大圈，湖水颜色丰富，有红、黄、赭、绿等色，好像一幅印象派画家的大作，这就是盐碱湖的独特之处。湖的西面和北面，是一连串火山，充足的光线彰显了这些山的绮丽。他们虽然没有乞力马扎罗山那么巍峨高贵，但都散发着自然朴实的气息。

透过云层的缝隙，我看到了一个巨大的碗口状盆地，这是25万年前火山喷发之后留下的遗迹，它轮廓分明，如同是雕塑家精心打磨出来的，这就是赫赫有名的恩戈罗恩戈罗火山口。火山口内生活有数万只野生动物，他们大多安居于此，哪怕在最干旱的季节，也不愿意迁移到外部去。飞行员似乎洞察了我的心思，他把飞机朝一面倾斜，让我更容易欣赏火山口内的场景。我的脸颊紧贴着飞机的舷窗，眼睛几乎要跳出眼眶。许多小黑点正在麦田一般的草丛中移动，那应该是大象群和水牛群。

恩戈罗恩戈罗火山口的周围是一片崇山峻岭，如同被利剑劈开的一条条山脊。这些山的东面均被森林覆盖，西面却像戈壁一样荒凉，陡峭的悬崖挡住了从印度洋飘来的暖湿气流。

飞机终于摆脱了云层的困扰，飞临塞伦盖蒂上空，我的眼前豁然开朗，金黄色的草原像大海一样广阔，天边点缀着几棵伞状的树。舷窗外不时有大鸟掠过，那是正在盘旋的秃鹫。一群行走的斑马，在草地上蜿蜒穿梭，如同给草原镶嵌了一排纽扣。飞机开始下降，热气流造成了一阵颠簸，我的头磕在天花板上，提醒我此景绝非虚构。"塞伦盖蒂"在马赛语言中代表"无边无际的草原"，据说以前欧洲的探险家们来到塞伦盖蒂，把它形容为"流动的土地"，因为他们无论朝哪个方向行走，所看到的景象并无二致。

塞伦盖蒂作为一个热带稀树草原生态系统，在这个星球已经存在了200

▼ 壮丽的恩戈罗恩戈罗火山口

万年，是非洲野生动物数量最集中的地方，独具一格的角马迁徙让它远近驰名，也让我魂牵梦萦，我无数次憧憬自己亲身见证这一世界自然奇观的情景，当这一刻真的到来时，我如同喝醉酒一样兴高采烈。飞机刚一降落，我感到天高地迥，耳目一新，似乎到达了另一个时空。这里和塞卢斯禁猎区截然不同，最大的不同在于地形地貌，塞卢斯的地貌主要是湖泊丛林和灌木，纯净而深邃。塞伦盖蒂大部分地区是开阔草原，或者说是草的海洋，游目骋怀，一览无余，达摩达拉曾说："世界上没有比自由地享受着广阔地平线的人更加幸福的了。"的确，如果说塞卢斯呈现的是一种秀丽幽深的美，塞伦盖蒂则体现出一种挺拔阳刚之美。傍晚，我见到一轮通红的太阳飘浮在天际线，几只长颈鹿慢悠悠地走过；草原的另一边，一大队角马从天边席卷而来，烟尘滚滚，与落日余晖混为一体。我的心彻底融化了。

▶ 小石屋外树杈上的
银颊噪犀鸟

▼ 地平线上迁徙而去
的角马群

  我终于来到了魂牵梦萦的塞伦盖蒂国家公园。说来也是机缘巧合，2012年，我在林迪市区租了一间房子，恰好是国家公园管理局主席林伦古鲁的老宅。来往几次后，我就跟主席家混熟了，他的儿子在我国华中科技大学读书，跟我还是校友。我回达累斯萨拉姆时，主席经常请我去他家做客吃饭。一次闲聊时，林伦古鲁得知了我的夙愿，热情地邀请我到塞伦盖蒂来工作，说塞伦盖蒂的野生动物更为磅礴大气，我正愁林迪的项目中断，无处可去，这样一来就柳暗花明了。林伦古鲁说："国家公园希望开发中国市场，正苦于没有合适的人选，你可以住在塞伦盖蒂，多拍摄一些野生动物照片和视频，用于国家公园的对外市场宣传。"我欣然同意。

  我很快在塞伦盖蒂内安顿下来。我住在公园的员工村里，和黑人们混居一处，这是一栋石头砌起来的小屋子，草棚做的屋顶，名为塔吉休憩屋（Taj Rest House），建于20世纪50年代。屋子的三面被金合欢树环绕，树上有数十个织布鸟的巢，背面是一座高大的岩石山，足有50米高，岩石上趴伏着彩色的蜥蜴和蹄兔，树的周围是短草地，常有羚羊、疣猪、条纹獴等动物经过。屋内陈设简单，只有一张床、一个书桌、一个衣柜。墙上挂着尼雷尔和现任总统的画像。我单独住一个房间，房间大约8平方米，有卫生间和淋浴，只是厨房和客厅由数家共用。每天只有5个小时供电，网络信号微弱，大部分时间只有2G，但我很满足，这里的条件相比林迪的，可谓升级换代。

初来乍到，我对一切都感到新奇。塞伦盖蒂是一个没有边界的地方，这里幅员辽阔，边界上也没有任何防护或铁丝网，更让我惊奇的是公园内所有的机场、酒店、帐篷、餐桌、野营点四周都没有围栏，人与动物们杂处共存，动物们随心所欲地行走穿梭。倘若机缘巧合，你可以看到花豹趴在酒店的游泳池边喝水，或者一群疣猪跪在机场的跑道上刨土，不必担心他们会给你造成什么麻烦。

塞伦盖蒂的狮子魁梧健硕，仪表堂堂，总是大大咧咧地蹲伏在草地上，对近在咫尺的游客车辆熟视无睹，一个个好像好莱坞明星似的爱摆造型。这也难怪，塞伦盖蒂1951年成为国家公园后，每年有40多万游客前来观光，狮子们见过世面，对人和车早就见怪不怪了。

塞伦盖蒂的狮子总数有3000只左右，仅次于塞卢斯。因为食物充足，这里的狮子更加慵懒，他们每天要花20个小时睡觉和打盹。白天，他们常常趴在马路中间挡住去路，即使车距离他们不

▼ 狮群时而挂在屋前的大树上乘凉

◀ 塞伦盖蒂的狮子对越野车习以为常

到1米，他们也不愿意挪动一步，以至于我不得不坐在车里等待很长时间，直到他们离开。当我在各种场合描述这种情况时，所有人都觉得太过惊险。他们问我："狮子那么凶残，为什么不来吃你？"

我说，从来没有狮子来吃我或企图攻击我。

也难怪他们这样问，大多数人没有见过野生的狮子，他们对狮子的认知主要来自动物园，而动物园时常发生狮虎伤人的事件。动物园的狮虎虽然由人工养大，但只要有机会他们就会咬伤游客或饲养员。塞伦盖蒂的野生狮子却对人毫无敌意，即使他们饥饿难耐，也不会把人类当作食物。

动物园的狮子实际上是有严重心理和生理疾病的狮子，他们像囚犯一样生活，毫无尊严地被无数的人参观，被大声吆喝或被投石击打，他们内心对人类的怨恨可想而知，因此一旦有机会就会攻击人，甚至咬死人，这可以看作是他们的一种宣泄方式；但塞伦盖蒂内的狮子是处于自然状态和正常的食物链之中的，他们非常清楚自己应该捕猎的对象，更重要的一点，他们和游客之间相互尊重，没有理由攻击人。

我每天搭乘国家公园的一辆巡逻车外出拍摄，晚上回到小石屋整理照片，照片转给国家公园旅游办公室作为宣传之用。拍摄工作比在塞卢斯做村庄规划简单了许多，我可以随意行驶而不受堵车之苦，我跟随着一群狮子或一只猎豹，他们去哪里我就去哪里，时间在这里失去了意义。自然摄影特别讲究光线，日出和清晨的黄金光线是我每天的"必修课"，我早上5点起床，随即搭车

▼ 塞伦盖蒂广阔的东部草原

▲ 灰头群织雀跳到我的桌上啄面包屑

外出拍摄，10点左右结束，返回小石屋吃早餐，此时动物们大多在阴凉处歇息。早餐通常是几片面包加一个煮鸡蛋或一根火腿肠，常有灰头群织雀跳到我的餐桌上，啄食面包屑。

小石屋内有一个厨房，自己可以做午饭和晚饭吃，但我也会到国家公园的员工餐厅吃饭。员工餐厅就在小石屋不远处，简陋到极致，菜品和林迪无甚区别，永远只有烤牛肉和烤鸡肉两样，再配点米饭或炸薯条。每天吃很容易上火，我只好托人在临近的城市购买一些蔬菜和水果带进塞伦盖蒂。

下午3点后，毒辣的太阳褪去了炎威，我坐着巡逻车再次外出拍摄，到晚上7点之后才回来，有时会更晚。我赶紧做晚饭、洗澡和导照片。一番折腾，时钟已指向夜里10点，只能就寝，第二天继续早起拍摄。

我的司机弗朗西斯（Francis）在国家公园工作了18年，经验丰富，他对塞伦盖蒂内每一条路和所有区域都了如指掌。起初，我对塞伦盖蒂的了解和动物行为知识大部分来自于他。弗朗西斯最大的问题是英语不佳，我和他很难深入交谈，遇到复杂问题我只能用手比画。坦桑尼亚人只能说简单的英语，相互之间都用母语斯瓦希里语交流。我在坦桑尼亚生活了13年，始终没学会斯瓦希里语，这种语言语法过于复杂，有烦琐的前缀和时态，在我看来完全是人为强加的，给我造成了严重心理障碍。我曾经和林迪的一位官员就斯瓦希里语和中文的难易程度展开辩论，中文的书写或许困难，但中文口语非常简单易学，说话时不用考虑时态、单复数、阴阳性、动词变位等。

我最终说服了他。

另一个朝夕相处的公园员工是小石屋的管理员米拉济（Miraji），他在塞伦盖蒂里工作了25个年头，我外出拍摄，他就在厨房忙活，烤面包、炖鸡汤，不做饭的时候，他会在屋内屋外打扫卫生，或者躺在客厅的沙发上跟老婆打电话。米拉济不到40岁，看起来比实际年龄更大一些，说话行动慢条斯理，我猜可能是塞伦盖蒂安逸的环境造成的。米拉济从小在塞伦盖蒂长大，受制于师资匮乏的公立教育，他的英语也差强人意，只能跟我说一些简单的问候语。

小石屋附近最多的动物是蹄兔。蹄兔是一种奇特的动物，他们长着兔子似的脑袋，短短的耳朵，一身灰色的皮毛，肥胖的身体，短小的四腿，外表看起来很像一只大豚鼠，从血缘上来说，他们跟豚鼠、老鼠或兔子没有什么关系，他们属于蹄兔目下单独的一科，即蹄兔科。他们和大象算远亲，尽管体重不到大象的千分之一。蹄兔主要吃金合欢树树叶、大戟树汁和嫩草，性情温和，行动迟缓，憨态可掬。他们特别怕冷，白天要花数个小时趴在岩石上或窗台上晒太阳。到了大中午时，他们又都跑到门廊下乘凉。蹄兔是群居动物，少则数十，多则上百。他们不甚怕人，我走到他们身旁他们也毫不躲避，我在小石屋附近走路或开车时得非常小心，以免踩到或轧到他们。

白天小石屋的前后两扇房门很少关闭，蹄兔们随心所欲地穿堂过户。中午我在厨房做饭，或者在客厅的沙发上打瞌睡，他们就在我眼皮底下蹿来蹿去，甚至跳到桌子上偷面包吃。一次我拍摄回来，忙着做饭、洗澡、整理图片，一直忙到发电机关闭，没有灯光照明。我摸黑关上了卧室的门，准备睡觉，忽然听见厨房里有响声，似乎有什么东西在厨房内走动，撞到了地上的保温瓶，保温瓶"嘭"的一声倒在了地上。什么动物进来了？但我又不敢去厨房察看，万一钻进来了一只豹子或者一条蛇怎么办。算了，先睡觉吧。明早再说。

我辗转反侧睡不着，厨房里不时传来声音。好不容易挨到天亮，我拿着一根木棍，小心翼翼地打开卧室门，进厨房一探究竟。刚一开门，两只胖乎乎的蹄兔哆嗦着从厨房里蹒跚而出，身上沾满了面粉。原来是我在关门之前忘记检查厨房了，害得他们夜不归宿。我连忙打开了小石屋的大门，两只蹄兔飞快地逃了出去。

▼ 不怕人的蹄兔

蹄兔最大的天敌是元帅雕，这是塞伦盖蒂最大的一种猛禽，他们的翼展可达2米以上，经常在中午时分盘旋在蓝天白云之间。蹄兔在吃草时，不时抬头望望天空，一旦有元帅雕的影子，就发出尖叫报警，背上的一处腺体完全张开，散发出一种特殊的味道，然后大家快速地钻到树下或石头缝里。待到警报解除，才会慢悠悠地走出来重新觅食。

长尾黑脸猴也是小石屋附近的常客，他们是一帮小偷和强盗。白天他喜欢在附近的草丛里觅食，只要瞧见屋内没人，就蹿进屋内盗窃香蕉、奶粉、蔬菜和面包。他们敢于和人对峙，张开灰色的嘴，露出长长的犬牙。他们身形矫健，诡计多端，一旦锁定了目标就很少失手。他们警惕性也极高，一有危险就一哄而散，与他们正面交锋根本无济于事。一天我偷偷把胡椒粉塞进面包里，敞开大门让这些远亲进来享用。我的策略果然有效，好几只猴子中招，打着喷嚏哭丧着脸逃走了，自此消停了数日。

我每天自己洗衣服和被单，晾在小石屋后面一排野剑麻尖上晒干。这天我返回小石屋，衣服不见了几件，剩下的也都被撕成了布条。我四处寻找，终于在屋后的岩石山上发现了几只正拿着我的衣服撕咬的猴子。

小石屋前面的几棵合欢树是众多织布鸟的家。雄鸟衔来富有韧性的棕榈草，在一根树枝上精心编织成一个球形鸟巢。鸟巢做好后，雄鸟站在枝头大声歌唱，不停震动翅膀，叽叽叫个不停，如同做生意一般吆喝，吸引雌鸟来参观。受到吸引的雌鸟飞到鸟巢边，左右探察进出，检查鸟巢的做工、舒适度和周边环境。一旦他感到满意了，就会留下来，和鸟巢主人结为一对，生儿育女。这种有趣的求偶方式，和人们先买房后结婚道理一样。

小石屋背面的岩石山大约有5层楼那么高。如果回来得早，我会爬到岩石顶，煞有其事地端一杯红茶，听着手机里的音乐，看着红日西沉，倦鸟归巢，常有"云为衣兮风为马"的错觉。不知不觉中，太阳消失在地平线上，漫天的火烧云也变成青色。斑鬣狗们的叫声再次响彻草原，又到他们工作的时间了。我从岩石山上回到小石屋，在厨房里做晚饭，然后端到门廊下的方桌上吃。有时斑鬣狗经过方桌旁，望我一眼，以为我会扔一块骨头。但我从来不会喂他们，他们很快一溜小跑不见了。这种动物很有喜感，虽然他们和狮子同属于草原上的顶级掠食者，却总是一副跑龙套的模样。

10月底塞伦盖蒂进入了雨季，哗哗的大雨冲刷着整个草原，彻夜不休。草原上朝烟暮雨，雾气弥漫，衣服鞋子好像发了霉一样难闻。小石屋年久失修，有几处漏雨，我只好把水桶、脸盆搬进屋子里接雨水。我通知米拉济想办法维修一下，他跑来房间里四处看看，无奈地表示束手无策，国家公园的泥瓦匠休假了，得下个月才能回来。相比我个人的舒适度，我更担心摄影器材，唯恐他们被淋湿或受潮。

到了11月中旬，雨势出人意料地越来越大。每天狂风骤雨呼啸而至，草原上水流成河，小

◀ 雨季外出拍摄时常
遭遇陷车

　　石屋浸泡在一片沼泽之中，好像一座孤岛。我和司机开车外出，道路变得泥泞难行，常常陷入泥潭，我只好减少外出拍摄的时间。天气却越来越闷热，我无事可做，无处可去，内心开始焦虑，出现抑郁症方面的迹象。之前在林迪的两年给了我足够的艰苦考验，但毕竟我还能和安德鲁聊天，跟船夫钓鱼，和小孩子们踢球，帮邻居喂鸡；现在我到哪儿都是一个人，顶多加上一个陪同的司机。找不到人聊天，不能养鸡，不能种菜，不能外出跑步，小石屋附近有很多河马、水牛，可能会伤害我，我只能靠读书打发时间。

　　一天清晨，天色阴郁，雨还没停歇的意思，我估摸今天没法外出拍摄了，准备烧水煮咖啡、煎鸡蛋。我睡眼迷离地走到客厅，打开房门，在门口伸了个懒腰。没想到，一只雌狮就趴在门廊之下，正瞪大眼睛好奇地看着我。我们俩相距不到1米，面面相觑。狮子的反应显然比我快，只见她"嗷"的一声从原地跳腾起来，后腿刚一着地，就撒腿朝雨里跑去。她一直跑到20米开外的一棵树下，才停下来掉头观察我，尾巴不安地上下摆动。我愣在原地盯着狮子，心脏狂跳，几乎从胸口冒出。然而雌狮很快就掉头离开，消失在雨幕之中。

　　这是我第一次和狮子面对面打交道。一定是昨夜雨势太大，这只雌狮跑到我的门廊下躲雨，她可能没有料到我这么早就开门出来。我不由得遗憾万分，这真是一出极好的纪录片题材，我却没有准备好相机，不过我希望他还能来小石屋避雨，如果可能的话。

　　小石屋地处塞伦盖蒂中心，是狮子密度最高的地方，有好几个狮群盘踞于此。每天早上我都能见到泥地上狮子的脚印或粪便，看来小石屋是他们捕猎、聚会或巡逻的必经之地。我能从脚

◀ 一只雌狮来到小石屋避雨

印的形状看出这是雄狮、雌狮或是幼狮。有一次晚上刚吃完饭，我正在屋内导照片，屋外传来了水牛一阵阵的惨叫声，夹杂着狮子特有的粗野的喉音，摄人心魄。狮群正在围捕水牛！多么难得的场面！我热血沸腾，拿起相机，三步两步冲到房门口，想看个究竟。但那天没有月亮，四周漆黑，什么也看不见。弗朗西斯和巡逻车也不在小石屋，我不敢徒步靠近观看，害怕杀红眼的狮子会误伤我，或者被水牛当成了垫背的。我只能郁闷地坐在小石屋门廊下，"收听"这场"巨人"之间的对搏。大约一个小时之后，水牛的声音变得微弱了，狮群得手了。第二天早晨，我和弗朗西斯驱车来到现场，见到18只狮子仍在大嚼大咽水牛尸体，血肉模糊，一片狼藉。

无数的秃鹫也被吸引而来，他们张开两米宽的翼，在小石屋上方盘旋，一会儿就快速落下，等候在狮群附近的树梢或地面上，只要狮子没留意，他们就像鸭子一样争先恐后地冲向水牛残骸，伸着没有毛的细脖子，啄食骨头上残存的肉。狮群吃饱后并未离开，晚上在小石屋附近高声吼叫，耀武扬威地宣示自己强大的实力。雄狮们发出沙哑而沉闷的吼声，此起彼伏，好像一连串低音炮，震得玻璃窗都在颤抖。我躺在床上欣赏了一场免费的交响乐。

但小石屋并不是什么都新鲜有趣，有时我实在无聊，随手拿起桌上的一本当地杂志，翻了几页，那些粗糙的图片让我生厌，还有好多生僻词不认识，我一烦，又扔回桌子上。双手抱头，仰面躺在床上，看着布满裂缝的房顶，浮想联翩。我想起了安德鲁，想起了使馆的同事，想起了大学同学。现在不就是我一直追求的生活吗？为什么又如此烦闷呢？孤独让我变得心烦意乱。人毕竟是群居动物，我要是能学会花豹的那种孤僻性格就好了。

我想起客厅有同事们没喝完的一瓶威士忌，我又从床上弹起来，走到客厅，找出一个塑料杯子，倒上了半杯，喝了一口，一股呛人的味道侵入胃里。真不明白，为什么那么多人喜欢喝威士忌。当年海明威来非洲打猎，几乎抱着威士忌睡觉。我又回到床上，嘴角歪斜，目光呆滞地望着房顶，想到了家乡的热干面，想起了在我生命中留下印记的朋友和聚散，不禁忧伤满怀。

一阵急促的黑斑羚的吼叫声把我惊醒，我好像被电击一般，从床上弹了起来，胃里还有一点酸腥的味道。我推开窗户，窗外夜色苍茫，似乎有两只雄黑斑羚在淡淡的月光中相互追逐，一会儿停下来，发出沉重的喘粗气声。休息片刻后，两个死对头又开始过招，犄角猛烈地碰撞，"咯噔""咯噔"，很快一只跳开了，另一只喘着粗气追赶他，同时消失在灌木丛里。我什么也看不见了，凉风灌入房间，我不禁汗毛倒竖。墙角边沉寂半天的蟋蟀开始吟唱，悠扬婉转，延绵不绝，直到天亮。

第二天，我坐在小石屋门口的凳子上喝着咖啡，眯着眼看一群斑马走近。斑马们不知从哪里冒出来的，他们悠闲地啃食草坪，不时还撒腿打闹一番，只有为首的公斑马抬头四顾。斑马走路时头总是一点一点地互相应答，在朝阳下拖着长长的倒影。天空中的雨云都已散开，阳光柔和明媚，蓝天明净如洗。斑马那错落有致的黑白条纹，映衬着绿色的草地。

斑马们走到我触手可及的位置，若无其事地吃草，我清晰地听见斑马那粗壮的下颌咀嚼草茎的声音，如同一首美妙的音乐。经过了危机四伏的黑夜，这些斑马的神情姿态是如此的安详，眼神是如此清澈，好像一股清泉从石头缝里汩汩而出，给这个世界注入了无穷的活力。这些未经驯化的奇蹄类动物，生来就对一切风雨忧患泰然处之，眼前有青草就吃，附近有天敌就跑，不管前方是险滩还是荆棘，他们的眼神没有显露出一丝紧张或慌乱。

新年好不容易到来了，游客逐渐增多。我没有外出拍摄，就会去公园的游客中心，和工作人员一起打扫卫生。游客中心内有一个介绍塞伦盖蒂历史和生态环境的小博物馆，有中国游客来，我就充当志愿者为他们讲解。很多人对我的工作好奇，羡慕我能够常驻在塞伦盖蒂同野生动物为伍，但他们不知道，这是要以孤寂凄凉为代价的。

天黑以后，游客们和其他工作人员离开游客中心回到各自的住处，雾气升起，衣服上沾满了露水，我走回小石屋，周围传来斑鬣狗等动物的叫声。我在门口闲坐，看珍珠鸡一只一只跳到树枝上，我拿点饭粒放在地上，看蚂蚁前来脚边搬运。一只蜜獾从草地上跑过，壁虎在墙壁上捕食，几只绿鹦在，提醒我夜幕已降临，该回房间了。梭罗在《瓦尔登湖》里说："每个人都应磨炼自己，使他的生活，甚至生活的细节，经得起其最高尚最严苛时刻的审视。"我忽然意识到：塞伦盖蒂远离了世俗烦扰，一切法则天然地运行，不正是我求之不得的吗？孤独当然无法回避，但并不是绝对的，承受孤独也是磨炼的一部分。关键在于，我不能再从人类的视角来看待事物，如果把自己也当成一只动物，学会动物的语言，体验野生世界的乐趣，一切就会豁然开朗。

狮野寻踪 / 080

/ 塞伦盖蒂的岁月

▲ 两只猎豹在乌云下休息

2 动物大迁徙直播

▲ 央视摄制组在塞伦盖蒂中心直播

　　2013年3月底，央视拍摄团队来到了塞伦盖蒂，他们正在制作一期直播节目，名为"东非动物大迁徙直播"，用直播的形式呈现塞伦盖蒂草原，特别是角马迁徙的壮观场面，据说是全世界有史以来的第一次。2012年他们曾在肯尼亚马赛马拉国家保护区做过一场直播，反响强烈，于是现在他们转战到了塞伦盖蒂。塞伦盖蒂是所有迁徙角马的出生地。

　　每年2—3月，上百万只角马集中在塞伦盖蒂东部和南部的短草平原上产崽，黑压压的角马群占据了整个视野范围，发出震耳欲聋的叫声，好像一场宏大的露天歌会。母角马们会集中在数十天内产崽，此时暴雨频仍，滋润了整个大地，雨水刺激嫩草生长，母角马们吃得膘肥体壮，分泌出足够的奶水喂养刚刚降生的小角马。

　　角马的数量虽然庞大，但想要看到或拍摄到角马生崽的那一瞬间却并不容易。母角马生性胆怯，很少在众目睽睽之下生产，他们一般会找一个僻静的地方分娩。央视的拍摄团队驾驶着六七辆越野车在草原上飞驰，浓烟滚滚，声势浩大，母角马们远远的就吓得四散逃窜了。母角马可以根据周边的环境，把分娩的时间推迟数个小时。虽然央视团队以地毯式搜索的劲头忙活了好几天，却还是没有拍到小角马的降生场景。

在这个直播节目中，我有幸以国家公园驻中国代表的身份讲解各种动物的习性。我解释了角马的行为习惯，还有角马的邻居们，例如长颈鹿、火烈鸟、狮子、大象、河马等。4月正值塞伦盖蒂的大雨季，我们一行人住在塞伦盖蒂南部纳杜图（Ndutu）湖边，每天衣服鞋子都被雨水打湿，粘在身上很不舒服。更难受的是，帐篷内没有洗澡水，我们只能用有限的饮用水润湿毛巾，擦拭身体。

草原上绿草如茵，角马群贪婪地啃食着雨后嫩尖，但角马们并不固定在一个地点进食，他们每天会移动4～10千米的距离，我们的直播地点每天要随着角马的移动而移动。通常我们在当地时间早上7点开始直播，凌晨4点就得起床，简单洗漱之后，就驱车外出寻找角马群。一旦确定了直播位置，大家就紧锣密鼓架设机位，调试信号，做好各项准备工作，在直播前1个小时全部完成，各就各位。

▼ 东非大羚羊也是迁徙大军的组成部分

▼ 浩浩荡荡的角马迁徙队伍

塞伦盖蒂的岁月

狮野寻踪 / 086

◀ 我和央视主持人一起坐在车顶讲解

▼ 摄制组抵达纳特龙湖边，准备拍摄火烈鸟

  在我的反复建议下，导演决定直播"超级狮群"，但这次直播风险很大，因为没人能保证在直播前找到狮子们。白天狮子总是趴在树下睡觉，但到了夜晚他们变得活泼好动，有时走到10千米外的地方活动，一旦他们吃饱了选择在某处卧下休息，我就很难找到他们。这天我们提前到凌晨4点外出寻找狮子，按照超级狮群习惯的活动区域，分头派出6辆车寻找。前几天狮群就在沼泽地边活动，这天早上他们却不见踪影。我变得压力山大，导演也急得团团转，如果6点前还不能找到狮群，国内就只能取消今天的直播。

  我打开顶棚，站起身，把头探到车外，举着手电到处搜寻。司机开着车在湿滑的丛林小路上行驶，刺骨的寒风迎面袭来，虽然我穿着羽绒服，还是冻得直打冷战。好不容易找到了树下趴着的2只狮子，但我不确定是否属于超级狮群的成员。我用电台跟导演报告，但导演在电台里叫道：我们得找到一大家狮子，2只可不行，跟今天的主题"超级狮群"不搭。我们只好继续艰难地行驶寻找，一不小心车轮陷入了一片泥潭，这一下肯定要耽误直播了！我几乎陷入了绝望，恰好此时，电台里传来了其他车的消息，找到了超级狮群，一共19只狮子！

这时天已大亮，还有不到半个小时就要直播。时间异常紧迫，所有的车像打了激素一样奔到狮群附近，幸好超级狮群不害怕车辆的围观，非常配合地趴在原地休息。我们争分夺秒，开始架设直播设备。导演急得眼睛闪着绿光，满头大汗，一边用卫星电话和总部联络，一边拼命地抽烟，烟头掉了一地，国家公园的跟车保卫不停地帮他捡烟头。谢天谢地，我们终于抢在当天《新闻30分》前一切就绪。我和主持人王梦坐在车顶，讲解狮群的趣闻和生活方式，虽然几分钟前我们还一脸泥水狼狈不堪。

这天清晨的直播刚结束，摄制组就接到了坦桑尼亚总统基奎特（2005—2015年在任）办公室的电话，对央视的直播野生动物节目表示欢迎和赞赏，并说总统本人也想参与到节目中来，为中国观众讲解塞伦盖蒂和各种动物知识。当天下午基奎特的专机就飞到了塞伦盖蒂，接受了摄制组一个小时左右的专访，当晚的《新闻联播》做了1分钟的报道。采访完毕，基奎特总统邀请全体人

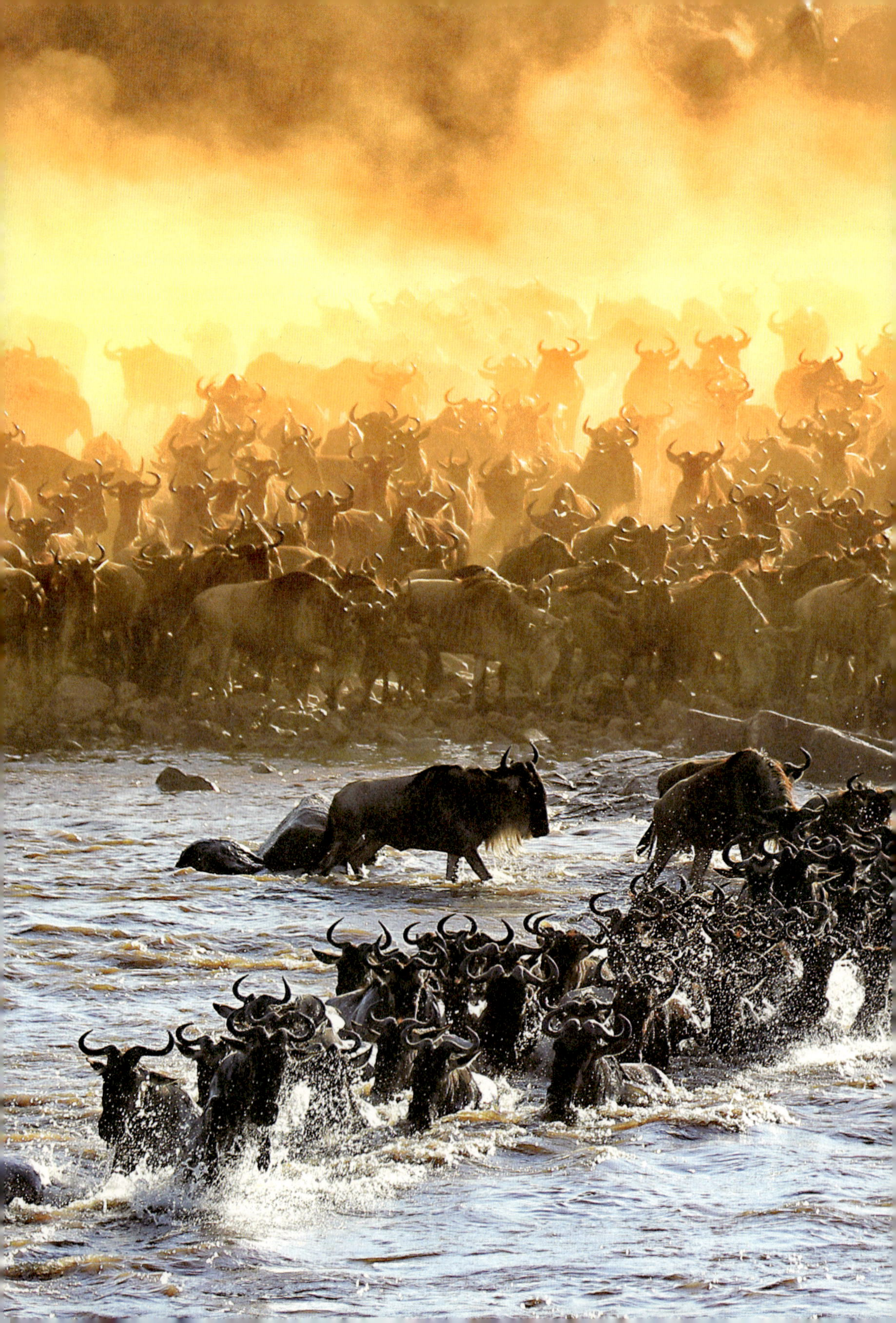

▲ 角马大规模横渡马拉河

员在塞伦盖蒂四季酒店吃了一顿晚餐。我对摄制组感叹说，这是我在坦桑尼亚这么多年来，第一次由坦桑尼亚人在酒店请我吃饭。

这年8月央视摄制组返回塞伦盖蒂做了第二场大规模直播。我们20多人在塞伦盖蒂马拉河边连续拍摄了18天角马过河。由于马拉河边住宿困难，无法容纳我们这么多人，我们只好在塞伦盖蒂东北部的一家酒店安营扎寨，如此每天驱车往返的距离在150千米以上。马拉河纬度为南纬1度左右，日照极其强烈，脖子和手臂的皮肤被晒得刺痛，正午时分河边温度可达40℃，我们都饱受煎熬。此外还有恐怖的采采蝇，这种吸血苍蝇几乎无孔不入，即使穿着牛仔裤也隔挡不住。一旦被他叮咬，皮肤上就会肿起一个大包，又疼又痒，几天都消不了肿。

我们每天都能拍摄到2～3场角马群横渡马拉河，有时过河场面可持续1～2个小时。角马们过河如同一场激烈的战斗，那前赴后继的劲头令人激动万分。每一次角马群过河，往往因为相互踩踏或鳄鱼袭击造成不少伤亡事故。我记得8月中旬的一场角马过河规模浩大，上千只角马在水中挤成一团，登不上对岸的角马不幸成为后继者的肉梯。河边惨叫连连，泥水夹杂着血肉飞溅，被踩踏的角马非死即伤，场面极其悲壮。

之前人们对角马迁徙有许多误解，比如以为"角马迁徙就是从塞伦盖蒂跑到马赛马拉"，但实际情况是每到旱季，塞伦盖蒂内大部分地方水草枯竭，只有马拉河流域还有降雨，降雨带来了宝贵的青草，于是大部分角马在这时就移动到马拉河流域觅食。马拉河是一条从肯尼亚流入坦桑尼亚的河流，上游的一部分在马赛马拉，下游的一部分在塞伦盖蒂，马拉河并不是两者的界河，因此准确地说，角马们迁徙的目的地应该是马拉河流域，而不仅仅是马赛马拉，大部分角马聚集在塞伦盖蒂的马拉河两岸，有20%～30%的角马会溯流而上，进入马赛马拉保护区。

角马过河是一个反复拉锯的过程，他们并不是过了一次河就离开远去了，我发现通常的情况是，角马们把河边一侧的青草吃完后，就集体渡河去对岸的草原上吃草，等到对岸的草消耗殆尽，他们又前呼后拥地渡河回来。在整个旱季，角马群密布在马拉河的两侧，同一群角马可能今天到了河西，明天又回到了河东。角马这种风风火火、不辞劳苦、反复折腾的行为风格，恐怕世界上很少有动物可与之相比。

塞伦盖蒂的斑马也是大迁徙的重要组成部分，他们的数量在20万只左右。在不迁徙的季节里，他们喜欢和角马们混杂在一起。角马嗅觉极佳，斑马视觉敏锐，两者形成优势互补，能够更好地躲避敌害。

塞伦盖蒂的斑马属于平原斑马马赛亚种，条纹均匀，身材健硕，四肢强劲有力。斑马通常以家族为单位集体活动，领头的是一只公斑马，其余都是他的妻妾和子女。成年的、还未婚配的公斑马们则组成小群体在草原上游荡。

斑马的体重超过300千克，奔跑速度能达到60千米/小时。在东非大草原上，除了狮子，没有其他食肉动物能捕捉一只健康的成年斑马。即便是狮子，也不容易在斑马身上占到便宜。因为斑马性情粗野，倘若遇到敌害，他们就又踢又咬，奋起反击。斑马的后腿肌肉尤其发达，可以一下踢碎狮子的下颌骨。

他们对环境的适应能力远比角马更强，斑马能够吃很粗纤维的长草，忍受干旱少水的环境。我在伦盖伊火山下见过不少斑马群，那是一个像火星一

▼ 斑马站在一起并不能混淆狮子的视线

样荒凉的地方，几乎找不到任何淡水。

每年8—9月，斑马群也陆续渡过了马拉河。斑马以家庭为单位过河，由1匹公马，2～6匹母马，以及他们的后代组成。在大迁徙中，数千个这样的小家庭集结在一起，渡过马拉河去寻找水源和草地。公马与其配偶之间的感情非常深厚，我看到一匹孤独的公马站在河对岸，回顾自己的家庭成员是否全部渡过了马拉河。有的公马还会在马群中蹿来蹿去，不断"点名"，寻找丢失的母马。同样，母马对丈夫也是非常忠诚的，他们通常终生待在同一个马群里。

斑马过河时表现得更加警觉和聪明，他们不会像角马一样傻乎乎地往河水里跳。斑马们往往会在河岸边来回观察、试探，确定河中没有危险了，才会开始横渡，这个过程会长达4～8个小时。有的斑马会夹杂在角马群中一起过河，减少自身被鳄鱼猎捕的概率。还有更聪明的斑马，会身先士卒下河，身后引领着大批角马。其实这并不是斑马多么勇敢，而是斑马知道，走在最前面反而最安全，因为鳄鱼需要一定的反应时间，鳄鱼一般攻击过河队伍里落在最后的。

虽然斑马相貌出众，叫声却很难听，"汪汪"的声音就像狗吠一样，又有点像驴嘶。斑马群

▼ 斑马群有秩序地横渡马拉河

无论在哪里活动，一般都会有群体成员担任警戒任务，一有危险便发出警告信号，一起逃之夭夭。正午炎热，食肉动物都在阴凉处睡大觉，这时也是斑马们的午休时间。斑马休息的姿势很有趣，通常是两只斑马相对而立，彼此把下巴搭在对方的肩膀或背上，起到互相警戒的作用。也有少部分斑马，采用全身躺在地上的方式睡觉，同伴在一旁为他放哨。

斑马喜欢在干土地上打滚蹭痒，就如我们常说的"驴打滚"，通过把沙土磨蹭到背部和腹部，可以杀死寄生虫和防止蚊蝇的叮咬。斑马同样也欢迎啄食寄生虫的牛椋鸟前来"用餐"。

斑马身上美丽的条纹到底起什么作用？有的研究认为是为了帮助皮肤降温，有的研究则认为是防止采采蝇叮咬，还有的研究认为是为了在逃跑时迷乱捕猎者的视线，但我觉得斑马身上的条纹是一种联络色，是斑马为了在失散后能够迅速恢复聚群状态而进化产生的一种皮毛色。

斑马身上那黑白相间的条纹，使得斑马在非洲的大草原上显得非常醒目，即使相距较远也能够彼此相互看见。当然，这也会被周围的狮子远远地看见，既然如此，斑马为何会演化出布满全身的条纹呢？

狮子的视觉是很敏锐的，对于像斑马这样体形较大的动物，当其处于成群活动状态时，即使斑马毛色与周围的环境差别不大，只要他们处于狮子的视力范围之内，照样很容易被狮子发现。尤其是在斑马奔跑运动时，即使有保护色也起不了什么作用。

单个的斑马在低头吃草时无法及时观察周围的状况，而抬头观察周围的状况时又会影响吃草。成群的斑马则可以通过交替值班去发现危险，故成群的斑马更容易发现埋伏在周围草丛中的狮子，并可及时采取措施加以规避。因此，斑马成群结队活动要比各自单独行动的生存概率高得多。

那斑马怎样才能尽快地聚集成群呢？显然，方法之一就是无论在白天或夜晚，都能尽早在更远处看见对方，这就要求斑马应该具有突出的色彩。经过漫长岁月的进化，斑马的身上就出现了有助于其提高聚群能力的黑白相间的条纹。如此一来，即使斑马群由于受到狮子的攻击而被冲散，但其布满全身、非常醒目的黑白相间的条纹，使得斑马无论是在白天或黑夜，都能够在较远的地方发现自己的同类，从而有助于其尽快恢复聚群状态。

每天的直播虽然只有短短的一个小时，但背后的工作量却极大，摄制组一点儿也不轻松。由于采用的是直播形式，而动物又不能摆拍，为了避免冷场的尴尬，我们必须提前预拍许多镜头，在直播中寻找合适的机会插入。例如有一天我们准备直播猎豹，讲解猎豹的行为特点，但那只原本在草丛里休息的猎豹，看到了远处的斑鬣狗群，惊慌之中，立刻起身逃进了深草之中，镜头无法跟上，导播就连忙把之前拍摄的猎豹镜头填补进来。

我们回到驻地已经天黑了，大家忙着整理器材、清理灰尘、给电池充电和编辑视频，要在12点前把视频传回国内总台，常常顾不上吃晚饭。导演和主持人协商明天直播的主题，核对解说台词，做好替代方案，总要忙到凌晨一两点。清晨5点不到，全体人员又洗漱完毕，整装待发，央视人的职业素养确实令人钦佩。摄制组从阿鲁沙雇了8台越野车，用于每日外出拍摄和寻找动物，由于长时间高强度的使用，这些车都不同程度上出了问题，需要维修或更换零件。拍摄了两个星期后，我们就只剩下5台车还能跑。几个当地司机也叫苦不迭，抱怨早知如此辛苦，就不接这个活儿了。

8月10日，为了体现人和野生动物的关系，我带着摄制组的一部分人前往哈德扎比狩猎部落。哈德扎比人是非洲最后的狩猎民族，他们已在坦桑尼亚这块土地上繁衍生息了1.7万年，至今仍然保持着茹毛饮血的原始生活，他们被政府特许以猎杀野生动物为生，主要的食物来源是分布在伊亚锡湖附近的羚羊、斑马、疣猪、狒狒、鸟类等。

哈德扎比人用弓箭直接射杀动物，然后钻木取火，用火把猎物烤熟了吃。他们特别爱猎杀狒狒，据说狒狒肉比较美味。我见到他们射猎狒狒的过程，一群哈德扎比猎人把一只狒狒逼到一棵猴面包树上，狒狒吓得尖声叫唤。其中一位猎人弯弓搭箭，嗖嗖地连续射出5支利箭，每一箭都射中了狒狒。这只可怜的狒狒在树梢上痛苦地挣扎，不一会儿就断气了。另一个猎人麻利地爬上30米高的树顶，把狒狒尸体扔下来。他又顺便采摘了一串猴面包树果，挂在腰间，当作零食吃。

哈德扎比人还处于原始部落阶段，一个部落20~30人。部落临时拼凑而成，并不是家族式的组合。他们没有私人财产，大家有福同享，有难同当。他们居住在伊亚锡湖附近，这是一个极端缺水的地方，一年只下数场雨。那天拍摄结束后，我把车上的几瓶水分给了他们。每一个哈德扎比人都是仰脖喝一口水，然后把瓶子传递给另一个人。

晚上我们就在哈德扎比部落里驻扎，跟他们住在一个树洞里。我们的补给车在半路上抛锚，司机打电话说大约要晚上11点才能给我们送来晚饭。哈德扎比人好像看出了我们的窘境，他们并没有把我们当成外人，邀请我们一同点篝火烤羚羊腿吃。这是他们前一天猎获的一只羚羊，吃掉了大半儿。酋长用刀把所剩不多的羚羊又切成了两份，一份部落的人吃，另一份给我们当晚餐。

我们的直播持续到了8月下旬，按计划还有两天就结束了。但央视总部发来新的指示，说有新的拍摄任务——拍摄火烈鸟，全体摄制组要转战纳特龙湖。纳特龙湖是东非最大的火烈鸟栖息地，数量可达百万之多，但地处偏远，条件艰苦。命令传来，摄制组一片哀号。经过3个星期连续的野外拍摄，我们都已身心俱疲，给养告罄，但指示必须执行，无可奈何，一行人只得硬着头皮朝纳特龙湖开拔。

　　从塞伦盖蒂前往纳特龙湖有150千米的土路，崎岖颠簸，举步维艰，摄制组的23个人挤在5辆越野车上，好像闷罐车一样难受。我被一大堆转播设备和行李牢牢卡住，两条腿完全无法挪动。长时间的强烈颠簸，让我产生了幻觉，我们是不是在朝地狱行驶？沿途事故层出不穷，一会儿有车抛锚，一会儿车胎陷入流沙，我们和司机只好下车修理并推车。

　　傍晚7点左右，车队接近了伦盖伊火山，又有一辆车趴了窝。我跳下车直喘气，这时天色昏黑，热浪滚滚，气温接近40℃。火山下狂风呼啸，飞沙走石，黑色的火山灰被卷起打在脸上，我睁不开眼睛，耳朵、脖子、头发里全是沙粒。我环顾四周，几乎寸草不生，只有沙砾，荒凉得好像火星一般。前方有几座锥形的火山，默然挺立。我听见王梦在说："我们是不是到了世界的尽头？"

　　过了一会儿，几个瘦高的马赛人从风沙中走来，这种地方还住着人？我以为是来援助我们的，没想到他们是来找我们收费的。为首的马赛人拦住我们的车，蛮横地说我们进入了他们的村子，应该交费，一人25美元。我们的导演拿出坦桑尼亚新闻局和国家公园颁发的拍摄许可证，但马赛人压根不看，摆出一副"此路是我开"的架势。虽说马赛人是游牧民族，但在收钱方面可从不含糊。马赛人50多年前迁徙来到伦盖伊山下，消灭了附近所有的狮子、猎豹和斑鬣狗，让自己的牛羊占据了这片土地。

　　我们好不容易在半夜10点多摸黑抵达纳特龙湖边，找到当晚的住宿地，在湖边的一块沙丘上。沙丘上有一家旅馆，居然没有接到我们后方的预订信息，什么都没有准备。没有准备晚饭，也没有足够的房间。万般无奈，导演决定女生都住在房里，男的全部露天打地铺。我们胡乱吃了几片面包，就各自赶紧去休息。我和另外几个人露宿在风沙之中，身上只裹了一条被单。虽然疲惫，但汗和灰尘布满全身，黏黏糊糊，根本睡不着。我独自在山丘上转悠，寒风凛冽，如同群鬼夜号。惨淡的月光下，眼前的世界变得怪异迷离。我的右边是大裂谷的断层，左边是纳特龙湖，前方伦盖伊火山的影子好像一只巨大的怪兽，正伸长了脸子，准备把一切都吞进肚里去。

　　我好不容易接受了这个现实，困意袭来，刚准备和衣躺下小睡。突然，导演推了我一把，说要出发拍摄了，然后他站起身扯着沙哑的嗓子召集所有的人集合。清晨不到5点，睡眼惺忪的摄制组到达纳特龙湖边，架设机器，准备直播。那天的火烈鸟数量很多，但颇为怕人，我们稍微一走近，就展翅飞远了。我和摄像师跳到水里，企图涉水走近一些，但湖底全是淤泥，一不小心整条腿都会陷下去，湖水高度碱化，腿脚的皮肤被有毒的湖水灼得好疼。我们反复试验，徒劳无功，摄制组一肚子怨气，我听见有几个人暗地里商量，是否找个僻静处把导演打一顿。如果只是表现火烈鸟的行为，在恩戈罗恩戈罗火山口内就可以拍摄了，用不着跋涉如此漫长的路程来纳特龙湖。好在摄制组带着两台无人机，能飞到纳特龙湖中间拍摄成群的火烈鸟，总算是能把这一壮观

▲ 小火烈鸟群

场面呈现给国内的观众。

　　这天直播完快正午了，这是最后一场直播，终于结束了！我们灰头土脸地返回旅馆，收拾行装，所有的人都没有心情坐下来正经吃午饭。我们很快爬上车，忙不迭地让司机赶紧开车离开纳特龙湖，直奔阿鲁沙。一路继续颠簸3个多小时，回到了马尼亚拉湖边，我们的车终于离开土路，重新回到柏油路上，在车轮飞转的一刹那，我有一种劫后余生的感觉。

097 / 塞伦盖蒂的岁月

▼ 航拍纳特龙湖火烈鸟群

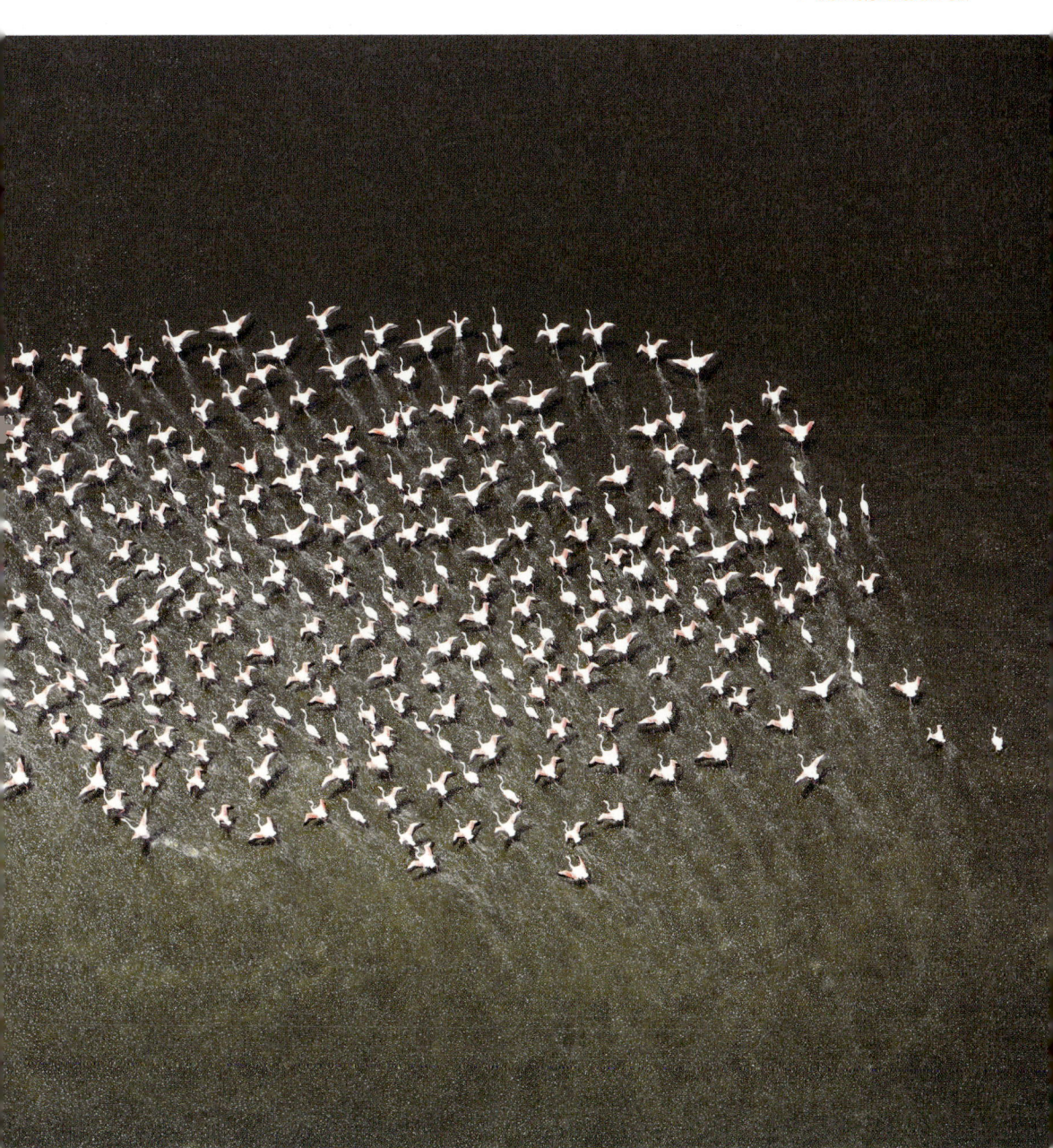

3 国家公园的工作人员

▲ 塞伦盖蒂国家公园的巡逻员们

　　塞伦盖蒂国家公园归属坦桑尼亚国家公园总部管辖,后者隶属于坦桑尼亚自然资源和旅游部,大致算一家国企,但是一个比较独立的机构。塞伦盖蒂一共有300多名员工,常年驻在公园内,主要从事反盗猎、工程建设、园区规划、管理帐篷营地、旅游咨询、野外救援等工作。

　　我平时和副园长基玛罗(Kimaro)打交道最多,他是塞伦盖蒂的二把手,40岁出头,精明干练,头脑灵活,语速飞快。他中等个子,有点儿混血,肤色并不是那么黑,他主管塞伦盖蒂的日常工作,尤其是旅游方面的事务。塞伦盖蒂是一处著名景点,年接待量40多万人次,以美国、德国、中国游客为主,因此这里的工作人员事务繁重。国家公园对游客管理严格,园区内禁止高声喧哗,禁止投喂动物,禁止开车轧草地,禁止随意下车和宿营等。一旦发现游客违规,基玛罗就要给这些人开罚单,罚单从100美元到吊销向导的执照不等。基玛罗的工作十分繁忙,几乎没有空闲的时间,也没有周末和节假日。他每年只有14天的带薪休假,但也经常被叫回塞伦盖蒂加班。

基玛罗执法严格，铁面无私，处罚过很多人，砸过一些违规司机的饭碗。虽然上级部门对他的工作能力赞赏有加，但许多人对他恨之入骨，扬言要报复他和他的家人。他平时看起来若无其事，其实背负着沉重的心理压力，我经常见到他背着手在办公室里来回踱步，眉头拧成了麻花状。他在塞伦盖蒂位处高级管理层，即使心里不痛快，也不方便跟同事诉苦，只有在和我聊天时才有所流露。

有一次晚饭后，他请我喝啤酒，我们坐在一堆篝火旁，火苗刺刺蹿得老高，映红了他那张黝黑的脸。他盯着火堆看了半天，从喉咙发出低哑的声音问我："陈，你认不认识在这儿的中国公司负责人，我想在中国公司找一份工作，比如做个经理什么的，我不想在这里干下去了。"

我吃了一惊："啊？为什么？塞伦盖蒂不好吗？"

他捡起一块木头，扔进火堆中，说："我在国家公园工作了20年，我厌倦了。"

"太累了是吗？"

"谁受得了这个罪！"

"我可以试着帮你问问，但不能保证成功。"

他灌了一口啤酒，长叹一口气，说："谢谢你！我想换一个环境，随便做点什么事都行。"

▼ 塞伦盖蒂反盗猎队员们

▲ 观察是否有盗猎分子

"你在塞伦盖蒂工作这么久，完全可以自己开公司啊，我觉得没必要去中国公司打工。"

"那倒可以试试，不如我们一起开一家纪念品商店，在塞伦盖蒂里租个房子卖纪念品好了。"

"那总部会同意吗？"我知道国家公园总部前不久刚送他去美国黄石国家公园进修学习。

"去他妈的，我才不管呢！"他喝了一口酒，眼睛依然盯着火堆。

我之前在体制内，也听到过许多人抱怨工作没有了动力，上升没有了空间，就是所谓的职业天花板。虽然工作的平台不错，但人就好像一只玻璃瓶里的苍蝇，看得到光明，却找不到出口。基玛罗想必也是这样的一只"苍蝇"。塞伦盖蒂当然是一片动物的伊甸园，如果只做短暂游览，会觉得朝气蓬勃，心旷神怡，但长期驻守，不会觉得有多么美妙，甚至会觉得日复一日的工作简直是一种折磨。

感到憋屈的不止基玛罗一人，伊万斯（Evans）是塞伦盖蒂小机场的一名管理员，他每天的工作就是看着载满游客的小飞机降落，在登记簿上画个钩，让飞行员签个字，再看着载满游客的小飞机起飞，再画个钩，每天下班前把登记簿交给机场办公室就完事了。他在这个岗位上干了7年，沉默寡言，举止呆板，脸上总是挂着一副哲学家的表情。

我在机场外碰到他，见左右无人，于是挺同情地问他："你想换工作吗？"

他点了一下头，勉强挤出一丝笑容："你要回阿鲁沙吗？还是回中国去？如果可以，帮我带一个智能手机来吧，你看我的手机已经不能用了。"说着，他把一个满是灰尘、屏幕破碎的旧手机拿出来给我看。

"我只是回阿鲁沙办点儿事情，明天就回塞伦盖蒂了。不过我要去国家公园（Tanapa）总部的，需要我给你的同事们带什么话吗？"

他有一些伤感地回答："噢，那算了吧，我没有什么话需要让你带回去的。我也不需要换工作，现在到处工作这么难找，我这个活儿还是托人找了好多关系才得到的。"

米拉济在塞伦盖蒂工作了30年，从没离开过塞伦盖蒂，他是塞伦盖蒂前任园长的儿子，从小在塞伦盖蒂内念书长大，中学毕业后就靠父亲的恩荫，在国家公园谋了这份差事。他每天早上来小石屋打扫卫生和洗衣服，下午就躺在客厅的沙发上打电话或者听收音机，5点下班后再回员工村里的房子去。他老实憨厚,像一只老山羊一样木讷,跟我说得最多的话就是:"陈,你什么时候回中国?再来的时候帮我带点礼物吧。"

米拉济的老婆儿子也和他一起住在塞伦盖蒂,我问他想不想去外面看看,他指一指小石屋的地面,说这里就挺好的,其他地方不见得比塞伦盖蒂更好。他带着老婆儿子搭乘国家公园的免费班车去最近的一个小镇穆古木买一些生活用品,算是进城一趟。我去他家里做客,一家人住在不足9平方米的房间里。米拉济的世界是如此的简单,让他到城里去工作,他根本无法适应。其他员工的家属也有不少住在塞伦盖蒂内,还有的住在城里或附近的农村,逢年过节会来塞伦盖蒂探亲。

我晚上回到小石屋,周围到处是斑鬣狗,叽里咕噜地叫唤,吵得我难以入睡。我问米拉济有没有办法把他们赶走,米拉济摇摇头,表示无能为力。近年来,斑鬣狗越来越多,主要由于压制他们的动物——狮子数量减少太快,虽然斑鬣狗能够清理掉草原上的尸骸,但他们也咬死了很多狮子、猎豹幼崽。

米拉济告诉我:"斑鬣狗会进入塞伦盖蒂西部的小村庄,趁人不注意,抢走未满周岁的婴儿。"

我问:"这么危险!斑鬣狗吃小孩吗?"

"是啊。"

▶ 国家公园内的小诊所

▲ 斑马和角马们聚集在员工村的足球场上吃草

"那村庄里的人采取什么办法？"

"之前人们觉得斑鬣狗是巫师变的，他们白天隐藏在洞穴中，晚上就四处寻觅可食之物。如果哪家人做了违背道义的事，小孩子就会被巫师附体的斑鬣狗抢走，尸骨无存。"

"现在呢？"

"现在国家公园对他们进行了教育，他们意识到斑鬣狗是一种邪恶透顶的动物。人们开始报复斑鬣狗，他们把鲜血涂抹在一些小石头上，斑鬣狗闻到血腥味就会囫囵吞下，然后小石头卡在斑鬣狗的胃里，吐不出来也消化不掉，这样就可以把他们弄死。"

不过米拉济和伊万斯都算非常幸福的了，他们的工作没有太大的压力，也不危险，享受正常的一日三餐，发工资的那天可以到员工餐厅去开一瓶啤酒。真正艰辛的工作属于国家公园的反盗猎巡逻员。在塞伦盖蒂，有80%的工作人员从事反盗猎巡逻。塞伦盖蒂的边境上分布着多个巡逻站，每个站驻扎着5～40名巡逻员。他们得不停地在公园的边境上巡逻，防范和打击各种盗猎行为，制止牧民进入国家公园内放牧。巡逻站地处偏远，没水没电，饮食短缺，他们一驻就是5年。

2013年我和央视一起报道塞伦盖蒂的动物大迁徙，讲到反盗猎巡逻员的工作。塞伦盖蒂东南部的莫鲁（Moru）地区有一个黑犀牛保育基地，驻扎着40多名巡逻员。这里与世隔绝，除了20多头黑犀牛，再也见不到其他动物和外人。

基地有一间小博物馆，是法兰克福动物学会捐赠的，展示着黑犀牛的标本、骨骼、图片以及一些保育设备。博物馆的一面墙上挂着米歇尔·吉梅克的照片，上面用英语写着"他把一切包括自己的生命都献给了塞伦盖蒂"。米歇尔·吉梅克和他的父亲在20世纪40年代末来到塞伦盖蒂，推动了政府建立国家公园。他们花了9年的时间调研了角马迁徙的路线和大致的数量。他们拍摄了一部名为《留住塞伦盖蒂》的纪录片，获得了1959年奥斯卡最佳纪录片奖。吉梅克父子把版税收入的一部分捐献给塞伦盖蒂。但不幸的是，米歇尔在一次例行飞行巡逻中，飞机撞上了一只秃鹫，机毁人亡，年仅25岁。

照片的另一块墙上，刻着这样一段话："请各位来到塞伦盖蒂的游客们，向我们这里的巡逻员们报以敬意。他们每天冒着生命危险，忍受着艰苦的条件为我们保护这些可爱的动物。"

保育黑犀牛是一件危险的工作，盗猎分子装备精良，为了盗猎犀牛角，无所不用其极，甚至会武装袭击巡逻站。这些巡逻员每天夜里睡觉是不能脱衣服和靴子的，冲锋枪就放在枕边，一旦

▼ 用无线电寻找黑犀牛的踪迹

◀ 寻找黑犀牛

发生状况，就得迅即反应。2014年发生过一次严重的武装冲突，5名盗猎分子袭击了东南部的巡逻站，导致2名巡逻员中弹身亡，6名受伤。2016年国家公园的一架反盗猎直升机就被7名武装盗猎分子从地面击落，飞行员身亡。

我问巡逻站的站长："是什么让你们在这么危险和艰苦的地方坚持下来的？"

他说："我们是军人，军人就要听从指挥，国家公园让我们在这里坚持，我们就坚持。"

我又问："你在这么危险和艰苦的地方，你的家人怎么想呢？他们同意吗？"

"她们有意见我也不知道，反正在这里，干任何岗位都差不多。"

"你们的工资比普通军人要高吗？"

"是的，我的工资由国家公园发，还有一部分津贴由法兰克福动物学会资助。"

"那你觉得做反盗猎工作最大的挑战在哪里？"

"最大的挑战是钱太少，我们的收入本来就很低，还有我们的装备、车辆、人员数量都短缺，你看我们现在巡逻车只有4辆了，本来有10辆的，其他的几辆车都坏了。这需要足够的资金支持。"

我想了想，说："我会尽力帮助你们争取来自中国的资助。"

有一次我也遇上了盗猎者。那天下午我带着弗朗西斯在靠近塞伦盖蒂东北部灌木林拍摄，这是一个非游客区域，毗邻肯尼亚边境。我们看到远方一棵树下有一辆绿皮越野车停驻。那辆车没有停在国家公园规定的道路上，如果是公园的巡逻车，我应该能够看到那红色的车牌。

我停车观望，脚站在座位上，举起了望远镜。那是一辆路虎改装的越野车，驾驶室和侧面窗户上都挂着窗帘，看不到车里坐着什么人。正在这时，"啪"的一声，好像从那辆车里响起。"危险！"弗朗西斯一下反应过来，大惊失色，来不及叫我坐下，用最短的时间发动了车子，掉头就逃，一面大声地对我说："Poacher（盗猎者），Poacher!"

我的兴奋大于害怕，问："怎么会这样？他们为什么开枪？"

弗朗西斯说："他们以为我们是巡逻员，要杀人灭口，快跑，我得赶紧向总部报告。"

我们在崎岖的土路上一口气跑出去30千米，接近了博洛公吉伊亚（Bologonjia）巡逻站，弗朗西斯连忙用车载电台跟巡逻站站长联系，告诉他们发生的一切。巡逻站的人在电台里说，那个区域靠近坦肯边境，经常有盗猎分子活动。

我们把车停在巡逻站，赶忙问："能不能赶紧派人抓住这些盗猎者？"

有一个巡逻员说："既然他们知道你们逃回来报告了，我们即使现在赶过去，估计他们也已经跑掉了。"

"这种情况多吗？"

"时有发生，之前就有不按规定路线旅游的游客在那里被盗猎分子杀死。"

"我的天啊！盗猎分子太可恶了！"

"是啊。不过你们今天很幸运，没有被打中。上帝保佑你，请我喝一瓶啤酒吧。"

坦桑尼亚人什么时候都善于大事化小，小事化了。

2014年的4月，我前往姆库马齐国家公园拍摄，这是坦桑尼亚新成立的一座国家公园，面积有3000多平方千米，距离塞伦盖蒂大约8个小时的车程。晚上我在员工餐厅吃饭时，姆库马齐所有的工作人员都来陪我聊天，嘘寒问暖，我受宠若惊。

原来这里的工作环境比塞伦盖蒂更加乏味，好不容易盼来一个外人，所以才如此热情。塞伦盖蒂虽然条件艰苦，毕竟还能见到众多游客，姆库马齐年均游客还不到200人，这些人无所事事，精神空虚到极点。借和我聊天之机，好几个人悄悄地塞了一封信给我，请我给林伦古鲁主席或基加齐局长捎个话，大意是："姆库马齐太清闲了，请把我调到塞伦盖蒂或随便什么地方工作。"姆库马齐国家公园的工作人员100%是男性，平时消遣的主要方式就是酗酒。在员工餐厅旁边有一个简陋阴暗的小酒吧，堆满了买醉的人。喝醉了可以睡一天，时间容易打发。

姆库马齐并不是最难熬的，毕竟姆库马齐距离最近的小镇萨美（Same）只有16千米，真正度日如年的地方在坦桑尼亚的西部和南部，那才是蛮荒闭塞之地，除了飞禽走兽，一年到头也见不到几个人。那些巡逻站就犹如我们国家的边防哨卡，巡逻员们在最原始的状态下生活工作，很难想象他们是如何保持精神正常的。

塞伦盖蒂内有一所员工小学，这里的学生都是工作人员的子弟。这些孩子大部分就出生在塞伦盖蒂，和野生动物一起长大。小学的教学语言是斯瓦希里语，大部分孩子还不能说英语。我有时间就会跑到小学，给他们教英语和中文。放学后，我跟孩子们在教室外的空地上踢足球，球场边时常有大象和长颈鹿经过。

小学一共只有6名教师，校长卡达文（Kawenda）也是教师之一。卡达文瘦瘦高高的，年纪与我相仿，说话慢条斯理，文质彬彬。他邀请我去他家里做客。他的家也在塞伦盖蒂员工村内，只有6平方米大，没有单独的卫生间和厨房，内饰极其简单。他和他的老婆、两个孩子就挤在一张大床上睡觉，中间用一条布帘隔开。其他几位老师的家也大体如此。

我曾经问他："你和孩子们一直住在塞伦盖蒂，有没有机会进城去玩呢？"

他说："我们全家大概半年会出去一次，去城市里看看。但我每个月会去最近的姆古穆（Mugumu）市一趟，去教育局领所有老师的工资。"

"哦，从塞伦盖蒂到姆古穆有多远啊？"

"国家公园会派一辆中巴车送我过去，大约3个小时。"

"那你每次去要在姆古穆待多久呢？"

"我每次先去领工资，然后在市场上买一些生活用品，当天就得赶回塞伦盖蒂。"

"哦，那不是很辛苦吗？"

"还好，我都习惯了。姆古穆的住宿也不便宜，孩子们还等着我带礼物回来。"

我接着问他："如果我身边的朋友想要给你们捐赠一些文具，你们愿意接受吗？"

他眼睛里放光，说："那当然好啊，我们很缺文具。"

小学的教学条件很简陋，只有5间教室，其中一间最小的教室被老师们用为办公室，教室都没有电灯和窗户，好在塞伦盖蒂白天的日照强烈，没有灯光照明问题也不大。一些破损的窗户被学生们用荆棘填充起来，以免狒狒或猴子进教室捣乱。有时，我在教室讲课，窗外有一群长尾猴好奇地探视，这可能是世界上最野性的课堂。晚上，一名学生邀请我参加他的生日派对，原来就是在教室前的空地上生篝火做烧烤吃。烤肉是当天从阿鲁沙运来的新鲜鸡肉和羊肉。一群斑鬣狗也想要过来分一杯羹。有学生告诉我，他们有时搞恶作剧，把吃剩的骨头偷偷地放在女老师安娜（Anna）的家门口，晚上无数的斑鬣狗来吃，他们就听到安娜发疯似的尖叫声。

2016年我通过个人的朋友圈，组织了两场针对小学的捐赠。捐赠品包括笔记本电脑（二手）、太阳能台灯、铅笔盒、铅笔、彩笔、圆珠笔、橡皮擦、练习册、足球等，价值接近3000美元。2017年后，国内不少朋友也跟我一起，来到小学做起了志愿者。他们带来了不少中国的折扇，扇面是空白的，大家共同在扇面上手绘各种动物图案，我们大多画的是熊猫，而这些塞伦盖

▲ 塞伦盖蒂小学授予我优秀志愿者并颁发奖状

蒂的学生则画上了狮子、斑鬣狗、河马。塞伦盖蒂小学的孩子们毕业后，就要去附近城市里读寄宿初中了。

塞伦盖蒂内还有多家科研机构，猎豹研究中心是其中之一，这个项目隶属于世界野生动物保护学会（Wildlife Conservation Society），项目的负责人叫丹尼斯（Dennis），他来自阿鲁沙，正在这个项目上攻读博士学位，他的研究主题是猎豹的迁移和繁殖。

猎豹的研究和保护一直是难点，猎豹生存空间很大，难以实施有效的跟踪。他们没有领地，任何地方都能够涉足，这样就给了盗猎者许多捕杀或抓获他们的机会。此外，现存猎豹的基因单一性太严重，所有的猎豹都是史前两只猎豹的后代。但令人惊奇的是，猎豹并没有因为高度近亲繁殖而出现种群退化现象，可能因为他们的生存压力激发了各项潜能，真可谓生于忧患，死于安乐。

猎豹研究中心的工作量很大，但丹尼斯的人手太少，于是2017年之后，我就自动帮他担负起寻找猎豹的工作，为他收集塞伦盖蒂内的猎豹信息，另外我也请一些国内来的志愿者和游客参与到猎豹个体跟踪的工作中来。塞伦盖蒂内的猎豹总数已不到150只，迫切需要人们的保护。

4 超级狮群的故事

在塞伦盖蒂中部生活着一个数量庞大的狮群，2014年时居然达到了42只！通常情况下，一个狮群由5~12只狮子组成，如此庞大的规模极为罕见，我把他们称为"超级狮群"。

▲ 超级狮群的雄狮之一姆库科巴

其实这个狮群很久以前就被人跟踪研究。乔治·夏勒20世纪60年代末写出的《塞伦盖蒂的狮子》一书就是以这个狮群的先辈为研究蓝本。超级狮群活动的区域位于塞伦盖蒂中部的塞罗内拉河流域，这是一个半草原半灌木丛区，非常适合狮子们居住和狩猎。狮子在什么地方建立领地取决于两个条件：一是要有阴凉处，二是要有永久性水源。

超级狮群的狮子数量为何如此之多？是为了提高捕猎成功率，还是为了更好地哺育幼狮？抑或为了情感交流？以往流传着多种说法，但都没有对这个问题做出合理的解释。在这42只狮子中，有2/3是不满1岁的小狮子。但没有幼狮时，狮子数量也常常在15只以上，包括2~3只成年的雄狮，6~8只成年的雌狮，还有4~8只亚成年的狮子。我在塞伦盖蒂其他地区见到的狮群，很少有这样长时间保持众多的数量。我试图找到这种现象的答案。

我使用了排除法，即首先排除传统的观点所认为的"狮子集群生活有利于提高捕猎成功率"。乔治·夏勒在《塞伦盖蒂的狮子》中，统计出狮子捕猎的成功率大约为17%，独居的狮子和群居的狮子在捕猎成功率上相差不大。根据我的观察，即使是一群狮子在一起的时候，每当猎物出现，通常也只有1~2只狮子出击，其余的狮子则趴在后面探头观望，如果成功捕获猎物，这些观战的狮子才会冲上去分一杯羹。除非那1~2个排头兵无法制服猎物时，比如水牛、长颈鹿，观战的狮子才会加入捕猎的行列。超级狮群的猎物主要是斑马、角马，极少捕猎水牛，1~2只狮子足以搞定他们，用不着大家集体围攻。集体围攻的捕猎方法主要被犬科动物采用。在猎获猎物方面，狮子很是精打细算，能不出力就吃到肉，何苦大动干戈？所以我觉得，狮子选择群居并不是为了捕猎方便。

其次，我排除"狮子群居就能更好地哺育幼崽"的观点。这种观点认为雌狮们每次都在相近的时间分娩，生下一大窝幼崽，幼崽的生存能力很弱，单独一只雌狮很难养活他们。因为草原上遍布着敌人，陌生雄狮、斑鬣狗、花豹、水牛、河马、大象等，随时都可能会杀死幼狮。如果雌狮们把幼崽集中在一起喂养，形成一个大的幼崽托儿所，就能更好保护他们。雌狮出击

▼ 超级狮群数量庞大，最多时达到42只

捕猎时，其他的雌狮同伴儿留下来照顾幼崽，以免他们被捕获或走散。雌狮也可以互相为非亲生的幼崽哺乳。这样一来，幼崽的成活率就大大提高了。

▲ 狮子群居的最大理由是为了保卫水源地

这种观点看似有道理，但是如果同理推至其他的猫科动物，那么有一个问题值得思考：老虎、花豹、云豹、猎豹、狞猫、薮猫等的幼崽，生存能力也很弱，受到的外在威胁一点儿也不比狮子的少，甚至更多，他们为什么不选择群居呢？从以往的经验来看，狮子群居确实有助于幼崽的成长，所以也许可以这样解释狮子的群居行为，哺育幼崽是狮子群居的充分条件，而不是狮子群居的必要条件。

第三个要排除的观点是"狮子的智商更高而选择了群居"。的确，很多智商高的动物都是群居生活，比如黑猩猩、狒狒、海豚、大象等，因为他们情感丰富，需要很强的社会纽带。但这个观点也可以排除。2009年牛津大学做过一次狮子、老虎和豹子的智力比对，发现老虎的大脑容量比狮子高出16%左右，说明老虎的智力更高，但老虎却是独居动物。

那么狮子群居的理由到底是什么呢？我觉得是为了共同保卫作为领地的水源地。在塞伦盖蒂及类似的国家公园或保护区，主要的地形为稀树草原，稀树草原有明显的旱季和雨季，在旱季里经常长达数月没有降雨，土地严重干涸了，水源变得极为宝贵。所有的动物都需要喝水，狮子自然也不例外。狮子能够埋伏在水源边，猎捕前来喝水的草食动物们。但这种水源地在稀树草原属于稀缺资源，并不容易找到，狮子面临着激烈的同类竞争。要在竞争中获得胜利，就必须抱团生活，大家齐心协力狙击其他狮群的进犯，因此狮子就选择了群居生活。

反观草原上其他的猫科动物，比如花豹、猎豹、薮猫、狞猫、非洲野猫等，他们以及他们的猎物对水源的依赖远不如狮子和狮子的主要猎物。猎豹没有固定的领地，他们随着动物的迁徙而移动；花豹虽然是领地性动物，但他们主要生活在树上，猎物的范围也广，对水源的依赖性同样不如狮子那么大。因此，这些猫科动物都没有选择群居生活。

由此，我大概能够解释，超级狮群的狮子数量为什么如此众多。超级狮群活动范围里正好有塞罗内拉河流经，塞罗内拉河是附近100多平方千米范围内唯一的水源地，也是塞伦盖蒂草食动物最集中的地方，在严酷的旱季里各路狮群都对此处虎视眈眈，要想保住这块水源，就得具备强大的战斗力，而成员数量是强大战斗力的保证，于是这个狮群就必须长期具有如此大的规模，震慑对手，保卫自身。

超级狮群的领地从2013年起就被两只金色鬃毛的雄狮掌控，我给他们分别取名为"姆库科巴"和"迪卡尔"。姆库科巴性情暴烈，体形魁梧，长着一张恶霸式的脸，眼睑、鼻头、脸颊上伤痕累累，一般人如果与他四目相对，就有脊背发凉的感觉。我每天外出拍摄时常见到他们哥儿俩，他们要么在阴凉处睡觉，要么一前一后巡视领地。塞罗内拉是整个塞伦盖蒂斑鬣狗密度最高的地方，他们经常抢夺狮群的战利品。但只要姆库科巴一现身，这些被海明威称为"雌雄同体"的动物就作鸟兽散。姆库科巴的名气随着实力一起增长，到2014年时，他和迪卡尔控制了北到马赛山，南到马加蒂洼地的庞大领土，那时塞罗内拉出生的幼狮都是他们俩的后代。

但是，姆库科巴在超级狮群里的地位并不高，他只是雌狮们请来的保镖或打手。

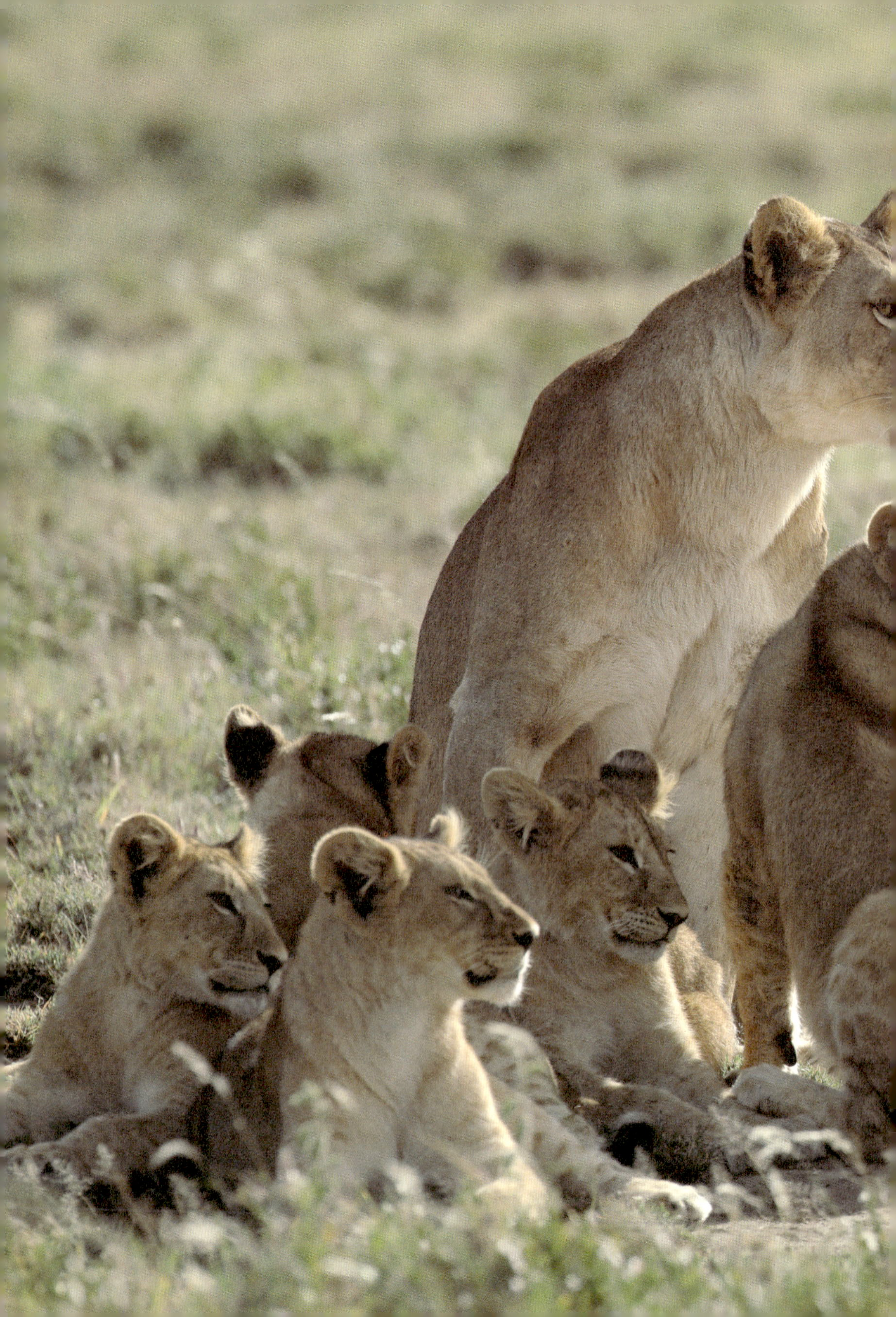

▲ 五个月大的幼狮们，每当狮群外出捕猎，总有一只雌狮留下来照看它们

▲ 入侵塞罗内拉河谷的外来雄狮

▽ 刚出生一周的幼狮

我在来塞伦盖蒂之前，对于狮群里雄狮和雌狮关系的印象受到《狮子王》的影响，但是《狮子王》是根据哈姆雷特的故事改编的，背后讲的是人的故事。现实中的狮群，是不会像《狮子王》里描述的那样，一个狮群只有一只雄狮，雄狮居于王者地位，雄狮的王位还可以继承等等。实际上雄狮和雌狮的关系，更类似于人类社会中的雇佣或者契约关系。

在超级狮群中，主体是6～8只雌狮，她们以血缘为纽带，共同玩耍、觅食、捕猎、防卫及喂养后代。雌狮的角色基本是稳定的，她们很少离群，也极少接纳外来的雌狮。雌狮之间的关系虽有亲疏之别，但总体上平等融洽，不存在等级尊卑。雌狮中最年长的那只普遍受到大家的尊敬。

姆库科巴和迪卡尔进入塞罗内拉河流域时，正值狮群更新换代之际，之前的老雄狮保不住领地，只好逃走了，让位于他们俩。姆库科巴和迪卡尔赶走了前任雄狮的小狮子，等待雌狮们进入发情期。在等待期间，他们非常耐心地和绅士地陪伴这些女士，不断地嗅闻她们的尿液，以确定对方是否发情。雌狮们进入发情期后，他们俩就等候被挑选。姆库科巴凭借强壮的体魄得到了雌狮们更多的垂青，他开始频繁地和雌狮们交配。

交配结束之后，姆库科巴和迪卡尔暂时离开了超级狮群，他们要去寻找更多的雌狮和更大的领地。在塞罗内拉河的上游和下游，还有别的狮群，那里的雌狮或许也等待他们去"播种"，雄狮们总是希望跟更多的雌狮交配，让自己的基因得到更多传承。从姆库科巴的情况来看，雄狮并非总和狮群待在一起，他们喜欢四处拈花惹草，如果狮群里又有雌狮发情，他们才会再次加入雌狮群里。所以，从婚配的关系上来看，雄狮和雌狮有点儿类似"走婚制"。雌狮对雄狮的需求主要在保卫领地和幼崽方面，因为在强敌林立的草原上，仅凭雌狮的力量是不足以完成的，她们需要雄狮提供一张保护伞。雄狮也不是白干活，他们会收取"保护费"，而保护费就是大多数情况下雌狮们会出击捕猎，雄狮可以获得免费的食物。如果雄狮年老体衰，不能履行职责了，雌狮们可能会联合逼宫，迫使雄狮离开，或者在陌生雄狮进攻时袖手旁观。所以，雄狮和雌狮之间更像一种合作关系，而不是猴群的那种臣属关系。

2014年4月的一天，一大群角马进入了塞罗内拉河谷，正在草丛里休息的姆库科巴一翻身站起来，他观望了一会儿，又回身和另一只雌狮"德芙"摩擦了一番脸颊，接着不急不忙地走出了草丛，暴露在角马们的面前。角马们倒并不惊慌失措，他们知道雄狮没有足够的速度追上自己，造不成多大的威胁，纷纷驻足观望，还有好几只胆大的角马主动迎上来，一探究竟。姆库科巴昂起头，迈着方步，耀武扬威地从角马们面前走过，好像在检阅一支部队。

与此同时，德芙匍匐在草丛中，悄无声息地快速朝角马群的侧面移动。她的身躯几乎紧贴着地面，背上的肌肉绷得紧紧的，一旦有角马望向这边，她就立即趴在地上一动不动，犹如一块枯树干。她不一会儿就绕到了角马群的侧后方，眯着双眼，盯住了目标。双方距离不足10米，角马群竟然毫无察觉。说时迟，那时快，德芙从一堆草垛后面蹿出，踩着烟尘，冲向黑压压的角马群。角马群措手不及，好一阵狼奔豕突。只见在角马群的核心，一片黄色的灰土腾起，德芙捕获了一只年轻的角马。角马死命挣扎，头部被德芙铁钳一样的前爪牢牢按住，脖子也被德芙的利齿锁定，只剩下四条细细的蹄子还在朝空乱蹬。但终究无济于事，角马扑腾了几下就不再动弹了。

这是我第一次见到雄狮配合雌狮捕猎的场面！之前我得到的说法，是"雄狮从不参与捕猎，他们总是抢夺雌狮的辛劳成果而坐享其成"。但事实证明，雄狮也是参与捕猎的。后来，我也见过姆库科巴和雌狮们一起攻击长颈鹿和河马。"纸上得来终觉浅,绝知此事要躬行",我们之前对狮子行为的认知大多来自书本,那些作者并不一定在野外观察过狮子。我觉得,对一种动物行为的掌握必须来自长时间的亲身观察,而不是凭空想象或推测。只有在获得第一手信息和资料的基础上,才能够对他们的行为方式做出准确描述和解答。

得益于姆库科巴和迪卡尔的威慑力和责任心,超级狮群的小狮子们快速成长,2013年出生的小狮子成活率很高。狮群里的小雌狮成年之后也和妈妈生活在一起,但小雄狮在2岁左右被扫地出门,独立生活,这是雌狮们防止近亲繁殖的一种本能行为。刚刚离家的小雄狮们,自然舍不得离开安乐窝,一开始都会在狮群领地边缘徘徊,如果雌狮们捕猎成功,他们也会伺机跑来分一杯羹。但时间长了,他们不得不接受现实,走向更远的地方,过上颠沛流离的流浪生活。

▶ 雌狮强力猎捕斑马

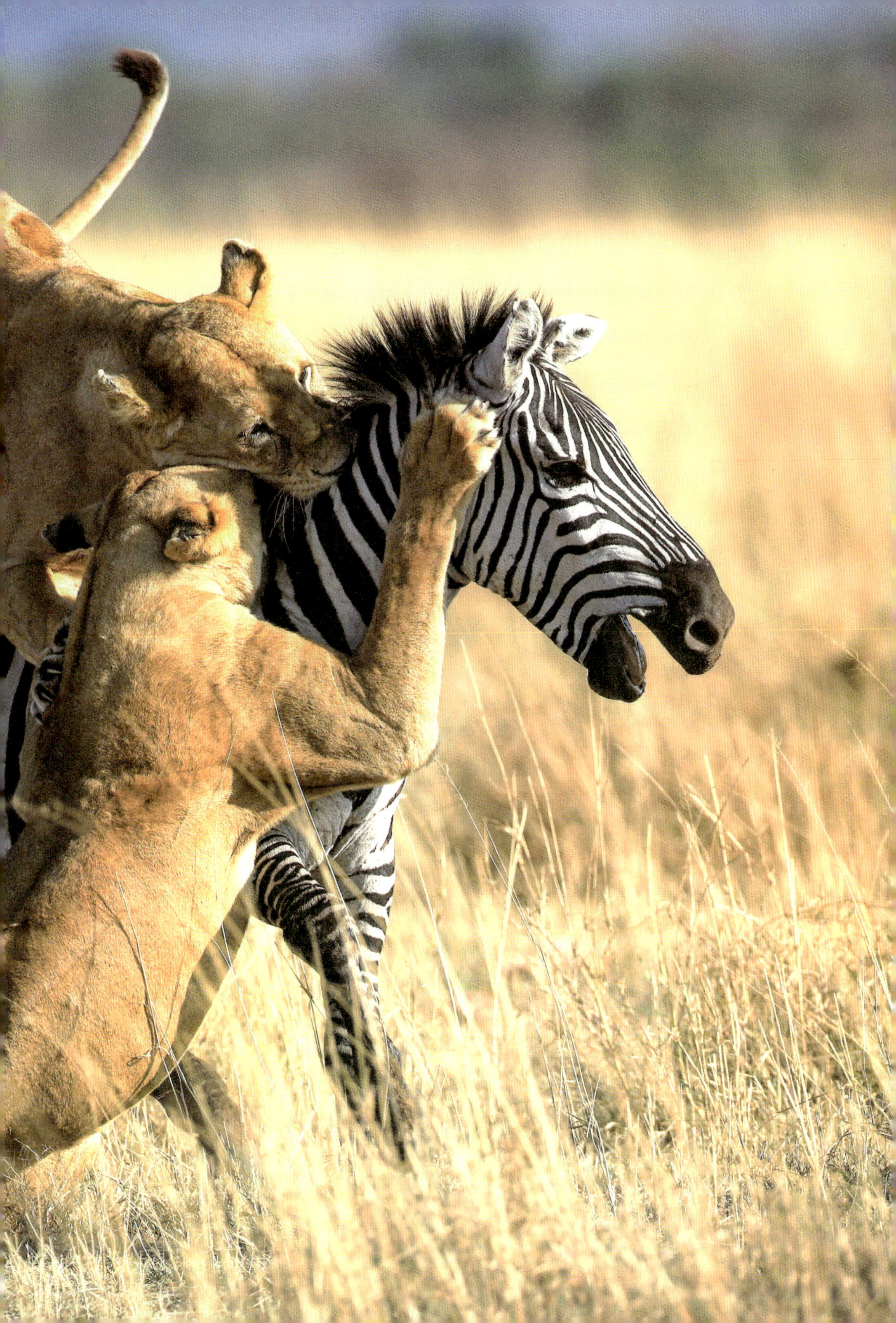

▲ 超级狮群的新一代当家雄狮迪卢提

狮群不再需要集中哺育小狮子们了，雌狮们就常常三三两两分散活动，以扩大食物搜寻面和增加捕猎成功概率。但她们不会走得太远，顶多离开领地核心区域10千米左右远。每当夜幕降临，散落在各处的雌狮就开始叫唤，用嘶吼声标注自己的位置，联络狮群的其他姐妹。吼声一般以长音开始，短音收尾，持续一分钟，大致的意思是："你在哪儿？""我在这儿。""你吃了没有？"

从超级狮群里出走的大部分小雄狮在流浪中会被饿死，因为草原上食物丰富的区域早已被别的狮群分割占据，他们很难获得足够的食物。幸存下来的小雄狮们会组成一个小型联盟，游荡在一些狮群领地的边缘，那里是狮群统治的薄弱处，他们在那里建立起根据地，逐渐发展壮大。狮子虽然号称百兽之王，但事实上常受欺凌，他们的主要敌人是其他陌生雄狮，此外还有大象、水牛、河马、斑鬣狗、鳄鱼等。

在严酷的考验中，大部分小雄狮都没能存活下来，只有少数足够强壮和足够幸运的小雄狮才能够活到3岁以上。迪卢提是从超级狮群走出的小雄狮中的佼佼者，他长有一副白净面孔，大大的眼睛，笔直的鼻梁，匀称的体形，可谓狮子中的一个美少年。我从2014年就开始跟踪他，他应该是超级狮群里姆库科巴之前的雄狮的后代。

迪卢提曾经迫于饥饿去袭击马赛人的牛羊，差点儿被马赛武士杀掉。他在大草原上四处辗转求生，我有时见他跑到塞伦盖蒂南部，有时见他跑到了东部，他曾经在3天之内走了100千米以上。在狮子的社会里，没有富二代的概念，没有哪只小雄狮能够生来享受，他们都得在草原上长期流浪，经历无数血与火的考验，只有身体强健，意志力顽强，并且还能得到一些运气眷顾的小雄狮才能获得成功。

2016年塞伦盖蒂遭遇了一场20年难遇的大旱，许多水塘消失了，溪水断流了，大部分草食动物迁徙去了塞伦盖蒂北部和西部，超级狮群在这场旱灾中损失严重。起初迫于食物匮乏，狮群分裂成了两支，其中一支朝塞伦盖蒂东北部迁移，另一支包括姆库科巴和迪卡尔，则选择前往几近干涸的塞罗内拉河下游，寄希望于雨季尽快到来。之前我以为一个狮群世世代代都居住在一块领地之中，但实际上，狮子们非常务实，当食物变得稀少，他们不会固守在一个地方，而是另谋出路。

有一天，迁移到东北部的那部分狮群，捕杀了一头马赛人的牛，结果遭到了马赛人的疯狂报复，所有的小狮子和两只雌狮死在了马赛人的长矛下，其他的狮子侥幸逃脱。9月，惊慌失措、瘦弱不堪的狮群又逃回塞伦盖蒂中部偏北的草原上，她们在那里碰到了独自流浪的迪卢提，迪卢提又短暂地加入了狮群，可能雌狮们需要得到雄狮的保护和慰藉。年轻的迪卢提大概在那时跟狮群里一只刚刚失去幼崽的雌狮交配了。

到11月，雨季终于来临，这一支狮群又返回了塞罗内拉，与姆库科巴他们重逢，迪卢提再次被赶走。不过他变得成熟了许多，在新的流浪旅程中，他找到了另一只流浪雄狮，二者结成了联盟，不过他们还不具备挑战姆库科巴的实力，于是朝塞伦盖蒂东北部进发，打算在那里建立自己的势力范围。

迪卢提可能不知道，塞伦盖蒂东北部有一片狩猎区，凡是进入或者靠近狩猎区的狮子、花豹、猎豹都被猎杀了，这种猎杀在塞伦盖蒂边缘地带居然是合法的！迪卢提和他的伙伴应该也遭到了猎人们的袭击，因为他们没有在

◀ 一只狮子不能抓住猎物时，同伴才会参加捕猎

　　东北部停留多久，而且有一段时间，他们俩非常惊慌，我的车距他们还有40~50米远，他们就慌不迭地朝丛林里跑去。不过，幸运的是，迪卢提并未被射杀，他在几个月后又回到了中部。

　　姆库科巴此时已经超过10岁了，那满头金色的鬃毛变成了褐色，而且脱落了不少，他的脸变得又瘦又长，脸上的几道伤痕更加明显，让我察觉到英雄迟暮的悲凉。狮子的青春真是短暂，再强大的雄狮联盟，也敌不过岁月的侵蚀。不过三四年，他们就不得不让位于更年轻的雄狮。

　　姆库科巴是第一只被我长期跟踪的雄狮，我看着他从一个毛头小伙，一步步成长为叱咤风云的霸主，他的经历被我详细地记录在案。2017年12月，他被3只年轻的雄狮围攻，身负重伤，躺在草丛中直哆嗦，奄奄一息。我哭着去找塞伦盖蒂狮子研究中心的负责人克拉格·帕克（Craig Packer），希望他们能够救姆库科巴一命，但帕克拒绝了，因为这属于自然淘汰，我们不能干预。

　　那3只入侵的年轻雄狮继续朝雌狮群进攻，两天后他们就找到了雌狮和幼狮们。雌狮们且战且退，一直退到了塞罗内拉河的边缘玛科玛（Makoma）山上，那里采采蝇众多，叮得狮子们烦躁不安，可能雌狮们希望采采蝇能阻退侵略者。但入侵雄狮并不罢休，他们胸有成竹地躺在山脚下的草丛里歇息，可能等到夜里才会发动总攻，因为采采蝇只在白天活动，晚上就飞到树林里去了。

第二天清晨，我看到3只雄狮开始围殴超级狮群的雌狮们，雌狮们拼死抵抗。但3只雄狮没有得意多久，超级狮群的援军来了，这就是消失了很长时间的迪卢提。迪卢提不知什么时候返回了塞罗内拉，他密切注视着局势的发展。正在雌狮们一筹莫展的时刻，迪卢提和他的联盟同伴儿出现在狮群的后方。迪卢提吼叫着冲过来，如同泰山压顶一般，一击就把入侵者之一扫倒在地。瞬间局势扭转。三对一，入侵的雄狮们却不敢与迪卢提交锋，他们甩着尾巴后退了，慢慢朝山下撤退，不时扭头窥探。迪卢提开始高声怒吼，雌狮们也一齐发出震耳欲聋的吼声，响彻山谷。3只雄狮没有回应，很快就消失在深草丛中，再也没有出现过。迪卢提终于接管了超级狮群。

▼ 狮群没有进食先后次序

从那以后，塞罗内拉河流域那只金黄色鬃毛、大眼睛、高鼻梁、英气勃勃的雄狮就是迪卢提。大部分来到塞伦盖蒂玩耍的游客都能见到他，人们围着迪卢提评头论足，拿着手机一阵猛拍，然后得意扬扬地发朋友圈，但他们并不关心迪卢提所经历的事情，我想他们可能并不真的热爱狮子。我读《乞力马扎罗山下》《走出非洲》等书，都有为了保护马赛人的牛羊而杀死狮子的情节，他们并不觉得狮子值得尊重和怜悯，哪怕这只狮子曾雄霸一方，哪怕这只狮子对人完全无害，这种人类中心主义意识非常普遍，一脉相承。

迪卢提功成名就，但有一件事他无法回避，就是近亲繁殖。迪卢提和超级狮群的雌狮们都有血缘关系，通常情况下在自然界，动物们会自觉避免近亲繁殖，但如今塞伦盖蒂内狮子的活动空间被大大压缩，无处不在的马赛人和猎人们把狮子们驱赶到一个狭小的空间，雄狮们迁移的道路被阻隔，许多狮群都在近亲繁殖中逐渐丧失活力。根据塞伦盖蒂狮子研究中心做的一项调查，塞伦盖蒂狮群的遗传多样性在过去30年里减少了一半儿。迪卢提虽然英勇强悍，但他无力改变这一趋势，不能不说是一种莫大的遗憾。

经过长期跟踪观察超级狮群，我破除了许多关于对狮子的误解，例如和人类不一样，狮群并不是一个等级社会，狮子的进食没有先后次序，不是所谓"雄狮先吃，雌狮再吃，最后轮到小狮子"。狮子不是凶残的食肉兽，相反他们温情脉脉，有强烈的喜怒哀乐。我从雄狮同盟的身上看到了牢固的友情，这种友情能够延续终身，他们有福同享，有难同当，绝不会为了一点儿私利背叛对方；我从雌狮哺育幼狮上看到了深厚的母子亲情，从雌狮之间看到了真切的亲情；我甚至从有些雄狮和雌狮之间看到了忠贞。狮子是一种情感丰富的动物，在许多方面，他们比人类更加纯粹和高贵。

5 寻找德华

　　2015年我在塞伦盖蒂东部发现了一只大个子雄狮,他从头到尾足有4米长,目测体重超过200千克,头颈上长满了棕色的鬃毛,外形彪悍,目光炯炯。日落时分,他昂首站在高大的巨石山上,俯瞰余晖下的浩瀚草原,鬃毛随风飘扬,好像一面战旗。他的颜值颇高,脸部棱角分明,眼睛又大又圆,我对别人说:"这是我们塞伦盖蒂最帅的一只雄狮,堪称狮子中的'刘德华'。"

　　德华和另一只健壮的雄狮"小武"结为联盟,势力范围扩展到东部草原的高尔山一带,占有2~3个雌狮群。实力强大的雄狮不会仅仅满足一亩三分地,他们总会想方设法占据更多领地,赶走其他雄狮,让雌狮们投入自己的怀抱,生下更多的后代。一个强大的雄狮联盟总是以实力为后盾的,每一次征服都伴随着杀戮和血泪,但这样有助于整个狮子种群的优化。

　　2015年的德华和小武正处于事业巅峰,击败了所有敢于挑战他们的竞争者,征服了无数雌狮。但我发现雌狮们似乎更喜欢小眼睛、黄鬃毛、睡眼惺忪的小武。小武比德华要小2岁,个头不输给后者,但鬃毛还是金黄色。他总是懒洋洋的样子,眉角带着一丝忧郁。克拉格·帕克曾经说:"在狮群中,黑色鬃毛的狮子才更受雌狮们的青睐,黄色鬃毛的狮子在交配竞争中处于劣

▲ 小武更受雌狮的青睐

势。"但我观察到的情况却并非如此,这只黄色鬃毛的雄狮更多地占有雌狮们的芳心。

德华和小武每天吃肉睡觉,或者和雌狮们交配,对其他的事务一概不关心,无论我的车停在他们身边多近都不抬头看我,直到夜幕降临,才会伸着懒腰,打着哈欠,跟在雌狮身后,等待狩猎成功时分一杯羹。他们睡觉的时间比其他任何狮子都要长,我猜可能由于不乏食物,他们变得越来越懒。

有4只成年雄狮前来寻衅滋事,企图夺取德华和小武的领地。4只雄狮兵分两路,一边走一边播撒尿液。正在一块岩石上睡觉的德华噌地站起来,鬃毛奓起,脸色好像生铁一样紧绷。他登上岩石顶,冲着入侵者放声高吼。小武在地面上也吼叫起来,好像助威一样,整个地面都在颤抖。

入侵的雄狮被震慑到了,他们从德华的吼声中判断出对方的实力和战斗决心。他们数量占优,但也许做贼心虚,抑或担心两败俱伤。一番商量之后,他们决定退避三舍,离开了高尔山区。第二天,我又见到了这4只雄狮,他们正在一棵大树下乘凉。我把音响拿出来,冲着他们重播昨天德华和小武的吼声。这4个家伙猛然惊觉,像猫一样地从树荫下溜走,钻到草丛深处去了。我后来在德华和小武面前也播放过这段吼声,他们只是耳朵转动了几下,连头也不抬继续酣睡。这似乎可以说明狮子实际上是具备"自我意识"的,他们很清楚哪是自己的吼声,哪是其他狮子的吼声。

有一天，我的拍摄任务结束，准备开车回小石屋，却发现越野车的一个后轮瘪下去了，必须换轮胎。德华就在20米开外的地上休息。我从另一侧车门轻轻地走下车，拿出千斤顶、扳手等，准备换车胎。德华睁开了眼睛，懒懒地看了我一眼。我立马站着不动，心想如果他有什么举动，我就马上钻进车里。但德华却没有理会我，翻了一个身，继续进入了梦乡。我很快换好了轮胎，开车回去，一路上心情舒畅。从那天之后，我觉得德华就像我的一位老朋友。

狮子虽然嗜睡，但变老的速度比人快得多，2016年，德华头颈后半部分的鬃毛变黑了，前半部分的鬃毛也越来越长，好像刘海儿耷拉在他的眼皮上，他不得不经常抖毛。小武的鬃毛也渐渐变成了棕色，他的胳肢窝也像德华一样长出了黄褐色的鬃毛，让他看起来更加成熟稳重。10多只幼狮已有1岁大，一般的猎物满足不了他们的胃口，他们开始频繁捕捉大羚羊和水牛。

然而这年的旱季特别严酷，塞伦盖蒂东部半年里滴雨未下，池塘都完全干涸了，德华和狮群备受煎熬。为了活命，雌狮们远走去了东南部的莫鲁平原，那里有玛巴拉盖蒂（Mbalageti）河流经，能找到水源和少数没有迁徙的动物。不知何故，德华和小武没有一同前往，可能他俩觉得幼狮足够大了，不需要看护了。

德华和小武朝塞伦盖蒂的中部偏东面行动，一周之后，他们接近了乌塔菲蒂（Utafiti）沼泽地。这是方圆数十平方千米内唯一的水源，无比宝贵，如果主人不愿奉送，那就只有诉诸武力"豪夺"了。乌塔菲蒂沼泽地由5只刚满4岁的年轻雄狮和另外6只雌狮掌控。数量悬殊，尽管德华力量强大，但真的拼杀起来，很难说德华能占到多大的便宜。谁知道，德华和小武刚出现在沼泽地边，这个地主狮群没有做一分钟的抵抗，掉头逃跑了。

德华和小武如愿占领了乌塔菲蒂沼泽地，他们埋伏在沼泽地那浓密的芦苇丛中，伺机猎捕前来喝水的草食动物们，有一次一只水牛陷入沼泽地，无法摆脱泥潭。好像天上掉馅饼一样，德华和小武循声而来，慢慢地享用这顿美食。大约一个月后，有3只成年雌狮带着6只小狮子经过沼泽地，她们可能来自马赛山狮群，受干旱和饥饿的逼迫流落到此。德华和她们应该没碰过面。

德华和小武赶走了全部的小狮子，扣留了其中的2只雌狮。她们俩大概厌倦了长期在草原上颠沛流离，欣然接受了这次征服，很快就跟德华、小武如胶似漆。她们俩好像更喜欢小武，轮流和小武交配。不过，受到冷落的德华好像并没有吃醋。他和小武的关系依然密切，每天还是形影不离。我想可能德华明白，很多别的狮群觊觎沼泽地这块风水宝地，如果为了这点儿女情长而放弃和小武的联盟关系，就会给侵略者机会，对大家都没有好处。

两只雌狮很快都怀孕了，我给她们分别取名艾玛和瓜瓜。德华和小武每天都守护在乌塔菲蒂沼泽地附近，我跟他们打照面的机会越来越多。正午天热，他们钻到我的车下来乘凉。一次，小武站在车门边，屁股在车门上蹭痒，尾巴一甩，竟然扫到我的脸上，不知道他是无心，还是跟我开玩笑。有时候，德华趴在我车边闭目养神，我端详他的脸，每一处细节都长得那么完美，充满雄性的成熟魅力。他那不怒而威的眼神，时常让我产生错觉，这是一只野生狮子，还是打扮成狮子模样的神？超级狮群的姆库科巴当然也长相威猛，但和德华相比，就是小巫见大巫了。姆库科巴体形魁梧，脸上身上伤痕累累，好像一名身经百战的重量级拳击手；而德华身上找不到一处伤痕，脸上好像抹了面膜一般干净俊朗。

艾玛和瓜瓜的捕猎能力高超，隔三岔五就能抓到一顿大餐，德华和小武也能吃得脑满肠肥。这种养尊处优的生活似乎磨灭了他俩的进取心，他们没有再寻找别的雌狮群。一年前被赶走的那5只年轻雄狮和6只雌狮，在沼泽地西面10千米远的岩石山建立了新的领地，生下了一大群幼狮，规模庞大。他们一定不甘心失败，一旦他们回来寻仇，鹿死谁手还真难说。

2017年8月的一天，艾玛和瓜瓜生下了6只小狮子。小狮子眼睛刚睁开，还不会走路，只能匍匐前进，艾玛就把他们一一叼出来，放到路上晒太阳。小狮子全身裹着淡黄色的绒毛，努力撑起4条小短腿，肚子圆圆的，好像装进去了一个球。小狮子趴在地上啼叫，乞求艾玛喂奶。德华和小武趴在不远的石山上，安静地看看他们。

一周之后，6只小狮子明显长大了一圈，能够独立行走了。傍晚，天气凉爽，艾玛和瓜瓜把小狮子们带到水边喝水。小武也睡饱了，踏着凉风，从石头上慢慢地走到了水边，刚才还在打闹的小狮子都呆住了，仰头看着眼前的庞然大物，紧接着钻进了雌狮的怀里，胆怯地看着爸爸。但小武好像没有心情和孩子们玩耍，他跟艾玛、瓜瓜分别碰了一下脸颊，然后独自低头喝水。小狮子们又纷纷从妈妈的怀里钻出来，好奇地跟在爸爸身后，模仿着他喝水的样子。

10月中旬的一天早上，我跟往常一样驱车来到乌塔菲蒂沼泽地。只见到艾玛和瓜瓜带着小狮子趴在石头山上，德华和小武不知去向，小狮子只剩5只。怎么回事？难道狮群遭到了入侵？我开车在附近转圈寻找，果不其然，我在不远的深草里见到了德华，他正独自躺着。我靠近了他，他抬头望向我，眼神痛苦，和往常大不一样。德华酝酿了好长时间，终于站起身来了。他受伤了！后腿和屁股上血肉模糊，应该经历了一场恶斗。德华垂着头，脸埋在厚厚的鬃毛里，一瘸一拐地朝石头山走去。他应该受到了好几只雄狮的围攻，从伤口上看，好像都是皮肉伤，应该没有伤到骨头。

小武到哪里去了呢？我四处寻找。难道小武被入侵者赶走了？我把他所有可能藏身的地方都搜寻了一遍，直到天黑，可惜毫无踪迹。如果小武被入侵者咬死，尸体应该就在附近，可是怎么没有见到一只秃鹫呢？在这片开阔草原上，没有什么尸体会逃过秃鹫的眼睛。

我又回到了德华身边，他挪到石头山上，躺在石缝里喘着粗气。艾玛、瓜瓜和剩下的5只小狮子没有什么异样。狮群一定遭到了入侵，多亏德华殊死战斗才打退对手，保住了领地和大部分幼狮。小武可能被打跑了，也可能受了重伤，正在某个地方休养。3天之后，我在德华领地以东15

千米的地方，见到5只年轻的雄狮，其中2只也身带重伤，伤口血肉模糊，深可见骨。他们应该是这场冲突的另一方。

德华现在处于一个非常危险的境地，小武不在，他又受了伤，如果这5只年轻雄狮或别的雄狮入侵，不说他能不能守住领地，没准他都有性命之忧，剩下的5只小狮子也必死无疑。我不忍心见到这么残酷的一幕，决定帮助德华，至少要等到德华伤愈。在接下来的一周，我每天陪伴着德华的狮群，心想如果有别的雄狮前来挑战，我就开车把他们赶跑。

好在接下来的一段时间，没有别的雄狮出现在沼泽地附近。德华的伤全好了，他又恢复了昔日的神采。但小武依旧不见踪迹，我询问过许多司机和公园的巡逻员，他们都没有见过小武。小武很可能因为伤重丧命。5只小狮子长大了许多，那场劫难似乎没有给他们造成多大心理伤害，每天玩得不亦乐乎。一天黄昏，天空中飘着细雨，头上横现出一道绚丽的彩虹。艾玛和瓜瓜躺在沼泽地里休整，德华居然独自带着5个小狮子在石头山上玩耍，简直就是《狮子王》电影的现实版。然而，缺少了帮手的德华前景并不乐观，乌塔菲蒂沼泽地开阔平坦，算得上一个四战之地，在这个大旱之年，狮群的地盘竞争极其惨烈，德华势单力孤，狮群数量又少，很容易再次受到攻击。

果不其然，2018年1月，德华和狮群一起失踪了。我每天都迫切地希望寻找到德华一家，我

▼ 德华的后代们

找遍了他们可能栖息的地方。但奇怪的是，虽然德华离开了乌塔菲蒂沼泽地，但也没有被别的狮子前来盘踞，取代德华的位置。沼泽地附近依然生活着不少斑马、羚羊。德华和狮群干吗要离开呢？如果5只小狮子还活着，应该也走不了多远，但为什么好像蒸发了一样踪迹全无呢？

一天，有一个司机告诉我，在乌塔菲蒂沼泽地以东大约20千米的地方，见到了一只疑似德华的雄狮，并给我看了手机拍出的照片。但照片并不清晰，从鬃毛的颜色和形状来看，确实像德华。我来不及吃午饭，立即开车寻找。可是待我到达，那里却空空如也，好像根本没有狮子来过的样子。我失望而归。接下来的几天里，又有司机告诉我见过德华，但都说不清具体的位置，我像一只无头苍蝇一样在东部短草平原来回搜寻。

2月的一天傍晚，我路过乌塔菲蒂沼泽地，草丛里有一只被吃过的角马尸体。德华一家回来了吗？我仔细观察了一番，这的确是狮子吃剩的残骸。我爬上车顶，四下环顾，又开着车在草丛里和石头山上找了好几圈，什么都没见到。夕阳绝美，大片的火烧云染红了天空，无边的草原安静而祥和。这时天边的草丛里，似乎有一只雄狮正趴在那里。"德华！"我大声地喊出来，急忙发动车子，朝那片草丛飞驰而去。可还没等我靠近，一只公鸵鸟傻乎乎地从草地里站起来，惊慌地看着我，一溜烟跑掉了。原来是鸵鸟！他蹲在草丛里展开翅膀，很像德华头颈上那层浓密的鬃毛。

我再次扑空，但直觉告诉我，距离找到德华为期不远了。我似乎能从干燥的空气中，感觉到德华的精魂，就藏在离我不远的某个石山上。但他为什么不出来见我呢？他又受了重伤吗？无论如何，德华还活着，我一定能找到他和他的狮群！

3月，塞伦盖蒂又一次进入了雨季，不过谁也没有料到，这个雨季竟如此凶猛。没完没了的暴雨蹂躏着整个大草原，好像要向动物们弥补上一个漫长的旱季的亏欠。草原上水道纵横，没有人能够接近乌塔菲蒂沼泽地，从空中看去，一片汪洋，可以当成一个巨大的养鱼塘。3月16日一辆从姆万扎驶来、穿越塞伦盖蒂的长途大巴车被洪水冲到了格卢米提河中，6名乘客伤重死亡。

小石屋也在雨灾中经受了严峻的考验，房间内几无干燥的时候，衣服和鞋子每天都是湿的。我只得在门廊下生火，烘烤衣物，浓烈的烟熏得眼睛都快瞎掉。房前屋内到处是昆虫，刚刚出巢的白蚁，扇着翅膀围着我的头和脖子不停地飞。清晨外出拍摄，阴冷的风灌进车内，虽然我裹上了羽绒服，依然感觉寒风刺骨。塞伦盖蒂靠近赤道，但海拔接近2000米，温差大，早晚寒气逼人。

到了4月中旬，雨势没有减小，反而越来越大，许多地方都受到洪灾的威胁，城市周边不少居民被淹死。我每天在草原上行车是十分危险的，车随时会陷入泥潭。但是越怕麻烦，麻烦还是自动找上门来了。那天下午我和司机经过纳米利（Namiri）平原时发生车陷，无论用什么办法，也开不出来。天黑了，电话也没有信号，我也没法走到有信号的区域求援，只得待着车里，祈祷

129 / 塞伦盖蒂的岁月

▲ 可爱的幼狮们

▲ 幼狮们在追逐打闹中锻炼捕猎能力

▼ 雌狮们外出捕猎，德华照顾着幼狮

有路过的巡逻车解救我们。

　　雨季的夜里特别寒冷，我只带了一件薄外套，衣服和鞋子都湿透，冷得牙关紧咬。我把车窗全部关严，但车内蚊虫颇多，咬得我瘙痒难忍，根本没法睡觉，我索性又打开车窗，观望夜色。窗外依然乌云密布，四下里漆黑一片，伸手不见五指。斑鬣狗的叫声从天边传来，此外周围没有任何动静。

　　天逐渐亮了，我爬到车顶眺望呼喊，依然没有任何车辆前来的迹象。我必须找一个有信号的地方打电话，向公园请求救援。我们俩一人手持一把砍刀，朝远处的一块岩石山走去，希望山顶能够接收到电话信号。我并不怕遇见狮子，主要担心水牛或大象。

　　我们经过了一段深草丛，踩着一尺多深的水，好不容易走到了岩石山，我爬上石头顶，手机终于显示出了微弱的信号。我赶忙给国家公园的救助中心、我的朋友丹尼斯、野生动植物酒店（Wildlife Hotel）打电话求援，他们都给予我答复，答应即刻就派救援车来接我。我长舒了一口气，正准备跳下石头返回到车里，一旁的司机喊了一嗓子，用手一指，说："看，狮子！"

　　我顺着他手指的方向看去，就在我们旁边的一块岩石山上果然有几只狮子。我走近了一些，原来是2只成年雌狮，5只半大的幼狮。是艾玛她们！我一眼认出，又惊又喜。狮子们显然也看到了我，但她们只是好奇地盯着我看，继续趴在石头上晒太阳。我和司机又回到了自己的车上待援。一直等到中午12点，一辆救援车才抵达我们陷车的地方。大家又忙活了将近1个小时，终于把我们那辆该死的车从深泥中拽出来。

　　我的疲惫一扫而空，连午饭也顾不上吃，连忙叫司机开车过来看看。果然是艾玛她们，小狮子依然是5只，个头长大了不少，像小牛犊一样健壮。久别重逢！艾玛和瓜瓜认出了我，眼神中既有一丝惊讶，又有一些亲切。很快，一片乌云又笼罩在草原上，又是一阵急雨呼啸而来，狮子们都缩成了一团，埋着头，忍受着雨淋。

　　忽然，岩石顶上一片小树丛晃动不已，我还以为有一只大鸟在里面活动。这时，一个棕黄色的大脑袋探了出来，睁着眼睛望着我。"德华！"绝不会错！我失声叫道。原来他和他的狮群藏在这里。我可算找到你了！一阵悲喜交加。虽然德华的鬃毛因为睡觉变得凌乱，颜色也变得暗淡，但我还是一眼认出了他。失联3个月后，我在这块距离乌塔菲蒂沼泽地20千米外的岩石山找到了他们。谢天谢地，真是因祸得福，要不是昨晚的陷车，我可能还要花费更长的时间才能找到他们。

　　德华的动作还是那么稳重，神态还是那么从容。他一定认出了我，他的眼神还是那么熟悉。他从小树丛走到义玛的身边，亲热地磨蹭脸颊。他的鬃毛黑了大半儿，流露出一股苍凉的气息。他们离开乌塔菲蒂沼泽地之后遭遇了什么？他们应该受到了某种威胁，否则不会跑到这么远的地方来。附近并没有多少草食动物，想必食物不是太丰盛。不过，德华和狮群身上都没有新的伤痕，身体强壮如初。

雨势逐渐变小了，小狮子们又恢复了活力，不顾冰冷的泥水，一如既往开始追逐玩闹。他们居然想让德华也加入他们的行列，但德华毫无兴趣，一顿低吼将他们赶开，蹲在地上闭目养神。这天回到住处，我逢人就说，终于找到了我的狮子们。为了表示庆祝，已经很少喝酒的我，晚饭时还开了一瓶红酒和朋友们分享。

第二天一早，我和司机开车返回纳米利（Namiri）岩石山。不料，没有见到德华和狮群。他们又迁移了，还是夜里外出寻猎未归？我冒着浓重的雾气，在岩石山附近仔细地搜寻。

大约1小时后，在距离岩石山大约5千米的地方，我见到了艾玛、瓜瓜和其中一只幼狮。德华和其他的幼狮又不见了。艾玛和瓜瓜一脸焦急，坐立不安，左顾右盼，喉咙里不断发出低吼。艾玛独自朝一棵树下走去，转了一圈后又走回原地，紧接着瓜瓜也跑到另一棵树下如法炮制。她们分明在寻找走失的其他幼狮。

看样子昨晚狮群又遭遇了什么危险，要不然为什么不待在岩石山上呢？德华和另外4只小狮子跑到哪里去了？会不会遭遇了不测？

我决心帮助艾玛寻找失散的小狮子。我们冒着再次陷车的危险，扩大了搜寻面。果然，在3千米外的一个土坡下，有3只趴在草里瑟瑟发抖的小狮子，周围没有别的动物。正如我所料，狮群一定是被入侵者打散了，小狮子慌不择路跑到了土坡这边，跟妈妈们失去了联络。不幸中的万幸，相距不算太远，但愿艾玛能闻到小狮子的气味，把他们带回去。

我在3只小狮子的旁边守护，以免陌生雄狮或斑鬣狗出现咬死他们。但是2个小时过去了，艾玛和瓜瓜什么也没做，反而朝塞伦盖蒂东部移动。连日下大雨，冲淡了狮子身上的气味，艾玛和瓜瓜无法通过气味找到小狮子。天色已然墨黑，一场暴雨又将袭来。3只小狮子紧紧地依偎在一起。怎么办？如果他们不能和雌狮们重逢，很可能活不过今天。

我想到把他们都抱到我的车上，开车送到艾玛和瓜瓜的身边去，但是肯定不行，且不说他们允不允许我这样做，如果他们沾染上了我的气味，雌狮就可能不会认识他们了。

司机建议，我们可以用车把3只小狮子赶回雌狮身边，他们一定害怕轰隆隆的车轮，只要把他们赶过这个土坡，雌狮们一定能看到他们。雨开始噼里啪啦地打在车篷上。但我们不能等到雨停，说干就干。

小狮子更加惊恐，他们本以为我是来施以援手的，没想到车轮朝他们径直碾压过来。小狮子们急忙起身逃跑，但跑着跑着就散开了，甚至掉头跑回原地。我们不得不掉转车头，把跑远的那只又赶回来，让他们3个会合，再朝艾玛的方向驱赶。但小狮子明显不理解我的苦心，又埋头乱跑。我们只好再次开车重新驱赶。

如此这般，2个小时过去了，好不容易让小狮子们朝艾玛和瓜瓜的方向前进了1千米。3个可

▲ 表情冷峻的德华

怜的小家伙喘着粗气，趴伏在泥水中，精疲力竭。狮子的体能本来就差，何况他们才8个月大。雨越来越大，视野范围变得狭小，必须让小狮子尽快回到妈妈身边，否则雨一停，雌狮们会走得更快，就再也追不上了。

我干脆跳下车，在大雨中和越野车分头夹击3只小狮子。他们不得不再次站起来，朝设定的方向逃窜。但他们又累又饿，实在跑不动了，瘫软在地上，哪怕我距离他们只有2米，也只是惊恐而无助地看着我，没有力气再起身。我又心疼又着急，只好在一旁等待他们恢复体力。十来分钟后，我再次跳下车，驱赶小狮子们。这一次他们似乎明白了我的意图，竟然排成一字形慢慢地朝前走，而我跟在他们的身后。就这样走啊走啊，我终于透过雨幕，看到雌狮的脑袋。

3只小狮子同样看到了艾玛和瓜瓜，圆溜溜的眼睛一转也不转了。双方都在迟疑，艾玛和瓜瓜神情警惕而迟疑，3只小狮子也立在草里不动，双方相隔300米对视。我赶紧回到了车里，不知道接下来会发生什么。

3只小狮子中的一只试探着朝妈妈走去，另外两只犹豫着跟着他。艾玛和瓜瓜蹲在原地目不转睛，她们似乎不敢确定，孩子们又回来了，可能大雨让双方都视线模糊。她们越来越近，终于鼻尖相碰。艾玛和瓜瓜在那一瞬间放下了疑惑，不顾一切地舔舐着这3个惊魂未定的孩子。疲惫不堪的小狮子们恢复了活力，他们居然跟妈妈，还有留在妈妈身边的那一只小狮子玩耍起来。这一下小狮子们安全了！我终于松了一口气。

但很快，瓜瓜领头，带着失而复得的孩子们迅速朝东部走去，行走的速度明显比平时快，难道入侵者仍在附近？她们依然处于巨大的威胁之下？没有想到，艾玛跟着走了两步，突然站住了，回头望着我，好像要表达什么。过了好一会儿，她才掉回头，三步并作两步，去追上瓜瓜和孩子们，很快消失在白茫茫的雨雾之中。

艾玛为什么那样看我？她是对我的行为表示感谢，还是在期盼最后一只失踪的孩子能出现？我只找回了3只小狮子，不知道失踪的那一只和德华是生是死。

德华的一家再没有出现过，我又搜寻了无数个可能藏身的岩石山、灌木丛和沼泽地，一点踪迹也没找到，也没有任何一个司机或公园的巡逻员见过他们。希望德华还活着，在这个危机四伏的草原上，进入老年的德华恐怕是凶多吉少。幸好在这场变故前的一天，我因为陷车见到了德华，这难道是老天对我的恩赐？抑或是德华感受到了危险的来临，跟我做最后的道别？

但不管怎么说，我不会放弃希望，我会继续寻找德华一家。

6 猎豹希拉的故事

▲ 希拉与我

猎豹是猫科动物中最独特的成员，他们长着小而圆的头，突出的胸腔，纤细的腰身和修长的四肢，一切都为了速度而造就。早在5000年前，人们就驯化猎豹用于狩猎。16世纪时，印度莫卧儿王朝的阿克巴大帝饲养了1000多只猎豹。中国古代的绘画作品中也经常有猎豹的身影，比如在《元世祖出猎图》中，有一只猎豹蹲在一匹骏马的屁股上，随时准备出击。

猎豹曾经遍布亚非大陆，他们的踪迹从印度的西部到伊朗，穿过阿拉伯半岛，一直延伸到整个非洲大陆。然而，由于人们肆无忌惮的捕杀和栖息地的减少，现在全世界的猎豹数量已从50年前的约10万只，锐减到约7100只。1960年之后，亚洲猎豹几乎再也看不到了。生活在非洲的猎豹也举步维艰，他们的栖息地萎缩到了撒哈拉沙漠以南。

我们与猎豹的渊源悠长，但对野生猎豹的行为方式知之甚少。塞伦盖蒂是非洲最容易见到猎豹的地方之一，猎豹们主要生活在塞伦盖蒂东南部的短草平原上。在最初的几年，我以跟踪观测狮群为主，但我对猎豹的喜爱与日俱增。猎豹比狮子生存更加艰难，他们的行为方式更具有魅力。

　　我在过去的7年中，前后遇到过100只猎豹。不同猎豹的体态区别很小，我对猎豹身份的识别主要靠他们前肢内侧的斑点排列，而不像识别狮子主要靠鬃毛或脸部特征。猎豹也不像狮子大部分时间待在一个固定的领地，他们走走停停，居无定所，几乎每天都在迁移。只有在正午最炎热的时间，才会趴在阴凉处歇息2～3个小时。因此，观察拍摄猎豹是一件困难的工作，我很难连续一周跟踪同一只猎豹，他们的活动范围太大了。每当角马迁徙的季节，塞伦盖蒂里大部分猎豹也会随着移动，之前大部分学术观点认为猎豹是随汤姆逊瞪羚移动而移动的，但我的观察并不如此。

　　猎豹是一种敏感而羞涩的动物，大部分猎豹对于车辆和人保持高度警惕，如果有车辆靠近他们，他们会立即跑开或者把全身埋伏在草丛中，只露出一个小脑袋探望。然而，在塞伦盖蒂东部草原上，有一只母猎豹对我和我的车并不害怕，允许我的车停靠在她身边5米以内。

　　我给这只美丽的母猎豹取名希拉，2015年时我跟踪拍摄她已有2年多的

▼ 猎豹因为力量不足，无法快速制伏猎物，经常让猎物逃脱

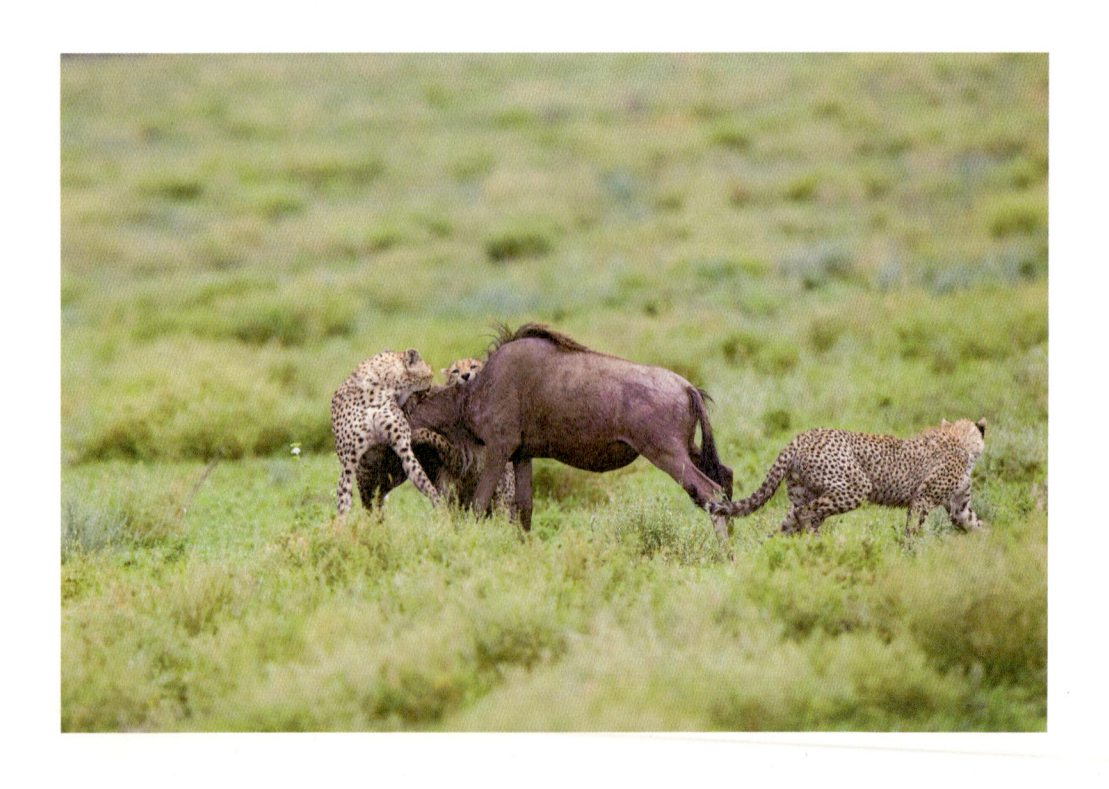

时间。她完全接受了我的存在，满不在乎地在我的车轮边伸展打滚，露出那洁白柔软的肚皮，这是表达信任的方式。有一天下午4点多，她安静地趴在草地里休息，周围别无他人和车辆，只有我和她。我轻轻地推开车门，蹲在车轮边，拿出相机给她拍照。她并不躲避，好像知道我心所想，毫无顾忌地在草地上翻来覆去，搔首弄姿。我一口气拍了几千张她的写真，一直到红日西沉，还意犹未尽。但她得寻找合适的睡觉场所了，于是她站起身，回头看了我几眼，闲庭信步般地离开了。

其后的一段时间，我隔三岔五能够见到希拉。她所在的区域很少有嘈杂的游客，我们有更多单独相处的时间。有时候，我坐在车里看书喝咖啡，希拉蹲在车的阴影处纳凉。天朗云闲，微风拂面，宽阔的草原如同麦田一般金黄。希拉躺倒在草丛中，发出小猫一样的呼噜声，舒展着修长的身体。

在一天中最炎热的时间，希拉甚至会跳到我的车上来休息。只见她轻盈地一跳，来到我的车前盖上，然后再一蹲，钻到了车梁下，躲在车梁的阴影处享受凉风。她的胸腔急速地起伏，鼻孔里传来细细的呼吸声，长长的尾巴垂到我的眼前，有时竟然抚摸我的脸颊，给我毛茸茸的感觉。我俩就这么度过了一个下午。

2016年2月，希拉生下了4只幼崽。小猎豹刚出生时，眼神呆萌，叫声细柔，几乎用一只杯子就能装下。他们长得毛茸茸的，背上覆盖着一层灰白色的毛，身体两侧是淡黄色，看起来有点像草原上的一种凶猛动物——蜜獾（外号"平头哥"），这是小猎豹的保护色。

我不知道希拉的丈夫是谁。公猎豹交配完之后就离开了，把养育幼崽的任务扔给了母猎豹独立承担，母猎豹妈妈可能是塞伦盖蒂最辛劳的动物。希拉再没有时间跳到我的车上乘凉了，她每天都出击捕猎，产奶喂养幼崽。她的猎食技巧很高，一旦锁定了目标，几乎手到擒来。希拉主要抓捕幼汤姆逊瞪羚和野兔，有时候也抓成年瞪羚。

小猎豹长得很快，大概两周大时，他们就能撒腿飞奔了。他们精力旺盛，随时随地都在打闹嬉戏，他们通过这种方式锻炼自己的追逐和捕猎能力。小猎豹们的好奇心十分强烈，他们会对着一段枯树桩、一块水牛头骨甚至我的相机研究半天。我拍摄时不慎将摄影豆袋滑落到了草地上，那4只小猎豹一齐冲过来，争先恐后地叼起豆袋就跑，好像把豆袋当成了一件猎物。有一天，我试着把相机放在地上，4只小猎豹又闻又舔，摆弄了半天，希拉则趴在附近的土堆上，平静地望着他们。

在塞伦盖蒂，小猎豹的天敌很多，小猎豹1岁前的夭折率高达83%。希拉母子最大的敌人是狮子，狮子见到任何猎豹都是格杀勿论的。这个现象我始终弄不明白，狮子和猎豹的猎物并没有多少重合之处，两者在食物上的竞争并不多么激烈。而且猎豹捕猎之后，食物经常被狮子抢走，等于猎豹在为狮子免费打工，但狮子却不能容忍视野之内有猎豹。有一天，希拉母子正在行

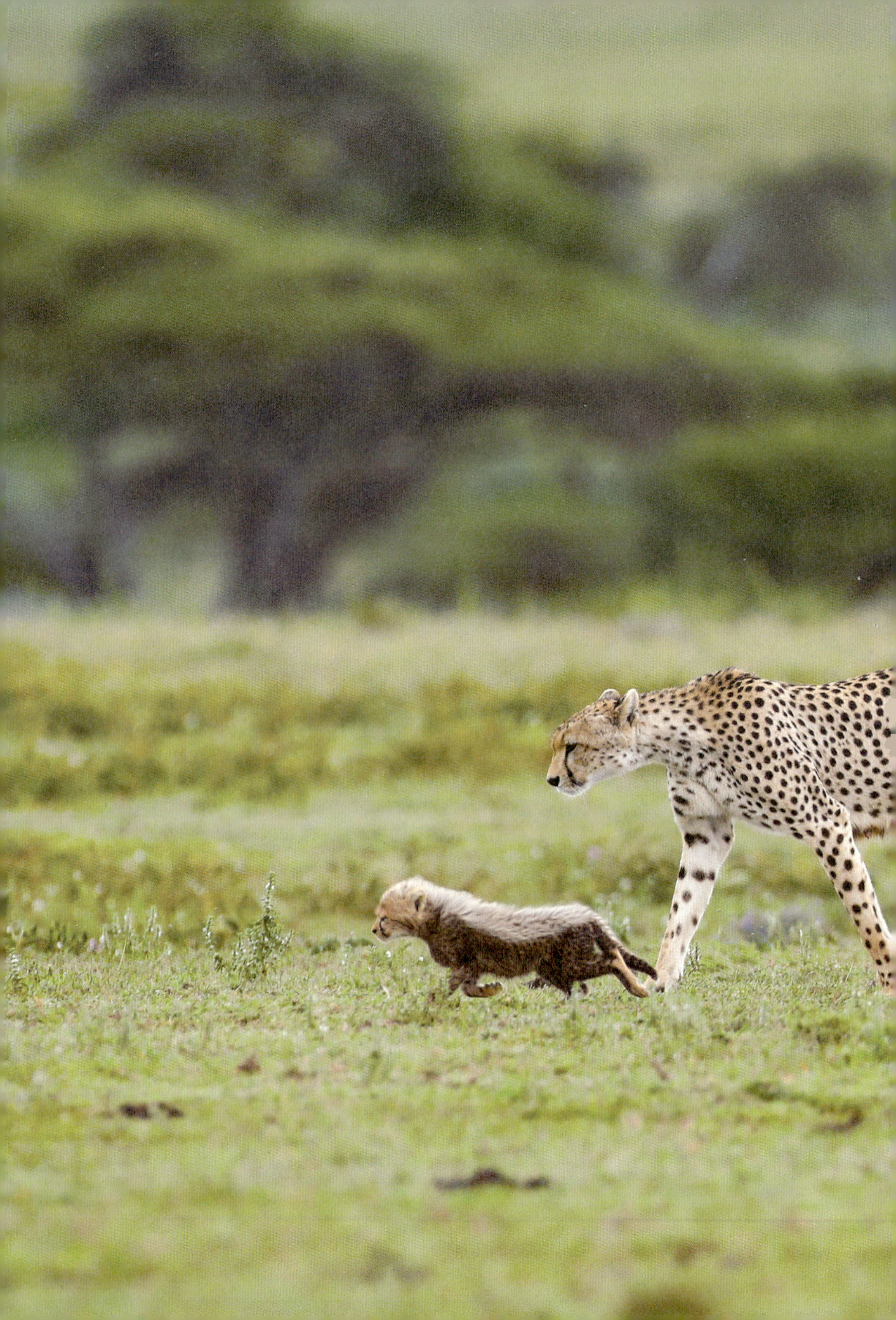

▲ 希拉和孩子们

走，没想到前面的树丛里趴着一只雌狮！雌狮登时站起身，匍匐下头颈，紧盯着希拉母子，前腿肌肉隆起，似乎马上就要冲过来。

希拉也发现了那只雌狮，一下子紧张万分。雌狮或许追不上希拉，但希拉的4个孩子还没有足够快的奔跑速度和高强的体能，很可能遭到捕杀，危如累卵。

但希拉并没有转身逃窜，只见她张开嘴巴，露出一排细牙，朝雌狮示威，与此同时，她以身体掩护，催促着孩子们朝草原的开阔地带撤退。每退两步，希拉就回头盯着雌狮，继续露出示威的表情。雌狮被她的举动弄得有点蒙，傻愣愣地站在原地。双方就这样对峙了十来分钟，希拉终于慢腾腾地退到距离母狮500米以上了，她这才撒开四腿奔跑起来，4只小猎豹得救了，高兴地在她的身后跳跃奔驰。

但好景不长，一个星期后的夜里，希拉母子还是遭到了斑鬣狗的袭击，1只小猎豹没有逃脱，被杀死了，另外3只小猎豹幸免于难。两天以后，我看

▼ 希拉冒着被顶伤的危险奋力追捕角马

▶ 小猎豹们把我的车轮当成玩具

到希拉带着剩下的3个孩子迁移到塞伦盖蒂最东部的草原上。这里的斑鬣狗和狮子的数量不多，小猎豹所受的威胁要小一些。

我非常同情希拉，她虽然拥有惊人的速度，但缺乏力量和耐力，无法与其他食肉动物抗衡，这是猎豹在长期进化过程中，为了获得速度而做出的牺牲。黄昏时分，希拉安静地蹲在一座高大的白蚁堆上，夕阳把她的淡黄色的身躯染成了橘黄，她不时左右观望，身体扭成了一个S形，简直如同一件精美的青铜雕塑。我常想，如果她化身为人类，一定是一位倾国倾城的美女。

我不由得想到叶嘉莹先生提出的"弱德之美"。叶先生说："弱德不是弱者，弱者只趴在那里挨打。弱德就是你承受，你坚持，你还要有你自己的一种操守，你要完成你自己，这种品格才是弱德。" 在塞伦盖蒂草原的这么多野生动物中，母猎豹最具备弱德之美。母猎豹们独自抚养数只小猎豹，充满了艰辛苦痛。但她们并不因为这种艰辛苦痛而放弃自己的职责。她们并不因为小猎豹的夭折率高，而不全心全力去追捕瞪羚等猎物。就像希拉，她对每一个孩子都关怀备至，无论草原生活多么险恶，她还是以自己瘦弱的肩膀，无怨无悔地挑起养活全家的重担。哪怕受到沉重打击，她也不会扔下小猎豹不管。虽然希拉捕猎的成功率很高，但她常常因为势单力孤保不住猎物。即便如此，她也不改变原则，她既不打劫别的食肉动物，也不像狮子追

▲ 小希拉的两个哥哥

于饥饿而去吃腐肉，这种虽处弱势，却不放弃、不妥协的坚强品质，不正是一种哀怨悲壮之美吗？

  2017年的雨季到了，角马群又回到了塞伦盖蒂东部草原。3只小猎豹已长到1岁，希拉把他们养得体格健壮，精力充沛。母子4个经常在广袤无垠的草原上漫步，如同几个惊世骇俗的舞者。有这几个孩子做捕猎帮手，希拉的生活变得轻松了。两只小公豹十分顽皮，他们经常跳上我的车顶，打闹一阵，又健步跳下来。他们堂而皇之地趴在我的车上，傲气十足，霸占了整辆车。这两只小公豹继承了希拉高超的猎食能力，即使在不那么饥饿的时候，他们也会追逐一两只瞪羚练手。他们不紧不慢地在草丛中巡视，寻找藏在草丛里的野兔或小羚羊，一旦发现目标就像箭一样冲出去，我还来不及拿起摄影机，他们就三下五除二撂倒了猎物。另一只小猎豹是母的，性情和两个哥哥完全不同，总是安静地跟在希拉身后，不吵不闹。

  小猎豹的独立性越来越强，兄妹仨经常离开希拉，跑到塞伦盖蒂和恩戈罗恩戈罗保护区的交界处玩闹。我担心他们受到马赛人的攻击，经常开着车跟在他们身后。他们已学会自己捕猎，每天都能抓到一两只野兔或小羚羊；他们也学会了自己寻找庇护所，会跳到岩石山上待上大半天。但过了两三天，他们又回到希拉的身边。

现在小猎豹们都有16个月大了，两只小公豹的体形长得比希拉更大。希拉即将再次进入发情期，她必须把孩子们从身边撵走。尽管小猎豹们一百个不愿意，但分离的时候还是到了，有一天希拉显得烦躁不安，攻击性十足，一旦孩子们靠近，她便露出凶猛的神情，甚至朝他们猛扑过去。小猎豹们不知所措，他们还没准备好和妈妈分开，只能依依不舍地跟随在希拉身后，双方保持100米左右的距离。希拉蹲下休息，他们也蹲下来，希拉站起走动，他们也跟着走动……如此再三。一周之后，我看到希拉终于甩掉了他们，正独自朝塞伦盖蒂的中部走去。

3只小猎豹仍然留在草原的东部，他们组成了一个小型联盟。那两只小公豹犹如脱缰野马，到处惹是生非，我曾经见到他们把一家蝠耳狐撵得四处逃窜，也见到他们欺负另外一家刚独立的猎豹兄弟。他们俩对我依然熟悉，当我靠近他们的时候，总会跳到车上来休息，甚至偶尔爬进我的车厢里巡视一番。

▼ 小希拉

大概是"道不同不相为谋"，那只小母豹没过多久就跟两个哥哥分开了，开始了独闯天涯的生活。她长得跟希拉一样眉清目秀，身材婀娜，每次见到她我都感到亲切，如同自己的女儿一般。有一次她和妈妈在草原重逢，母女俩站在一起时，我几乎分辨不出，唯一的区别是小母豹脖子上的毛蓬松一些。但遗憾的是，2017年12月以后，希拉就再也没有出现过。她也许离开了经常活动的区域，也可能遭遇了不测，塞伦盖蒂的猎豹的寿命通常只有5～6岁。不过，她的女儿我还是经常能见到，我只能把对希拉的怀念都倾注在她的身上，我还是用希拉这个名字称呼她。

小希拉是在我的眼皮底下长大的，简直把我当作了亲人。每当我开车靠近，她都会灵巧地跳上我的车梁，骄傲又略带羞涩地蹲在我的面前，她那圆圆的小脑袋四处眺望，琥珀色的眼睛闪闪发亮，嘴巴微微张开，露出一对白白的小虎牙。虽然我非常喜欢小希拉，但我从来没有摸过她，毕竟她是一只野生猎豹，我不想把她驯化成宠物。有一天，小希拉居然利用我的车作为掩护，出击捕捉了一只瞪羚，我想这只可怜的瞪羚一定死不瞑目，他没有料到猎豹会埋伏在我的车上。

时间长了，我担心她会过分依赖我和车，我不再让她长时间待在我的车上。不过初出茅庐的小希拉总能给我惊喜，她的捕猎能力似乎比她的母亲还要强。我曾见到她在距离一群瞪羚100米就发起了攻击。只见她的腰身像弹簧一样伸缩，尾巴像旗杆一样摇摆，四爪腾空，尘土飞扬，电光石火一般疾速冲向瞪羚。生死关头，瞪羚们撒蹄狂奔，好像在草上飞翔。小希拉只用了十来秒就追上了一只瞪羚，只见她伸出前腿，轻轻一钩，就把瞪羚扫倒在地上，顺势咬住了瞪羚细长的脖子，瞪羚虽然拼命蹬腿，但无济于事，一命呜呼。

一个月后的一天上午，小希拉又一次捕猎成功，埋头享用她的猎物瞪羚。她没有发现，巨大的危险突然从背后袭来。我看到两只斑鬣狗朝这边快速移动，他们一定是闻到了血腥味，要来抢夺小希拉的战利品。此时是小希拉最脆弱的时候，她捕猎之后需要一段时间恢复体能，如果不能及时逃脱，弄不好她会被斑鬣狗杀死。必须保护小希拉！我深吸一口气，启动车子，急速朝斑鬣狗驶去。斑鬣狗被吓了一跳，就在我的车快要撞上他们时急忙掉头逃走了。我一直把他们赶到了天边，确保他们不会再返回。猎豹在塞伦盖蒂属于濒危动物，数量不足150只。我的车得到了塞伦盖蒂猎豹研究中心的授权，允许我在斑鬣狗即将攻击猎豹时开车赶走他们。

我再掉转车子回到小希拉身边，出乎我的意料，小希拉居然眼皮都不抬，依旧津津有味地品尝着瞪羚肉，她似乎完全不在乎刚才的斑鬣狗。难道说，她知道我一定会帮她赶走这些不速之客的吗？我正困惑中，她抬头看了我一眼，眼神中全是温柔。在那一刻，我彻底明白了，这就是一种默契。我的内心充满了感动，这是一种被一只野生猎豹完全信任的感动，无与伦比。

7 任是无情也动人——花豹

"她像沙一样金黄，像沙一样洁白，像沙一样孤独和灼热……"
——巴尔扎克

▲ 母花豹拉玛

花豹全身布满了黑色的空心斑点，从脸部一直到尾巴均有，这是把他们和猎豹、美洲豹区别开来的最显著的特征。赵忠祥老师说："猫科动物的美无与伦比。"花豹尤其如是，他们那细密而无规则排列的斑点代表着勃勃野性。有人说，水泥丛林中的现代女人，每天披荆斩棘奔忙于事业生活，对热带丛林中那种来去自如、狂放不羁的豹子很有向往感，故而豹纹加身，以示高山仰止。比利时作家马塞尔·德田纳在《处死的狄奥尼索斯》中描述，在古罗马时代，人们认为豹子是唯一能散发香气的动物。豹子利用他的香气将猎物迷倒，而后将其捕获。古典时代的人们拥有不曾被异化的想象力，对他们而言，豹是一种可远观而不可近亵的花斑奇兽，豹了的皮毛是一块奇异沃土，皮毛上的豹斑，是沃土上盛开的花朵。鲜花香气馥郁，想必拥有鲜花斑的豹子亦芳香四溢。

而在中国，豹子从来就是高贵品格的象征，《九歌·山鬼》中唱道："从赤豹兮从文狸。"《周易》革卦："大人虎变，小人革面，君子豹变。"古人早就用豹变来形容君子的长成。一个

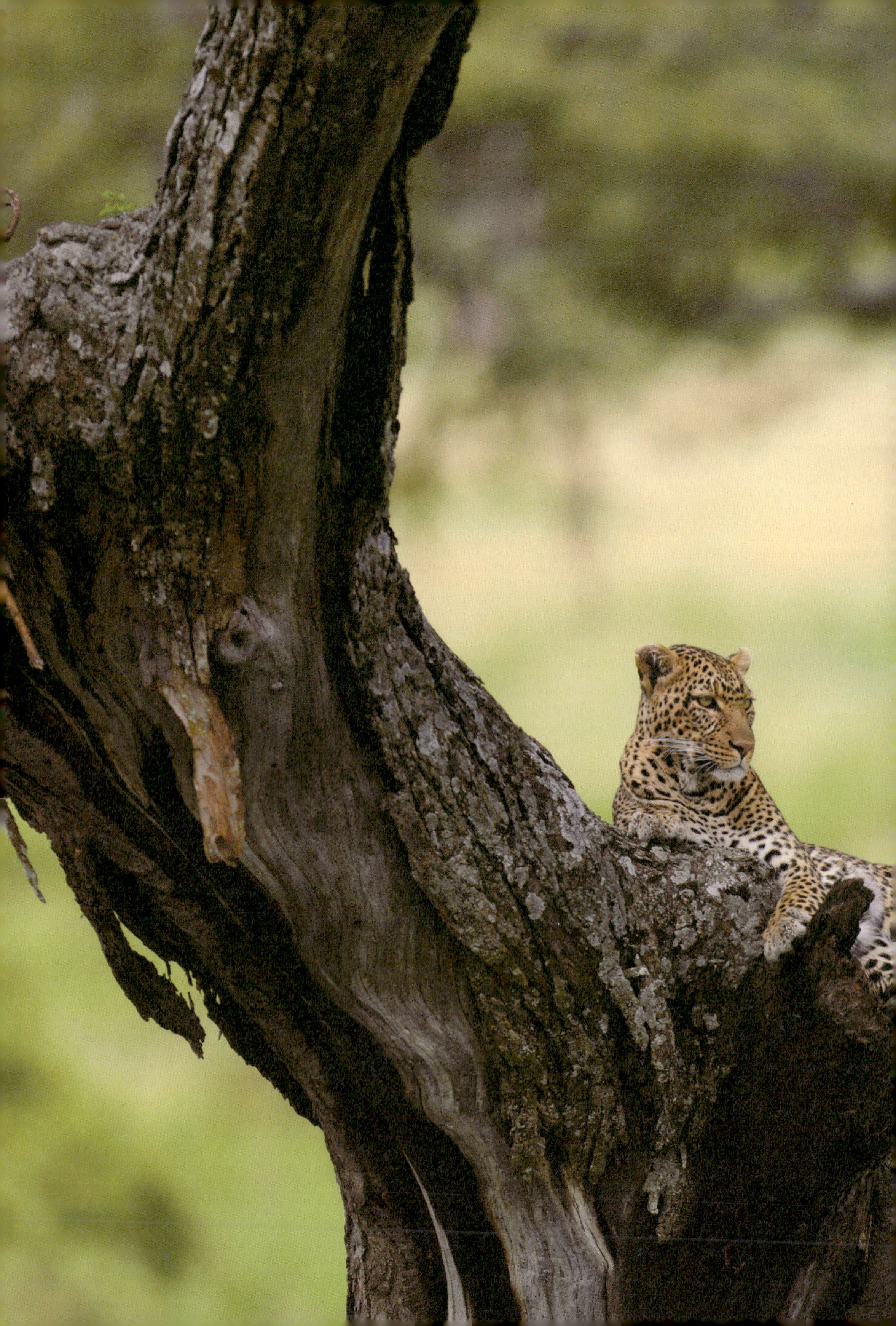

▲ 花豹是一种神秘的动物，具有隐士的气质

▲ 花豹总是把猎物拖到树上享用

人无法控制自己的出生，出生时也许普通和卑微，但是经过自己修养、求知，最终像成年的豹子一样矫健而美丽，成为一个有品质、有格调的人。另有人认为所谓"豹变"是指像豹子一样迅速改变自我，适应环境。这种说法也确有其道理，BBC《地球脉动2》里录下了城市里的豹子，并说，印度的城市孟买是全世界野生豹密度最大的地方！这种原本居住在深山老林里的大型猫科动物，居然能够在喧闹嘈杂的城市里安身立命，很少被居民发现和捕杀，真是让人不可思议，也恰好证明了豹子那非凡的适应能力。

在塞伦盖蒂，我们通常把豹子称呼为花豹，他们和猎豹是完全不同的两种动物。从分类上来看，非洲花豹属于猫科、豹亚科、豹属，而猎豹属于猫科下的猎豹属。从外观上来看，花豹的身体更加紧凑结实，猎豹则纤细轻盈。花豹通常在树上栖息，而猎豹则一般在地面活动。根据化石证据，花豹和狮子、老虎、美洲豹、雪豹、云豹等应该是由同一个祖先进化出来的。花豹和老虎的血缘比较近，他们和狮子的血缘要疏远一些。花豹那犀利的眼神、华丽的身段、匀称的四肢、梅花瓣的斑点和钩状的尾巴赋予他们独特的美学特点，每一个在塞伦盖蒂一睹花豹真容的人，都会对他的美貌和矫健发出由衷的赞叹。花豹分布广泛，基本上亚非大陆的各个角落都有他们的踪影。在坦桑尼亚，所有的国家公园和禁猎区内，都有大量花豹生活，花豹强大的生存技能让他们暂无灭绝之忧。

花豹性格狡黠而孤僻，脸上总是一副郁郁寡欢的表情，不像狮子和猎豹时常温柔可人或憨态可掬。他们美丽的外表下隐藏着一颗嗜血的心。花豹果于杀戮，猎食范围很广，食物从长颈鹿、斑马、角马、瞪羚、苇羚、犬羚、蹄兔、乌龟等都有，他们甚至还会猎杀猎豹、薮猫、胡狼等中型掠食类动物。

在塞伦盖蒂，我可以随心所欲地接近熟悉的猎豹和狮子，但不敢过于亲近花豹，哪怕跟拍了好几年的花豹也不行，花豹的不确定性太强，

▼ 花豹的捕猎能力很强，可以杀死三倍于自身体重的猎物

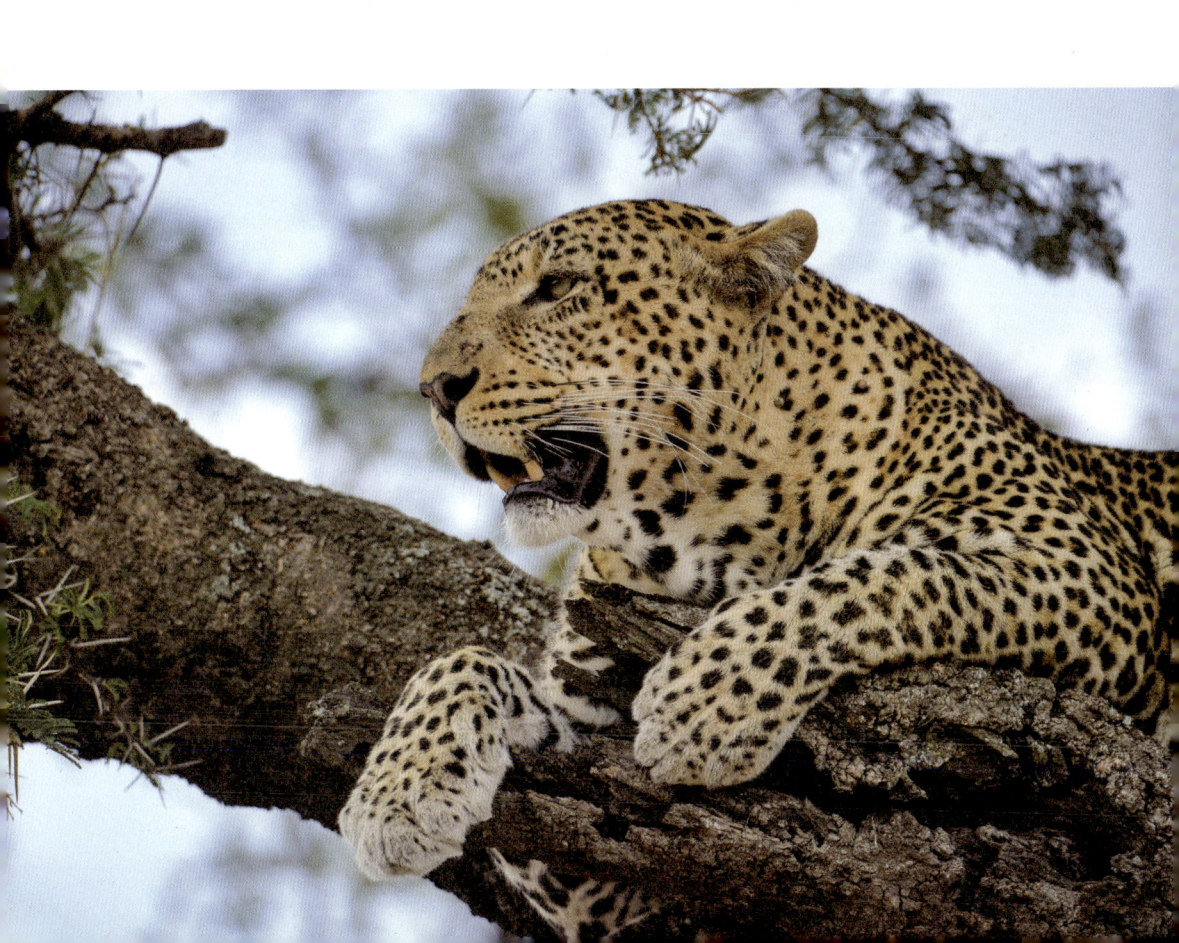

▼ 寻找孩子的母花豹拉玛

之前塞伦盖蒂里就发生过花豹抓伤摄影师的事件。此外，花豹是最高傲的猫科动物，很少用正眼瞧我，似乎我这等俗物难入他的慧眼。我最短只能距离他10米左右架好机器拍摄，他那傲视一切的气场是不容许我再靠进一步的。

不过也有一次例外，我跟踪的一只母花豹，取名为拉玛。一天清晨，我推开小石屋的门，看到旁边的石头缝中居然藏着一只出生不久的小花豹。小花豹一脸胆怯，眼珠是淡蓝色的，背上的斑点更加细密，好像龟背的颜色。到了傍晚，拉玛出现在石头缝附近，她把小豹轻轻地叼起来，运送到岩石山的高处，躺下身给小豹喂奶。我明白了，拉玛肯定知道小石屋是许多工作人员活动的地点，白天不可能有斑鬣狗、狮子之类的猛兽光顾，当她白天外出巡逻时，就让小豹藏身于此。不过，过了一周左右，拉玛就把小豹带走了，可能她觉得小豹已过了刚出生的危险期，可以带他到草原上去闯荡了。

但可惜的是，小豹长到大约4个月大，被一群路过的狒狒咬死了。狒狒是花豹的死对头，经常杀死落单的小花豹。那天拉玛正好外出，小豹独自在一株香肠树上睡觉，被狒狒们围困，惨遭不幸。拉玛返回家找不到小豹，急得在树枝中间上蹿下跳，在每个树枝缝隙里寻找，喉咙里发出急促的类似锯木头一样的吼声。拉玛又跳下树，钻进草丛，沿着沼泽地的芦苇荡小跑，不停地低声呼唤小豹。一会儿她又跳到附近另一棵树上蹿来跳去，如此再三。到第二天天亮时，她依然没有放弃，眼睛似乎在冒火，我也变得焦急。如果我懂豹子的语言，我一定会告诉她小豹已经遇害。但这样一来，她岂不是更伤心？

那个白天我跑去了东部拍摄狮群，天快黑时才返回小石屋。我驾车经过一旁的岩石山，惊讶地发现拉玛正趴在岩石上。她居然跑到小石屋来找孩子！难道她寄希望于小花豹跑到小石屋来了？而我收留了她的孩子？我开车靠她很近，她也不为所动，淡蓝色的大眼睛，木然地望着前方，一如夜空般深邃。可前方什么都没有，只有一轮月牙儿和荒凉的草原。我们相距不到5米，我完全能感受到她的悲伤。

我不知道该如何安慰她。我之前一直疑惑，动物会感到悲伤吗？拉玛给了我肯定的答案。我想起纪录片《花豹女王》里那只名叫马拉拉的母豹，她刚生下一只小豹，小豹就被一条蟒蛇吞食，马拉拉捕猎归来发疯了一般撕咬蟒蛇，终于迫使蟒蛇吐出了她的孩子。她伤心欲绝，不停地伸出舌头舔舐着孩子的尸体，想将他唤醒。如今拉玛蹲在我的面前，她眼中的神情，与马拉拉如出一辙。我拍下了这张令人心碎的照片。

我发现，野生动物摄影没有什么特别的技法，无非是用心地观察，耐心地等待，然后抓住一个精彩的瞬间。和野生动物接触多了之后，我对这种精彩瞬间已经兴趣不大了，我只想真实地记录他们的情感。久而久之，我学会用动物的眼光来看问题，我试着用心灵去和动物们沟通，之前认为这是不可能的事情。但实际上，动物更加真实，更少欲望，他们表里如一，或者热情如奔泉，或者平静如清水，不会像人类一般虚伪，隐藏心之所向，或者戴上无形的面具故作高深或伟大。野生动物好像是我们的另一面，是我们与生俱来的模样，只是由于各种私心贪欲，被压抑或被扭曲，逐渐被我们忽略。

塞伦盖蒂北部有一片丛林，马拉河在丛林之间蜿蜒流淌，从空中看去如同一条玉带。马拉河流经之处，水草丰茂，动物繁多，每当旱季来临，许多动物就迁徙到了马拉河流域。2016年旱季，我从小石屋转移到北部的马拉河附近驻扎，这样就用不着为了拍摄角马过河而当天往返300千米了。马拉河的帐篷附近也有一只母花豹出没，我给她取名叫库加（Koga），她的领地位于马拉河南的岩石山上，没有太多的遮挡物，附近的游客稀少，我能够全方位地拍摄她。

和拍摄狮子一样，我也喜欢上和花豹共处。花豹不会像狮子那样老是睡觉，即便在白天他们也经常活动；花豹一般蹲在树上或石头上，容易获得好的拍摄角度。在马拉河附近拍摄的唯一缺点是丛林之间到处飞舞的采采蝇，每天都会在我的胳膊和大腿上留下叮咬痕迹。

库加是一个年轻的妈妈，2017年5月生了两只小豹，一公一母，顽皮可爱。库加外出捕猎时，他们俩就藏在树枝上或石头缝里，安静老实，不弄出一点儿动静儿。马拉河附近斑鬣狗较多，他们是小花豹的头号天敌。一旦库加回来，他们好像充满了电一样，开始嬉戏打闹。

花豹通常在夜间捕猎，很难在白天见到他们捕猎，我在塞伦盖蒂拍摄这么多年只见到过一次，就是来自库加。当角马群经过她的领地，她像一条蛇一样贴地潜行，与长长的枯草融为一体。她像一道魅影，神不知鬼不觉就距离角马不到1米了。角马居然还在紧张兮兮地吃草，不时抬头探视。库加从地面腾地跳起，闪电一般发起了攻击，双爪扣住了一只小角马的颈部，嘴巴牢牢咬住了小角马的脖子。倒霉的小角马大概还没看到她，就一命呜呼了。

2017年整个9月，我住在马拉河附近，风涛烟雨，晓夕百变，正如世外

▲ 我从她的眼神里读出了她的哀伤

▲ 母花豹库加和两个孩子在一起

桃源般开阔宁静。每天外出拍摄,我的手边不仅有一堆相机和镜头,还带了一壶清茶。如果没有特别要拍摄的题材,我就来到库加母子身边,坐在车里观察他们。车身被枝叶疏影覆盖,我喝着茶,闻风听雨,望着远处连绵的山峦出神,树梢上传来犀鸟的叫声。落日时分,库加独立在一块凸起的岩石上,美丽的身段被橘红色的落霞映衬,简直如同一幅名家的油画。

《国家地理》摄影师朱伯特夫妇曾在奥卡万戈三角洲长期拍摄一只小母豹,久而久之,这只小母豹把拍摄的越野车当成了自己的庇护所和游乐园。我有时憧憬这种情景发生在我和库加的孩子之间,倒不是为了拍一张和花豹同框的照片拿去炫耀,而是我相信,花豹那看似冷漠的外表下,内心也会有充满温柔的时刻。花豹并非无法接近,成都动物园里有一只成年公花豹,我甚至可以伸手抚摸他(动物园内部人员引导我的)。他曾经是一只野生花豹,受伤后被人救活,最后被送到了动物园里,对人非常友善可亲。这说明花豹很清楚如何和人类相处。

巴尔扎克在《沙漠里的爱情》中写到一个困在沙漠的法国人和一只母豹子之间的爱情故事,听起来有点儿匪夷所思。这个法国人几乎伤重致命,但母豹子救活了他,经过多日的陪伴,他逐渐恢复体力。他在沙漠中行走,陷入了流沙,母豹子抓住他的头发,把他从沙里拽出来。他被豹子的美丽和热情打动,产生了奇妙的感情,但他依然对母豹怀有戒备之心。在一次亲昵之中,母豹张嘴咬他,他却误会母豹想要吃掉自己,猛地抽出匕首杀死了母豹。他追悔莫及,痛不欲生。"我看到她一面挣扎,一面毫无恼怒地望着我。我愿献出世上的一切,献出当时还没有拿到的十字勋章,让她起死回生……"

我不知道这则故事出于巴尔扎克的想象还是实有其事,但这位大文豪赋予了豹子多么伟大的品格,也许他觉得,世间那湮灭已久的真诚和善良,只有在豹子的身上才能找到!

8 大象的背影

小知识 Tips

在讲塞伦盖蒂的大象故事之前，让我们先了解一些大象的基本知识：

★ 非洲象有两种：一种是非洲草原象，一种是非洲森林象。塞伦盖蒂内生活的都是非洲草原象；

★ 非洲草原象是陆地上最大的哺乳动物，为了支持庞大沉重的身躯，他们的骨骼同样巨大，重量约占全身体重的25%；

★ 象的个头终生都在生长，但成年之后的生长速度明显下降；

★ 象的上嘴唇和鼻子连在一起，因此从外观上看，大象只有下嘴唇没有上嘴唇；

★ 象鼻的内壁是由纵向排列整齐的大约1.5万条肌肉束组成的，非常灵活；

★ 象能够用人耳听不见的次声波进行远距离联系；

★ 非洲象的全身皮肤上布满了褶皱，起到保湿的作用，有助于保持身体凉爽。

▲ 一头年老的公象，步履蹒跚

塞伦盖蒂曾经盛产大象，20世纪50年代以前大象有7万头之多，但由于盗猎猖獗，数量直线下降，到1980年时，整个塞伦盖蒂内只剩400头左右。从那时起，法兰克福动物学会等环保组织联合坦桑尼亚国家公园，为了挽救这些岌岌可危的庞然大物而绞尽脑汁。到2016年时，塞伦盖蒂的大象数量回升到7500头，虽然只是以前的1/10，但这一数字已超过了预期。

象群在旱季时经常成群经过小石屋，有时我坐在屋内整理照片，却毫无察觉。大象的体形硕大，走路却很轻，他们的脚掌是一块大肉垫，脚底板也跟皮肤一样布满了褶皱，可以尽可能地吸收声波，减轻走路发出的声音，大象走路并不像影视片里那样震得地面"轰隆隆"。

清晨外出拍摄，看到屋外的草丛里堆着许多大象粪便，每一坨足有一个排球大，有的还在冒热气。米拉济常用小棍把象粪扒拉开，取出一些粪团，用纸卷起来点燃了抽。据他说，抽象粪比抽烟更能提神醒脑，如果头疼或胸闷，抽一根保准好大半儿。我从来没有尝试过。我通常把象粪收集起来，放到越野车里点燃，好像蚊香一样，防范烦人的采采蝇。

有一天夜里，我想起有一件东西忘在了越野车上，于是开门回车上寻找。屋外繁星满天，落叶萧萧，四野悄然。我取回东西，跳下车，正准备关上车门，只听见车尾传来一连串沉闷的喷鼻声。我举起手电一看，我的天！一头巨大的象，好像小山一样，正冲着我扇耳朵，把他身上的热气扇到我的脸上。我来不及细想，本能地四脚并用逃回小石屋，但这头象并未尾随我，

▼ 夜里在小石屋外活动的公象

仍然在原地扯树叶吃，嘴里发出哽哽的咀嚼声，好像我压根儿没有出现过。我隔着窗户打着手电看他，他足有4米高，长着一对白色的象牙，明晃晃的，足有1米多长，粗壮尖利。他应该是一头年老的公象。

第二天我把这件事情告诉了大象研究项目的丹尼尔（Daniel）博士，他的研究所离小石屋不远。我走进他的办公室，他正坐在堆积如山的资料中吃早餐。听完我的来意和讲述，他瞪大了眼睛，认真地说："恭喜你大难不死！"

我靠近他坐下来，装作轻松地说："可是我并没有侵犯到他啊，他也要冲过来弄死我吗？"

他把咖啡杯推到一边说："很有可能。2010年在塞伦盖蒂，一头象把一位美国摄影师撞倒踩死了。他离大象太近了，那头公象冲过来时他一脚踩空，摔倒在地上，被象鼻卷起来摔在地上，又被踩了一脚。"

"我知道大象的智力很高，他们应该能够辨认我对他们是否造成威胁吧？"

▼ 恩戈罗恩戈罗火山口内的象群

"并不见得,现在塞伦盖蒂的大象种群出了一些问题,象群的行为变得更加难以预测。"

"是象群种群回升过快导致关系紧张,迁怒于人吗?"

"我只能说,这种可能性存在。在塞伦盖蒂周边的村庄,大象们摧毁村庄和农田,攻击和杀死人类。塞伦盖蒂周围每年有十来人被大象杀死,鲁阿哈国家公园那边更多,卡塔维也是,每年有上千个村庄遭到象群的破坏。在经历了数百年人类的盗猎后,大象们好像要对人类奋起复仇一样。"

"怎么会这样?我们应该怎么办?"

"这也正是我们的工作重点,就是恢复先前的象群秩序。野生大象生活在一个复杂的聚合分离型(fission-fusion)社会,这种社群结构一方面表现为社群组成的流动性,另一方面以社群关系的紧密和持久为特点。大象之间的关系从核心的母幼关系辐射到家庭、族群、氏族、亚种群、独行的成年公象,甚至超越种群关系延伸至陌生关系。大象每天要花16小时吃掉300千克的植物,喝掉50升的水。这个食量很快就会把附近的植被横扫一空,因此大象们会在面积巨大的区域里巡游,并能高度精准地记住食物、水源和矿物质的位置;反过来,记忆这些信息需要发达的智商,这就为大象组建复杂的社会奠定了基础。"

丹尼尔好像进入了工作状态,居然拿出了纸笔,画出好几个交叉的圆圈。他指着圆圈对我说:"大象的社会,可以想象为这样的一组相互交错的同心圆。每一组圆的核心是一位母象和她的孩子,周围环

绕着有亲缘关系的其他母象，包括一位年纪很大的女族长。外围有一群较为松散的年轻公象在游荡，随着年龄增长而愈发独立。最外圈的则是星星点点的成年和老年公象，他们独来独往，只有交配时才短暂地加入母象群。但这些老公象起到了至关重要的管教年轻公象的作用。

但这一切的前提是和平年代。当枪声响起时，所有的正常秩序都化为乌

▼ 情绪失控的象群

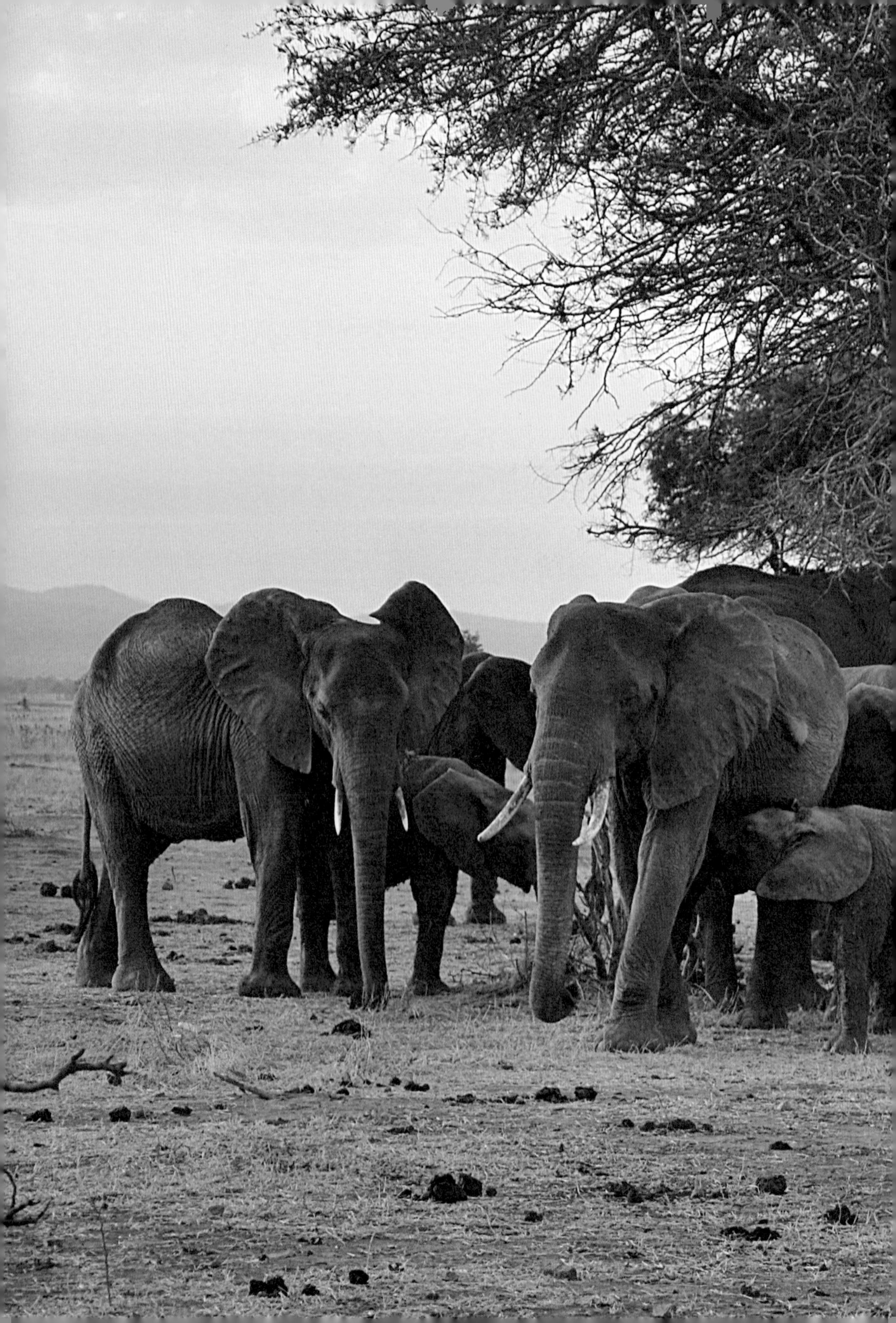

▲ 象群在旱季里每天要跋涉几十千米寻找食物和水源

▲ 攻击越野车的年轻公象

有。一个极端案例发生在20世纪90年代。人们将10头年轻的公象转移到了南非匹林斯堡公园，但是没有老年公象伴随，结果，这些无老年公象管教的小伙子陷入了混乱状态：他们的发情期大大提前，发情时间大大延长，体内睾酮水平飙升，行为完全失控，从1991年到2000年，这些年轻公象杀死了超过100只白犀牛和5只黑犀牛。后来人们不得不引入了6头老年公象，才成功控制住了形势。在老年公象的管教下，年轻公象的行为和发情期很快回归了正常。"

我又问他："你提到的那10头年轻的公象是孤儿吗？"

"是的，他们的族群被盗猎者打死了。如果一个象群遭到了人类的杀戮，动荡会直接反映在小象的大脑发育里，其结果就是行为的失序。目睹父母被杀害的小象，会表现出和人类在受到创伤后相似的应激行为：比如异常的惊吓反应，无法预测的反社会行为，还有高度的攻击性。"

接下来的一周，我跟随公园的巡逻车到塞伦盖蒂南部靠近玛斯瓦（Maswa）禁猎区拍摄，我的落脚点是位于丛林中间的一片帐篷，这是国家公园指定的宿营地点。帐篷四周总有大象出没，有时就在帐篷边进食，但我并没有见到这些象有丹尼尔所说的攻击性，我们和平共处。

我们和几名巡逻员围坐在地上吃午饭，午饭是炸香蕉和手撕牛肉。一群大象近在咫尺，我担心他们突然跑过来抢夺午餐。我连忙问领头的巡逻员："这些大象距离我们这么近，我们不会有危险吧？"

这位巡逻员满不在乎地挥挥手，说："不会不会。这些大象是害怕盗猎分子，觉得靠近我们比较安全。玛斯瓦的盗猎挺严重的，大象都如惊弓之鸟，但他们可能知道我们不是盗猎者，我们是来保护他们的，所以就总在我们营地边转悠。"

"大象是怎么分辨出来的呢？"

"我也不知道，可能他们能辨认我身上的制服吧。"

这太神奇了，也就是说，大象把我们的营地当成了一个庇护所，难道这些被盗猎的大象没有丹尼尔所说的心理创伤吗？

我又问他："都是一些什么人在盗猎大象？"

"盗猎分子都是当地人，他们通常受雇于国际盗猎集团。"

"盗猎分子配备枪支吗？"

"可不，他们的装备比我们的还好呢，连肩扛式火箭都有。"

"那你们岂不是很危险？"

"是的。"

"发生过伤亡吗？"

"去年有一个巡逻员受伤，胳臂中了一枪。我们抓住了7个盗猎分子。"

"抓到之后会怎么样？要判刑吧？"

"没错，有的被判了30年，有的10年。"

"但愿这种事情越来越少吧！"

我架好三脚架，集中拍摄营地边的大象们。这是一群母象和小象，共有15头。最大的母象估计超过了40岁，最小的小象不到1岁，这可能是一个四世同堂的大家族。非洲母象和公象主要的区别不在象牙，而在额头，母象额头尖而窄，公象额头圆而宽。虽然这群大象知道我们没有恶意，但我靠近拍摄时，所有母象还是用身躯把小象挡起来。有的小象还不会用自己的鼻子，他们很努力地练习，想用鼻子拔起枯草，母象们在旁边安静慈祥地注视着，让我想起了小时候外婆看着我玩积木的样子。

象的鼻子不仅灵活，也具有敏锐的嗅觉，象的嗅觉感受器基因数量有2000个，是狗的2倍，是人的5倍。象可以闻见1千米以外的气息，能找到50米以外的小香蕉，还可以通过尿液的气息找到自己的家人。

象的耳朵形状很像非洲大陆地图。象耳布满了丰富的毛细血管，当象扇动耳朵时，不仅可以带来凉风，也可以让血管中的血液凉下来，凉血流到大象的其他部位，就帮助整个身体降温。大象还用耳朵驱赶讨厌的蚊蝇。耳朵也是情感交流的工具，在受到威胁或表达愤怒时，大象会把双耳完全张开，停止扇动，同时举起象鼻，做出攻击的态势。非洲象听力强大，不仅能听到遥远细小的声响，还能辨认100多头不同的象发出的叫声。

　　大象的外表看似粗笨，行动迟缓，其实内心活动非常丰富，交流的方式复杂。他们有多种肢体语言，通过甩尾、摇头、扇耳、抬鼻等方式表达情绪，同时发出气味和声音交换信息。据说，大象可以发出多种声音，有2/3超出了我们人耳的收听范围，属于次声波。次声波在无干扰的情况下能传播11千米。大象脚部也拥有与耳朵相似的精确听辨能力，象脚能够捕捉到通过陆地表面传播的超低频声波。声波会沿着脚掌通过骨骼传到内耳，而大象脸上的脂肪可以用来扩音，这种脂肪被称为扩音脂肪，许多海底动物也有这种脂肪。

　　这群大象在营地附近转悠了两天悄然离去了，我本来想跟拍他们一段时间，但又担心遇上盗猎者，只好作罢。在来到塞伦盖蒂之前，受一些文艺作品影响，我一直以为大象有专门的墓地。据说一头老象一旦感知到死亡，就脱离象群，孤独而行，走到家族的墓地安然死去。但我在塞伦盖蒂住了这么久，从来没有见过所谓的"象冢"，大象研究项目的丹尼尔也对此断然否定。不过，我也没有见到过自然死亡的大象尸体，这究竟是怎么回事呢？

　　2015年的一天下午，我在塞伦盖蒂东部巡游拍摄。此时天边乌云密布，雷声滚滚，狂风呼啸，飞沙走石，一场倾盆大雨迫在眉睫。我赶忙收拾摄影器材，关上越野车顶棚，拉上车窗，准备在大雨前开车回去。刚开出去2千米，一头高大的公象拦在道路中间，背对着我，我只好停车等待。

　　这头公象站立了好一会儿，转过身，看着我和车，一瘸一拐地朝车边走来。他的皮肤灰白，皱纹骇人的深。他的一条后腿可能受了伤，左耳上有一个大洞，两根象牙中的一根从中间断裂，另一根牙又粗又长，牙上沾满了泥浆。他那巍峨的身躯几乎擦着车边走过，整个车身都笼罩在他的阴影里，真是一头无与伦比的巨兽！我看到了他的眼睛，眼睫毛上全是苍蝇，眼角边有白色的东西黏着。他身上有一股

▲ 他独自朝暴风雨里走去

难闻的气味，好像生病了。他走到了草地上喘息待定，沉重的鼻子低垂着，俄而他又慢慢地朝前走去。

这头公象应该超过60岁，接近了生命的尽头。云越来越厚，风越来越急，他的脚步不稳，几次感觉要跪倒在地。他要去哪里？是去寻找水源还是食物？他在寻找同伴儿吗？我环顾周围，没有见到别的大象。我猛然想起大象墓地的传说，难道他在寻找自己的墓地？

暴雨在东边落下，天地融于一体，白茫茫的一片。雨点随风飘到车上，打得车顶棚锵然作响。草原的西面却依然晴空，夕阳散发出金色的余晖。老公象却埋头朝雨中走去，前方是黑压压的云层和雨幕，他那高大的背影被余晖照得金黄，好像一团火焰。少顷，暴雨夹杂着豆大的冰雹呼啸而来，我什么也看不见了，只好关上车窗坐在车里等待雨歇。这场大雨肆虐了一个小时，到处水流成河，好不容易雨小了一点，我抬眼寻找老公象。他已不知去向，难道他和风雨融于了一体？

一个多星期后，国家公园的巡逻员告诉我在草原东面见到了一头象的尸体。我连忙开车寻找，果然就是这头老公象，他躺在一堆荒草之中，头埋在泥土里，四条腿伸得笔直，皮肤好像生锈了的铁皮。几只斑鬣狗正在围着吃尸体，一些胡狼在旁边乱窜，乘机偷食一块肉。他的象牙被国家公园取下带走了，以免落到盗猎分子手里。他的皮肉完全坍塌，好像一座陷落的城池，只有高耸的颧骨能证明他曾经的威猛。我发现他的一条前腿内侧溃烂了，不

▼ 大象情感丰富，有浓厚的家庭观念

知什么原因。难怪他步履维艰，他死前一定承受着巨大的痛苦。

我听说一头大象死去时，他的家族成员会聚集在死者的身边，用鼻子触摸死者下颌骨或头顶，和活着的大象相互问候的方式一样，好像试图唤醒他，继而大象们集体站立不动默哀悼念。有的象会往死者身上撒播泥土和树枝，一如土著人的葬礼仪式。大象能记住家族成员死亡的地点，甚至在几年之后都会回来拜访。但目前这附近一头象也没见到，不知会不会有同伴发现他。一如传说中那样，这头老公象孤零零地离开了这个世界。

我打电话向丹尼尔报告了这一情况，他很快赶来，围着象尸转了半天。然后戴上医学手套，提取了象腿上的一些皮肤组织和胃里的残留物，装在专门的塑料袋里，说要空运到内罗毕化验。我们俩都沉默着不说话，风声在耳边呜咽，天上聚集了无数的秃鹫。

小知识 Tips

大象对生态系统的贡献

大象在非洲稀树草原生态系统中占有重要的地位，能使其他动物直接或间接获益：

★ 被象群踩踏过的草木在土壤中变成了肥料，使得草原的土壤更加肥沃；

★ 非洲象身材高大，在活动和采食过程中不断摇晃树干，起到了传播种子的作用；

★ 非洲象每天要产生300多千克重的粪便，粪便中含有一些没有完全消化的坚果，为猴猴、疣猪等动物提供了食物，也为植物提供了养料；

★ 非洲象在旱季时挖掘水坑，满足自己的同时，也为其他动物带来了宝贵的生命之水；

★ 非洲象经常推倒灌木，不至于让某片区域的植被变得过于茂盛，他们就是草原上的修剪工。

9 旱季里的时光

　　一只雄性长颈鹿不紧不慢地从我面前走过，修长的脖子映衬着蔚蓝的天空，细密的睫毛覆盖在大而圆的眼睛上，尾巴放松地耷拉在两腿之间，砖红色的皮肤被朝阳染得更加绚丽。他走到一簇灌木前，弯下长长的脖子进食，那温文尔雅的姿态犹如一位绅士。他吐出长长的青色的舌头，把灌木上的小细叶依次卷下，塞进嘴里细嚼慢咽。灌木枝上长满了坚硬的刺儿，他却毫不在乎，竟然把刺儿也一并扯下，和着叶片咀嚼，随之吞下肚去。

　　现在是一年中最难熬的旱季，但对长颈鹿来说却并不是难事，他们能够从树叶中获得身体所需的水分。塞伦盖蒂中部和北部的植被以丛林为主，这是适宜长颈鹿生活的场所。长颈鹿特别喜欢吃带刺植物的叶子，他能灵巧地避开树枝上的针刺，卷食针刺下的树叶，舌头上黏稠的唾液能软化针刺，舌头和嘴唇上还有一层坚韧的角质层，能防止被针刺刺伤。

　　我在塞伦盖蒂见到的长颈鹿，大部分时间是低着头吃低矮处的树叶，并不是人们常说的"伸长脖子吃高处的树叶"。我记得高中的生物老师曾说过，远古时期的长颈鹿脖子并不长，后来气候发生变化，低处的植被逐渐灭绝了，长颈鹿只能伸长脖子吃高处的树叶，久而久之他的脖子适应了这种变化，长得越来越长。但恰恰相反，我看不出长颈鹿的长脖子在取食过程中有什么便利优势，事实上他们每一次低头都显得非常吃力，毕竟要弯下2米多长的脖子，这种姿势也不利于观察四周的危险，而长颈鹿每天要进食16~20个小时。

长颈鹿为什么总要低头吃树叶呢？是不是因为低矮处的植被更有营养或者更容易被消化？我猜想可能是为了"血压稳定"，因为长颈鹿的脖子太长了，他必须拥有比普通动物更高的血压，才能把血液输送到"很远"的大脑。长颈鹿的心率约为100次每分钟，血压高达300毫米汞柱，每分钟输出的血量达60升。当他伸长脖子进食时，头和心脏的落差达到最大，意味着心脏得保持最强的起搏，以使血液及时输送到大脑，如果长时间保持这一姿势，就会给他的心脏带来很大的负担。而低头吃树叶时，心脏可能就相对轻松一些，大量的血液能够集中在胃部帮助消化。

但无论如何，长颈鹿伸长脖子吃高处的树叶的现象十分罕见，至少在塞伦盖蒂是这样的。我有时见到大象伸长鼻子，卷食高处的树叶或果实，但从来没有人认为大象的长鼻子是这样进化出来的。同理，长颈鹿的长脖子应该也不是要吃高处的树叶而进化来的。

我曾经多次见到公长颈鹿为争夺配偶而打架。两只公长颈鹿会朝着同一方向抵肩而立，脖子伸直，一声不吭。长颈鹿声带发育不完全，不能发声。突然，一只一猫腰，甩着细长的脖子朝对

▼ 长颈鹿的长脖子主要功能是打架

▲ 相互踩踏的角马

手抽去,头顶上两只短而钝的角流星锤一般砸向对手的胸部。另一只也不示弱,脖子一扬,躲开了凶狠的一击,随之也甩脖还击。长颈鹿的头骨特别坚硬,一旦击中对手的要害,往往会让对手丧命。

由此我发现,长颈鹿的长脖子主要用于打斗,就像羚羊的角一样,那么长脖子可能是一种繁殖竞争优势。也就是说,脖子更长的公长颈鹿往往能在打斗中获胜,赢得与母长颈鹿的交配权,这样一来,幼长颈鹿就带有了长脖子的遗传特点,久而久之,长颈鹿的脖子就越变越长了。

长颈鹿的脖子虽长,但和其他哺乳动物一样,椎骨也是7块。他们的每块椎骨间以粗壮的肌肉紧密相连。长脖子虽然有利于在打斗中获胜,却给他们喝水带来了很大的困难。因为长颈鹿不仅脖子长,还有四条惊人的大长腿,他们必须用尽全力才能让嘴巴接触到水面。

在最干旱的季节,长颈鹿也不得不找到水源地喝水。长颈鹿喝水时,尽量把两条前腿分开,形成一个"八"字,费劲地弯下脖子放下头,让嘴唇碰到水面。我看到长颈鹿喝水时全身肌肉紧绷,脖子上青筋凸起,眼睛鼓起来,好像火冒三丈的模样。为了防止被狮子袭击,他们每喝一口水,就迅速抬头观察一下周边的动静,再艰难地低下头去喝水。长颈鹿每喝足一次水,我估计得消耗他一半的体能。

长颈鹿每次喝水时，按照常理，血液必然会大量流入脑部，弄不好血液会冲破脑部血管，造成脑溢血，但长颈鹿并没这种困扰。我查阅资料才知道，在他们脖子的血管处，有一个特殊的器官，被人们称为"瓣膜"。瓣膜就好像一个闸门，可以开合，控制血液的流速，以免血液流得过快伤害脑部。

成年的长颈鹿在塞伦盖蒂是没有天敌的，但幼年的长颈鹿则常被猛兽捕杀。我曾经见到一只2个月大的长颈鹿被花豹杀死，挂在了树杈之上，晾成了肉干。在鲁阿哈国家公园，那里的狮群常猎杀长颈鹿，因为鲁阿哈缺少中型食草动物，狮子们只好冒险拿长颈鹿开刀。长颈鹿在遇到危险时，会健步如飞，用长腿狠踹捕食者，被踢中的狮子非死即伤。

到了8月底，除了长颈鹿，塞伦盖蒂的中部见不到多少大型草食动物，他们大都迁徙去了北方马拉河附近。我开着车，在漫天尘土中疾驰，周围干燥得如同戈壁，空气在阳光直晒下发生了扭曲。与此同时，塞罗内拉河缩小为一条小溪，周边的一个小水塘变成了泥潭。一大群肥硕的河马拥挤在泥浆之中，把粪便抛洒得到处都是，1千米外都能闻到刺鼻的臭味。

水牛群是不迁徙的，每当傍晚，他们就迈着沉重的步伐走到塞罗内拉河喝水。上百头水牛拥挤成一团，黑色的脊背在尘土中此起彼伏。几头年老的公牛落在队伍的最后，一路发出沉闷的喘息声。水牛们围拢在散发着河马粪味的水边，伸脖子舔舐着肮脏的泥水。两只年轻的雄狮睡在附近的草丛里，水牛群近在咫尺，他们仍不敢出击。狮子很清楚，旱季里牛群更加暴躁，也更加团结，要制伏一头500千克的水牛可不容易，只能耐心等待机会来临，或许有年老的公牛掉队。

狮子在旱季里的生存难度成倍地增加了。角马和斑马已经离开，剩下的猎物除了水牛就是疣猪，这些圆滚滚的动物不仅数量少，而且性情粗暴，猎杀他们的危险系数很高。一些识时务的狮子跟随动物群迁徙去了北部，留下来的狮子备受饥饿的煎熬。

一天早上，一只年轻雄狮从草堆里站起身，他看到了天边一群盘旋的秃鹫。一定有吃的！他三步并作两步奔去。我驱车紧紧跟在他的身后。果不其然，秃鹫们正在啄食一只死的疣猪，疣猪身上已经没剩多少肉了。尽管如此，这依然是他的救命粮。他像一颗保龄球一样冲进秃鹫堆里，双爪按住疣猪尸体狼吞虎咽，我听到了清脆的嚼碎骨头的声音。见到我的车靠近，他居然叼起疣猪尸体就跑，好像生怕被我抢走一样。在食物充足的季节，即使我的车距离他不到3米，他也不会躲闪。

超级狮群的困难可想而知。他们正处于朝不保夕的窘境，好不容易抓到一只汤姆逊瞪羚，但还不够一只狮子果腹的。超级狮群之前有20多只狮子，现在不得不分成3个小狮群分头行动，以扩大食物搜寻面。但放眼望去，骄阳似火，一片衰草黄沙，一只草食动物也没有。一只雌狮无奈地垂下了头，长长地打了一个哈欠，好像叹气一般，拖着骨瘦如柴的身躯，继续缓慢地朝前方走去，她的同伴和孩子们一连串跟在她的身后，有气无力。在旱季里，为了搜寻猎物，狮群把行走

▼ 汤姆逊瞪羚并不在乎干旱

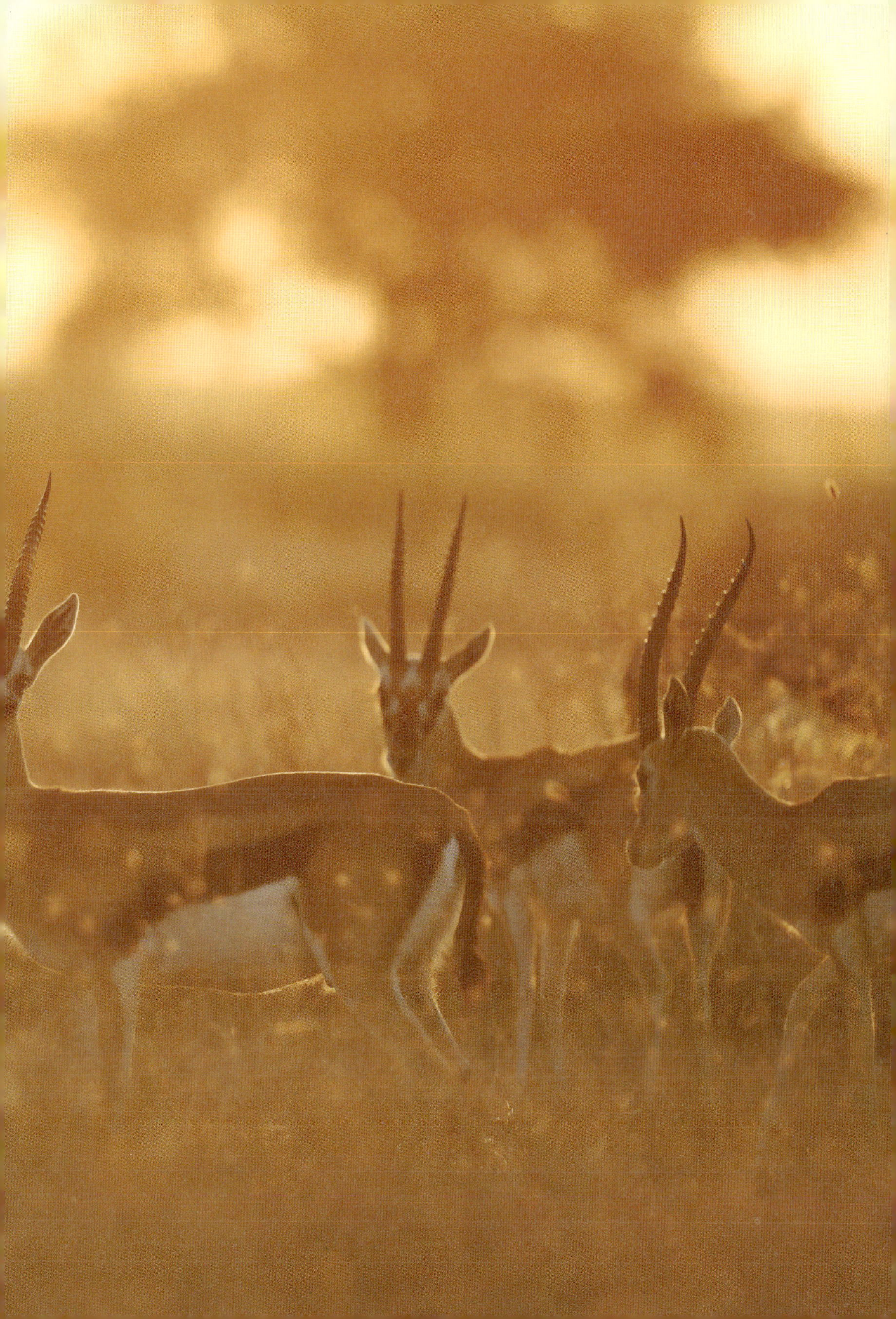

▲ 在旱季里生存艰难的狮子们

距离扩大了5倍。

　　从塞伦盖蒂中部前往马拉河的路上，有大约上百千米的赤荒之地，迁徙的动物们必须不辞劳苦坚持前行，才能闯过这一道鬼门关。许多动物特别是老弱的角马体力不支倒毙在这里，我开着车朝马拉河前行，一路上见到尸横遍野。秃鹫在空中密布盘旋，斑鬣狗、胡狼等食腐动物正忙着吞吃这些唾手可得的大餐。斑鬣狗和胡狼具有惊人的耐力，他们能够连续奔跑上百千米，直到找到食物。吃饱后，他们又能马上返回巢穴，给同伴带回食物。

　　9月，数不清的角马和斑马蚁聚在塞伦盖蒂马拉河边，震天动地，腾起100多米的烟尘。尽管河中埋伏着凶猛的尼罗鳄，但角马们耐不住干渴，纷纷跑到河边饮水。鳄鱼在水下潜伏，只露出一小块头顶，好像一块枯木，缓慢地靠近岸边。鳄鱼是一种极具耐心的爬行动物，和猎物的距离不到1米以内，他们绝不轻举妄动。一旦锁定目标，鳄鱼会从水底弹出，张开咬合力达一吨的血盆大口咬住角马，将粗壮的脖子一扭，把角马全身拽到半空中，好像摔跤动作一样画出一道弧线，把角甩入水中。不过鳄鱼嘴没有撕咬能力，只能把角马拖入深水中溺死，然后才开始进食。

　　马拉河流域连续降了暴雨，河水暴涨，河边的青草疯长。闻到青草芳香的角马们，沿着河岸线排出了数千米长的队伍，不顾一切地啃食着久违的青草，就像在一个饿了3天的人面前摆上了一碗红烧肉。几天以后，河北侧的青草被吃光，河南面还绿草如茵，角马们发出响亮的喷鼻声，这是角马群的集结令，他们准备强渡马拉河。马拉河水比之前一周至少上涨了2米，但角马们仍旧义无反顾地跃入湍急的河水中，分几路纵队朝对岸游去。河水淹没了对面的浅滩，角马们找不到合适的登陆口，只能拥堵在河对岸的陡坡之下，叠罗汉式地朝上爬。角马们越来越多，后面的角马并不知道前面的同伴正在找路，仍然源源不断地朝密集处拥来。惨剧就这样发生了。第一批角马被后来者疯狂地推倒踩踏，成了一团团肉泥，躯体顺流漂下，更多的则成为肉垫。一些幸运者踩着同类的尸体奋力跳上了对岸，但道路太过湿滑，很多攀爬到一半儿又跌落下去，成为新的肉梯。这场惨烈的过河持续了3个小时，几万只角马在河中丧命，堵塞了河道，河水为之不流。

几万条鲜活的生命，转眼间就没了，我目睹了整个过程，既激动又伤感。这天下午，角马群主力渡过了马拉河，散布在河南岸的一片开阔地上。夕阳染红了土地，分不清哪是角马的鲜血，哪是溅起的泥浆。河的两岸仍然有不少角马，他们顺着各个渡口奔跑寻觅，寻找失散的同伴和亲人。可眼前只有堆积如山的尸骸，他们驻足观望，扯着嗓子不停地叫唤，好像在集体恸哭一般。

接下来的几天，几乎全塞伦盖蒂的秃鹫都飞临马拉河上，啄食河中的角马尸体。尸体太多，

▼ 马拉河中遍布角马尸体

▲ 角马群冒着熊熊大火急速行进

每一只秃鹫都吃得过饱，像母鸡抱窝一样懒懒地蹲在地上，即使我开车靠近也不飞走。鳄鱼们也忙得不亦乐乎，吃饱喝足后，他们就集体趴在河滩或河中的大石头上晒太阳，一整天都不动弹。BBC的记者也来到马拉河做现场报道，据说这是20多年来伤亡最惨重的一次角马渡河。

在强烈的阳光照射下，河水中的角马尸体很快变质发臭，10千米外都能闻到恶心至极的臭味。我住在马拉河边不到300米远的一家帐篷营地，整天熏得几乎不敢呼吸，饭也吃不下。国家公园派人沿着河道消毒，以免传染病扩散。我估计短期内不会再有更大规模的角马横渡，就收拾好行装，驱车返回了中部的小石屋。

虽然马拉河流域持续暴雨，但200千米外的小石屋仍然处于干旱的中心，到处都是一副残败萎靡的样子，雨季还有2个月才会到来，现在必须节省一切水源。国家公园总部想把塞伦盖蒂北部博洛公吉伊亚的河水引入到员工生活区，缓解水源短缺，改善用水质量，但一直缺乏经费而无法实施。我在雨季时用锅碗瓢盆接了不少雨水，房顶流下的雨水也被导入一个储水罐中，汇集到一个黑色储水桶里，盖紧封口，以便于在旱季使用。这水被我储存了2个月左右，带有明显的臭味，只适合于拖地和冲马桶。

一天晚上，我去储水桶接水，一只成年雄狮就蹲在储水桶旁，撅着屁股喝水。原来储水桶的龙头滴漏，在地上形成了一个小水坑儿，这只雄狮就跑来喝水。一见到我，这只雄狮就赶紧转身离开了。此后，我外出取水时，手里都拿上一根木棍防身，不过虽然不断有狮子甚至狮群来喝水，但从来没有狮子对我表现出恶意。我还特意用脸盆接满了水，供他们饮用。员工村附近的动物也明显变多了，猴子、狒狒、黑斑羚居多，他们指望从村里各家的储水桶分一杯羹。国家公园小诊所旁有一个水龙头，主要供大家洗衣服或洗菜。有一匹斑马，摸出了门道，居然会自己拧开水龙头接水喝。

塞罗内拉河几近断流，众多鲇鱼搁浅，挤成一堆，让前来觅食的鹳鸟们发了一笔横财。河马们聚集在泥潭里生闷气，为了标注领地范围不停地排泄，终于把泥潭变成了粪坑。塞罗内拉河里的鳄鱼看上去劫数难逃，但鳄鱼的智慧超过我的认知，这种生物能够在地球上存在2亿多年不只靠运气。他们白天趴在龟裂的土块缝中养精蓄锐，到了夜里就朝有水的地方迁移，一夜之间消失得无影无踪。我猜他们可能迁移去了50千米外的格卢米提河。待塞罗内拉河水重涨，他们又像雨后春笋一般纷纷出现，优哉游哉地在河里巡游，或者在河滩上打盹。

疣猪们并不受干旱的影响，他们比长颈鹿还要耐旱。他们无处不在，总是跪在地上，用粗糙的鼻子拱开坚硬的地面，刨出土里的块茎或草根，再美滋滋地吃下。疣猪通常举家行动，母疣猪身后跟着一堆胖乎乎的猪崽子，让人有抓回去做烤乳猪的冲动。公疣猪则独来独往，他们长有一对夸张的像阿拉伯弯刀般的獠牙，看起来更加狰狞。疣猪屁股上拖着一根又细又长的尾巴，奔跑时竖立朝上，好像一根小天线。这样做的目的何在？我推测，可能是为了迷惑捕猎者。因为疣猪的尾巴竖起时，很像一根鼠尾草。一旦遇到敌害，疣猪就竖着尾巴钻入深草之中，可以扰乱敌人的视线，为自己赢得逃跑的时间。

▼ 薮猫

旱季里疣猪是狮子的主食。狮子猎杀疣猪极其血腥，他们抓住疣猪后，就撕咬他们的屁股或肚皮。由于疣猪脖子太短，狮子害怕正面攻击时被疣猪的獠牙所伤，不肯先锁喉再进食。所以大部分疣猪是在意识清醒的情况下，被狮子从屁股开始活生生吃掉的，惨不忍睹。

鸵鸟在最干旱的季节里

仍然如鱼得水，他们主要靠吃枯草、草籽生活，从露水中获得所需的水分。塞伦盖蒂的鸵鸟没有天敌，我从来没有机会一睹所谓"鸵鸟遇到敌害就把头埋在沙子里"的情景。

  猎豹们也没有受到太多困扰。猎豹本身非常耐旱，他们能够连续数个星期不喝一口水。猎豹每天要行走15千米以上，以便跟上动物迁徙的脚步。此时，依然有为数不少的汤姆逊瞪羚徘徊在塞伦盖蒂的中部和东部，他们是猎豹最爱的食物。猎豹具有胜过一切动物的奔跑速度，捕猎成功率达50%以上，他们从来没有饿死之忧。猎豹主要的威胁来自斑鬣狗群和狮子。在白天里，猎豹能够轻松逃脱，但到了夜晚就比较危险，因为猎豹没有很好的夜视能力。

薮猫是一种中型猫科动物，习惯在深草堆里出没，白天躲在僻静处休息，晚上出来活动。他们的主要食物是老鼠、野兔和一些鸟类，即使在最干旱的时候，食物也不匮乏。薮猫毛色枯黄，全身密布着黑色的斑点，脑袋小，耳朵大，四腿修长，很像一只小猎豹，但薮猫的生存能力比猎豹更强，他们不需要喝水，主要从猎物的体液中获得水分。

转角牛羚和柯氏狷羚也不太受干旱的影响，阳光强烈的时候，他们常常呆立在草原上隆起的白蚁堆上。这两种羚羊体形很大，奔跑的速度和耐力都是惊人的，狮子很少能够抓到他们。他们头脑灵活，行动敏捷，适应能力远在他们的近亲角马之上。

水羚总是出没在沼泽地或有限的水塘附近，他们从不迁徙。水羚的皮下有一层防水油脂，狮子厌恶这种味道，几乎从来不拿水羚果腹。我没有见过水羚下水游泳，他们只是喜欢待在潮湿的地带。

塞伦盖蒂生活有两种瞪羚：一种是汤姆逊瞪羚，一种是格兰特瞪羚。瞪羚的身材小巧，体态轻盈，数量众多。瞪羚的眼睛又大又圆，相外突出，因而得名。汤姆逊瞪羚属于小型瞪羚，体长80～120厘米，肩高约75厘米，体重15～30千克。面貌乖巧，身体轻盈，四肢纤细。头、脖子、脊背为淡黄色，下颌、四肢、肚皮到屁股为白色，短尾巴是黑色的，最引人注目的是腹部侧面有一条明显的黑色条纹。汤姆逊瞪羚雄性和雌性都长犄角，雄性的犄角明显大于雌性。格兰特瞪羚的个头要大一些，他们属于中型羚羊，腹部没有黑色条纹，雌雄都长角，只是角的大小有所区别。

▲ 小希拉捕猎瞪羚幼崽

▲ 格兰特瞪羚顶着"草帽"

随着旱季的到来，汤姆逊瞪羚和格兰特瞪羚都会不同程度地迁徙，他们主要以草的根茎部分和草籽为食物，只是他们迁徙的路线与角马、斑马不同，迁徙的距离也远远小于角马和斑马。往往角马群大军已经抵达马拉河附近了，汤姆逊瞪羚的主力还留在塞伦盖蒂的中部。他们非常耐旱，几乎不需要喝水。据有人研究，格兰特瞪羚在最干旱的季节，能够把自己的内脏器官缩小1/3，以减少水分消耗。

汤姆森瞪羚善于奔跑，非常警惕，他们总是不断地摇晃着短尾巴，一有动静就撒蹄飞奔，他们是草原上跑得最快的羚羊之一，最高时速可达90千米。虽然如此，草原上的多种掠食动物依然有办法抓住他们。汤姆逊瞪羚最大的天敌是猎豹，然后依次是花豹、狒狒、狮子等。

雌性和幼年瞪羚没有领地，雄性瞪羚会用气味建立一小块领地，等待经过的雌性，趁机与他们交配。雄性瞪羚的两眼下方，长有一对香腺，他们通过用草茎或细树枝戳自己的香腺，释放出气味，建立领地。雄性瞪羚比较好斗，如果邻居雄性进入领地，他们会立即驱赶，从而引发激烈打斗，因此我们经常在草原上看到顶着犄角互斗的雄瞪羚。

汤姆逊瞪羚全年可繁殖，孕期188天，每胎产1崽，新生瞪羚重量2~3千克，毛色暗淡。母瞪羚吃草的时候，经常把新生的小瞪羚隐藏在附近的草丛中，以避免被食肉动物发现。但是聪明的猎豹悉知汤姆逊瞪羚的这一习性，在小瞪羚较多的4～5月，猎豹总是在草地上来回巡视，耐心地寻找隐藏起来的小瞪羚，一旦把小瞪羚从草丛中惊起，就是一道唾手可得的美餐。因为小瞪羚的奔跑速度和反抗能力，跟猎豹相比可谓小巫见大巫。

这两种瞪羚对自己的奔跑能力都颇为自信，他们一旦发现敌害，就会跑到离猎豹不到20米的距离，观看这些不可一世的大猫们。因为他们知道，即使在这么短的距离，也足以逃脱。但瞪羚夜视能力很弱，晚上就很容易丢掉性命。我曾经见过狮子在晚上捕捉汤姆逊瞪羚，狮子正面出击，距离瞪羚不到5米，瞪羚却一无所知。为了尽可能发现敌害，他们在夜里聚成一大群，互相警戒。

2016年的旱季特别漫长，大象们深受其苦，他们是草原上最依赖水的动物。象群每隔几天就不得不长途跋涉去找水，白天太热，长距离奔走会消耗大量体能，因此象群在夜晚行动。领头的老母象是所有家族成员的精神支柱，他的经验会告诉大家，前方什么地方有凶险，什么地方有水源和树林。到了第二天下午，如若象群还找不到水源，对很多体弱的象来说，就将面临一场生死考验。

不过在旱季里最受折磨的还是号称百兽之王的狮子。超级狮群每况愈下。在2周之内，狮群跋涉了将近50千米，饥渴交加，虚弱不堪。有一只严重营养不良的小狮子再也走不动了，他肚子里没有任何食物，终于饿毙在一棵金合欢树根旁。其他的狮子顾不上悲伤，朝有可能发现食物的地方开拔。他的妈妈留下来陪伴他最后一程。这只雌狮的头深深埋在前肢中间，眼神绝望。这时，天空中居然开始飘起了细雨，雨季终于要来了。

10月末，雨季终于来临了。哗哗的雨水慷慨地泼洒在冒烟儿的土地上。连续3天的暴雨，让雨水填满了各处池塘，激活了沉睡的青草，召唤着斑马和角马的回归。塞伦盖蒂中部和东部重新焕发了勃勃生机，又变得郁郁葱葱了。塞罗内拉河装满了清水，冲走了河床上残留的尸骸和枯枝。渡过劫难的狮子们个个都是皮包骨，但他们的眼神变得更加坚毅。其实对我来说，旱季也是一场煎熬，我不得不见证许多动物的生离死别。曾经有一位摄影前辈说过，野外拍摄的一大挑战，就是如何在动物遭殃遇难时控制好自己的情绪。

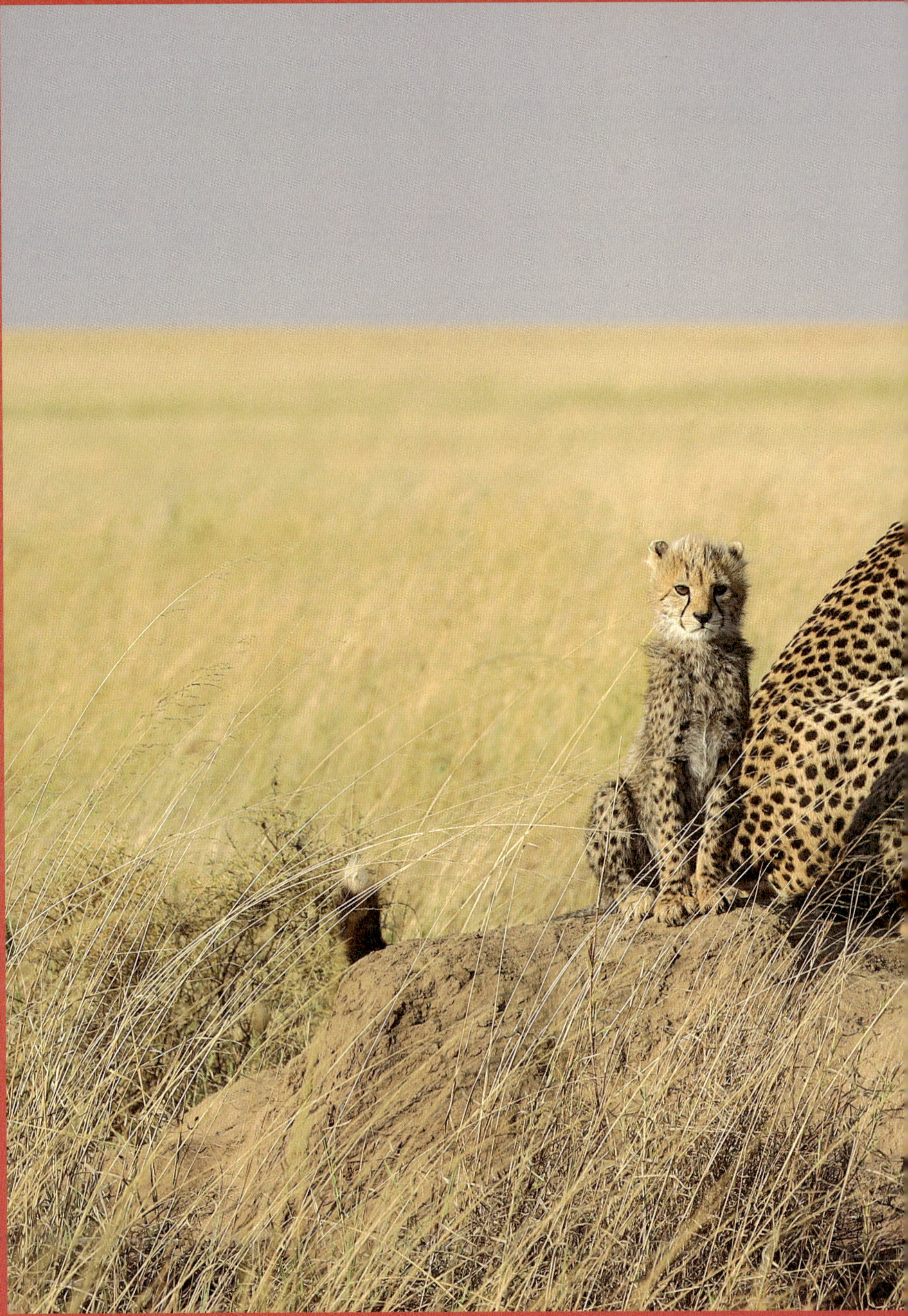

挑　战

1. 动物救助
2. 一路同行
3. 最艰难的时光
4. 狮子先生
5. 烟雨平生

1 动物救助

▲ 雌狮乞求的眼神

2012年,我刚到塞伦盖蒂工作不久,一天傍晚经过一片沼泽地,一只雌狮当道趴着,她骨瘦如柴,呼吸沉重,精神萎靡。我停下车,拿出相机,但她没有移动,也没有看我。我想拍清楚她的脸,打开车门,探出相机。这时她抬头看我,眼神怪异。半晌,她蓦地发出了一声悲鸣,用前腿努力支撑起上半身,朝草堆爬去,后腿却瘫软在地上。她的脊柱断了,后腿无法站立。

她的脊柱可能在捕猎时被猎物踢断了,也许是水牛干的。

草丛里传来小猫一样的叫声,我睁大眼睛,一只毛茸茸的狮崽子从深草里冒出头,他还不太会走路,蹒跚地撞进母狮怀里,用两只前爪和嘴拼命寻雌狮的乳头。雌狮的肚子紧贴着脊背,乳房干瘪,至少一周没吃东西了。幼崽吃不到奶,哇哇直叫。

我无比同情,环顾四周,天色苍茫,寂寥空旷,附近见不到别的狮子,母子危在旦夕。我得想办法救救他们。可我该怎么做?我毫无野生动物救助的经验,是不是应该先给雌狮打麻醉针?才能把母狮抬到车上来,可我的车上哪里有麻醉药。报告公园狮子研究中心吧,我拿出手机,一点儿信号也没有。这时太阳落了下去,离天断黑还有不到20分钟。我得立即回营地,要不然连我都得受救助了。

我开车离去,雌狮又发出了一声悲鸣。我扭头看她,她昂着头与我对视,微张着嘴巴,眼睛瞪得像铜铃一般。她的瞳孔已经放大,身体像寒风中的枯叶一般摇摇欲坠,幼崽在她怀里睡去。她分明在乞求我!求我救她和她的孩子。

我车上没有任何肉食,也许我可以把幼狮抱到车上来。但公园有规定,任何人严禁把动物带上车。这是一种自然淘汰,还是不要人为干预。我咬牙开车离开,祈祷这母子俩能熬过这个夜晚,也许狮群晚上能够回来,给母子俩带回食物。

回到驻地,我来不及吃晚饭就给公园狮子研究中心打电话,报告了受伤的雌狮。他们做了记录,但是说今晚没有办法外出,只能等到明天了。当晚,我在床上翻来覆去睡不着,一合上眼就看到雌狮母子,我从来没有见过这么绝望的眼神。我丢下他们绝尘而去,雌狮会不会怨恨我?会不会觉得我非常冷血?原谅我吧,我不是不想救你们,实在是不知道该怎么做。

第二天天还没亮,我就带着狮子研究中心的工作人员返回雌狮的地点。

▼ 斑鬣狗是落单狮子的噩梦

▲ 被越野车撞伤的瞪羚

雌狮和幼狮都不见了，我们到沼泽地的对面看看，刚掉转车头，就看到了土堆旁的斑鬣狗。3只斑鬣狗正在吃雌狮母子的尸体，几乎已成骨架。

我忍不住大哭起来……

从那儿以后，我就渴望投入到狮子救助中去，希望能够为野生狮子做些什么，但就像《乖狮克里斯蒂安》一书里写的那样，两位年轻人艾斯和约翰把小狮子克里斯蒂安从百货公司买下，后又把他送回肯尼亚荒野中成功野化。但现实却很骨感，国家公园当局有规定，任何野生动物救助都要经过官方审核，走一套程序。具体而言，我发现了受伤或被遗弃的动物，首先必须向国家公园和坦桑尼亚野生动物研究中心（Tawiri）提出书面报告；第二步，坦桑尼亚野生动物研究中心派人到现场察看，确定是否应该进行救助。如果属于自然淘汰，原则上不必理会，只有人为伤害才能采取行动。但坦桑尼亚野生动物研究中心工作低效，很多受伤动物命悬一线，刻不容缓，等所有程序走完，动物早已死掉了。有人质问坦桑尼亚野生动物研究中心，他们就把责任推卸得一干二净。

2015年年初，在塞伦盖蒂大门到塞罗内拉的主路上，一只雄性汤姆逊瞪羚被超速的观光车撞伤。国家公园规定限速50千米/小时，大部分司机置若罔闻。这只瞪羚来不及躲避，后腿被重重撞了一下，粉碎性骨折，只剩皮肉相连。我经过事发地，肇事车辆早已不见踪影。我立即给坦桑尼亚野生动物研究中心办公室打电话，报告有一只瞪羚被撞伤。我在电话里请求："这只瞪羚还有救，我能不能先把他抱到车上，马上送到你们办公室来？"

电话的那一端却决然地说："不行，你不能这么做。你在原地等着，我们派车过来。"

我在瞪羚旁边等了将近2个小时，还不见坦桑尼亚野生动物研究中心的车。瞪羚趴在我的车边，剧烈的疼痛让他全身抽搐，口吐白沫，越来越虚弱。我拧开一瓶纯净水，浇到他的头上，以免在阳光直晒下中暑。几只斑鬣狗嗅到了瞪羚身上的血腥味，从远处兴冲冲地跑来，企图落井下石。我开动车子，尽力驱赶斑鬣狗，但这些家伙很善于钻空子，一只斑鬣狗瞅准空当，一个箭步冲过去叼起半死的瞪羚，拖到路边的草丛里狼吞虎咽起来。

我只好心痛地离开，开车去坦桑尼亚野生动物研究中心办公室。没想到，一群人正坐着说说笑笑，压根儿没派人过去。看到我，他们解释说，办公车没有油了，在等人从加油站送油过来。这不是玩忽职守吗？我压抑不住怒火，指着他们破口大骂，他们不甘示弱，和我激烈对吵，扬言要叫警察过来扣留我。吵闹声把基玛罗引来，他连忙把我从坦桑尼亚野生动物研究中心办公室拖出去了。

作为一个政府机构，坦桑尼亚野生动物研究中心人浮于事、遇事推诿是难以避免的，几十年来就是这个样子，不是我骂几句就能让他们醒悟。对我来说，能够在塞伦盖蒂保护和救助野生动物，可谓梦寐以求，但他们并不觉得多么神圣，这只是一份普通的差事。救与不救，救助的成功与否，他们工资既不会增加，也不会减少。

我在塞伦盖蒂东部发现了一只母猎豹。她低着头趴在地上睡觉，眼睛紧闭，一动不动。一只健康的猎豹，应该不停地走动寻找猎物或躲避敌害，但这只母猎豹在4个小时内都不怎么动弹。一群角马从她的身边不到10米处走过，她也不愿意抬一下头。

她生病了吗？还是受伤了呢？我打电话给猎豹研究中心的丹尼斯，碰巧他不在塞伦盖蒂。我用手机拍下了一组照片，传给他看。过了一会儿，收到回复，这只母猎豹叫库柏（Kooper），15岁了，算猎豹中的老年。她的身上没有什么伤痕，应该是年纪大了体能衰竭，活不了多久了，我们不要干预。

我问丹尼斯，库柏有子女吗？丹尼斯说，她曾经生过几窝幼崽，但最终只有2只成年。

正午12点多，炙热的太阳晒在越野车上，温度能够煮熟鸡蛋，我想暴露在空地上的库柏一定也会很热，但她没有起身寻找阴凉。我把车开到她身边，想用车子的阴影给她挡住阳光。她猛地抬头看着我，大大的眼睛中全是惊恐，站起身却歪歪斜斜，力不从心，又栽倒在地上。我连忙把车退回去。她确实快到生命的尽头，还是不要惊扰她，让她安静地走吧。

▲ 临终的猎豹库柏

库柏继续把头埋下去睡着了。整个下午，我就陪伴在她的身边，一动不动。母猎豹都是独身主义者，从不和自己的兄弟姐妹来往，子女即使成年后，也跟她们形同陌路，每只母猎豹离世时都孑然一身。我想，如果这时有斑鬣狗或狮子出现，我就开车把他们赶走，至少能让库柏死得安详一点，尽管她迟早会被食腐动物吃掉。

下午6点多，太阳即将落山，凉风骤起，远处传来了狮子起伏的吼声，但库柏依然没有振作的意思。她的胸腔起伏得越来越慢，头埋得更低，大限将至。

每一只食肉动物，无论经历过多少辉煌，当他们谢幕时，场景大都孤独落寞。泰戈尔的诗中说："生如夏花般灿烂，死如秋叶般静美。"就让我给她送行吧，我把车里的音乐打开，播放了一首悠扬的萨克斯曲，驱车离去。

我再也没见过库柏，不知道她临终的一刻，能否理解有一个人类为她伤感。

在乞力马扎罗山下，有一家德国人经营的动物救助中心，负责人拉齐洛（Lazilo）和伊莉莎白（Elizabeth）工作了近20年。救助中心内收治着30多种残疾的、被遗弃的和在贩卖中解救下来的动物。我有空就去救助中心看望动物们，做点力所能及的事情。

救助中心内有一只成年公猎豹。起初他藏在乞力马扎罗山下的一片甘蔗林里，被农民发现，没人知道他的来历，救助中心把他麻醉后带了回来。他的左眼失明，右前腿的韧带断了。救助中心给他做了韧带修复的手术，但他的右前腿还是不能伸直，意味着无法正常奔跑，失去了放归野外的可能，他只能在救助中心度过余生。他吃牛肉或羊肉，在笼子里烦躁不安，有人靠近就露出攻击的架势，他应该被人伤害过。

伊莉莎白对我说："这只公猎豹见到救助中心的羚羊时没有什么反应，但当一只家羊靠近他时，他却显得极为兴奋，脖子上的毛都竖起来，准备冲过来捕杀。"我问她这意味着什么。

"这意味着他之前曾被人工饲养过，捕杀过人为投喂的羊，但没有捕捉过野生的羚羊。"

我又问："什么人饲养他的呢？为什么又被抛弃在野外？"

"这个我们也不知道。但在非洲，一些有钱人或阿拉伯人喜欢饲养猎豹，他们买通国家公园的看守，从野外抓获小猎豹，自己当宠物饲养。等到猎豹年老或受伤了，他们就会遗弃他，就像遗弃宠物猫一样。"

救助中心曾经收到一头不到1岁的小象，他的妈妈在恩戈罗恩戈罗保护区被盗猎者打死，小象成了孤儿。小象从被人发现起就拒绝进食。他一直呆站在救助中心的角落里，好像着了魔一般，一动不动。救助中心用尽了办法，也没法让小象进食或喝奶。一周之后，小象虚弱而死。我不禁落泪。野生动物的亲情是如此强烈，他们的生存却如此的艰难，那些盗猎者如何忍心屠杀他们?

救助中心另一项职责是帮助救助的动物返回大自然，即野化，但这项工作比想象的要艰难。野生动物一旦被人为收治和喂养，就不愿再离开救助中心这个安乐窝。救助中心内收养了几只受伤的猴子，他们身体恢复后，训练员就要让他们回归原野。这是一个不断重复的烦琐的工作，最开始，训练员得把猴子们带到乞力马扎罗山的另一侧，让他们见到野生猴群，继而让他们一同玩耍觅食，晚上把他们带回救助中心，以免被猛兽捕食，这一阶段得持续3个月到半年的时间，直到他们能自己觅食和躲避敌害，被野生猴群接受，完全融入野生猴群之中，成为大自然的一员。

② 一路同行

2018年，角马迁徙依旧是我跟踪和拍摄的重点，从7月到9月，3个月的时间，我都住在马拉河畔。数十万角马聚集在河两岸，寻觅青草和饮水，不时选择合适的地点横渡，有时横渡持续3小时以上。角马们总是自己制造紧张气氛，连滚带爬地挤入水中，但有了一段铺垫后，后续部队就不会杂乱无序，从容地抵达对岸。

我记录下角马每一次过河的时间、数量、持续时长、死亡率，希望以后提供给一些科研机构，有助于搞清楚角马横渡的奥秘。我拍摄角马迁徙8年，但直到今天，还是没有弄清角马们反复渡河的原因。之前我认为角马群横渡是为了到河对岸吃青草，但角马们经常置本侧河岸上的青草于不顾，一定要冒着生命危险去彼岸进食。没过几天，他们又像着了魔般劈波斩浪地游回来。难道他们把渡河当成一种业余消遣？抑或在血与水的考验中锻炼出更紧密的团体精神？还是为了考验年轻角马的生存能力？

不过，有一点我可以肯定，看似憨笨的角马对落难的同类是有情感的。一批角马过河时，河滩上堆积着上一拨渡河角马的尸体。后续的这批角马排成单列以最快的速度过河，但他们经过尸体时都停下了脚步，伸着脖子观望，好像哀悼一般。几秒钟后，他们又恢复正常脚步，从另外块河滩登岸。

不过角马过河的难度在逐年降低，死亡也在逐年减少，这是由于马拉河的河水持续下降。近些年，马拉河上游的森林遭到人为砍伐和盗伐，蓄水能力明显下降。随着上游人口的增长，大量河水被引导用于灌溉庄稼，下游塞伦盖蒂段的水量就不足了，大有断流的趋势。更可怕的是，据说肯尼亚政府计划在马拉河上游修建水坝，开发电能。倘若情况属实，马拉河就会步大鲁阿哈河的后尘，在旱季时变成一块一块小水塘，"天国之渡"就此消失，真是让人揪心。

更令人揪心的是盗猎，据官方统计，每年大约有2万只角马被杀害。塞伦盖蒂西部边缘被密布的村庄包围，这里是角马群北上马拉河的必经之地。每当角马群接近这些定居点时，村民们就下铁丝圈套或直接用弓箭射杀角马，角马成为他们的盘中餐。因为旱季里庄稼全无，村民也没有储备粮食的习惯，只有靠野生动物的肉充饥。由于监控和取证困难，国家公园当局拿不出切实有效的办法，法律在这里起不了太大作用。2017年塞伦盖蒂的生物多样性研究项目办公室，给40只角马身上安装了跟踪器，但一年未到，其中13个跟踪器就失去了信号，比例之大超过人们的预期。

人兽冲突也层出不穷，大象经常进入村庄吃掉庄稼，一群大象在一夜之间可以毁掉全村所有

▼ 向同伴"默哀"的角马们

▲ 村民们打的井水

的庄稼。2017年塞伦盖蒂西部的村庄里发生了多起杀死大象的案件，其实村民们并不是为了获取象牙，而是为了保卫家园。大象有极强的群体观念，一旦有成员被人类杀死，他的同伴会变本加厉地闯入村庄报复人类。国家公园反盗猎部门和丹尼尔不得不三天两头跑去相关村庄做工作。

除了大象惹是生非，河马也对村民生命造成极大的威胁，每年有上百村民丧命于河马之口。尤其在格卢米提河沿岸，这条河流里到处都是河马。河马是草原上脾气最暴躁的动物，当他们在陆地上和人遭遇，不打招呼就横冲直撞而来。在一头狂暴的重达2吨的河马面前，人就像一只剥了壳的鸡蛋一样脆弱。

要根治这种村民盗猎行为，一劳永逸的办法是让村民集体搬迁到别处，但这样做所面临的阻力极大，比我在塞卢斯禁猎区周边工作时阻力还要大得多。退一步说，即使村民们同意离开，坦桑尼亚这个贫穷的国家哪有足够的资金来搬迁和安置上百万人口呢？

2017年8月6日早上，一名美国女游客在格卢米提河边徒步观光时被一头河马咬死，国家公园当局射杀了这头惹事的河马。但我搞不清，他们是如何分辨出杀人凶手的。格卢米提河里有无数的河马，这头河马肇事之后，就迅速溜进了河里，脑袋没入水中，只露出脊背，和他的家族成员挤成一团。但国家公园的一位官员拍着胸脯跟我保证不会滥杀无辜。

我问他："难道杀人的河马长相特别？你们能认出来吗？"

"是的，我们有特别的技能能够辨认出来。"

"那是什么样的技能？"

他一挥手，说："这个是国家公园的秘密，不能外传。"

我越来越感到成立一个相关动物保护组织的紧迫性，以此来防止更多的人兽互害。但实际上，塞伦盖蒂内有多家动物研究和保育的机构，有的已在此工作了40年，在坦桑尼亚政府的官僚主义和繁文缛节面前，他们力不从心，象征意义大于实际作用。野生动物保护，其实与反恐、缉毒、缉私一样，都属于高度专业而危险的工作，理应由政府来主导大局，政府应该拿出更多的人力、物力和财力，平衡野生动物和人类发展的关系，民间动物保护组织顶多做一些锦上添花的事儿。

2017年，坦桑尼亚政府做出了一项决定，在塞卢斯禁猎区内的鲁菲济河上投资修建一座水电站，开发鲁菲济河的经济资源，帮助当地脱贫脱困。此举遭到来自联合国教科文、世界自然基金会等组织的一致抨击和抗议，但坦桑尼亚政府决心非常大，不由分说，就悍然在当年12月破土动工了。

塞卢斯对我的意义不言而喻，在林迪省做土地规划期间是我最惬意的一段时光。2018年9月，我驱车返回了塞卢斯禁猎区。我回到了当年工作的小渔村，一切和10年前相比几乎没有变化，闭塞贫穷，不通电，不通网，没有自来水。我问村民们是否知道政府即将开发水电站一事，他们都说知道，非常高兴。我黯然神伤。我珍爱这里的自然原始风貌，但村民们也有生存发展的权利。凭什么他们就不能像大多数现代都市人一样，坐在窗明几净的办公

▼ 野外工作时经常在车顶上宿营

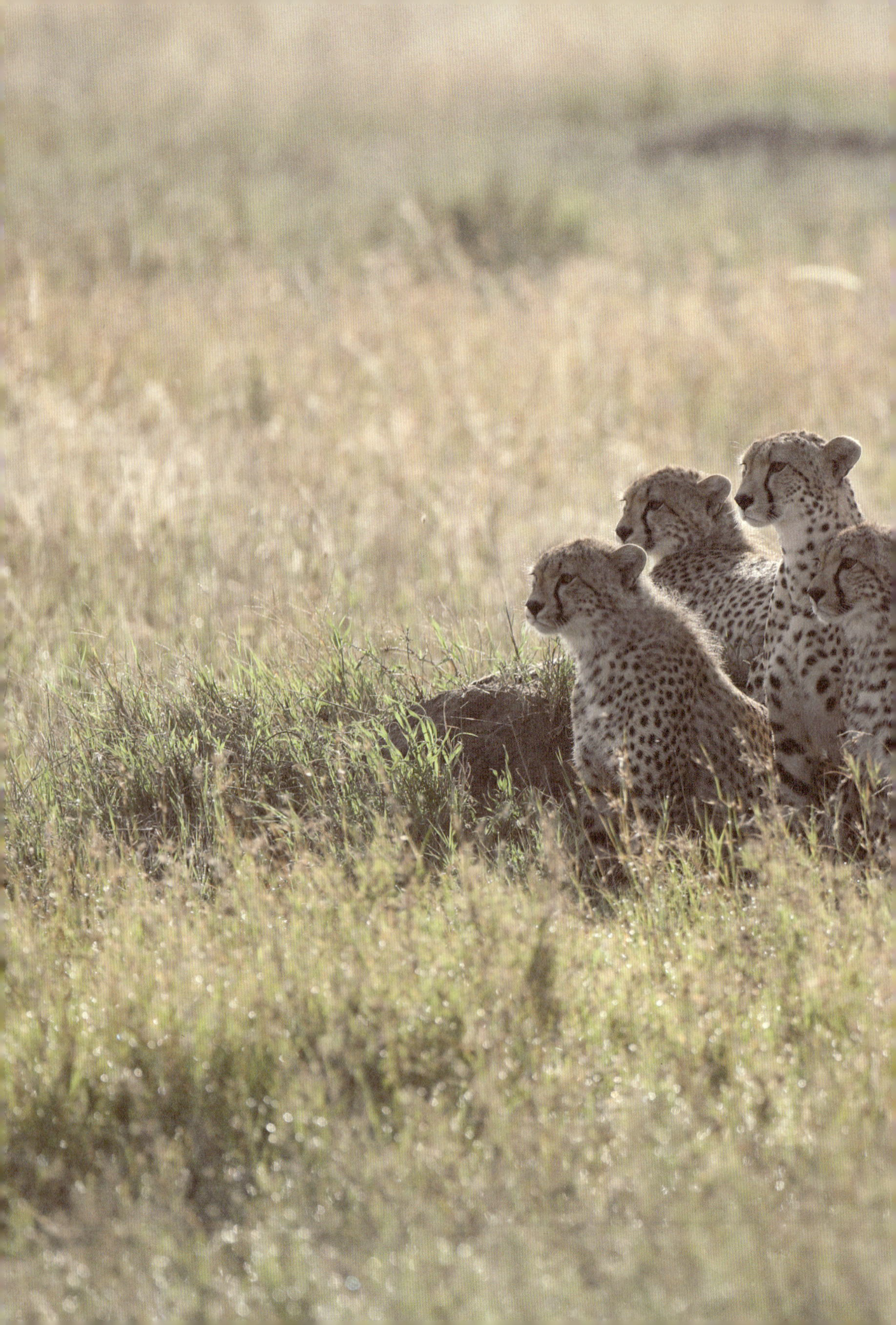

▲ 塞伦盖蒂的小猎豹的夭折了高达83%，但这只母猎豹超额完成了任务

室里、吹着空调、玩着手机、喝着纯净水呢?

　　我又回塞卢斯禁猎区，沿途的道路已拓宽变得平整了。重型卡车和推土机隆隆地经过，在为即将开展的工程做准备，到处都吵闹喧天，野生动物们所剩无几，他们逃到了鲁菲济河的上游。我在曼泽湖边转了又转，居然没有见到一只狮子、一头大象、一头水牛、一只角马。我不得不承认，印象中宁静纯美的塞卢斯，如同奔流的鲁菲济河水，一去不返了。

　　我遇到了一位熟悉的向导，他告诉我，丽萨在6月去世了，曼泽狮群现在又陷入了分裂状态。我遗憾没能见丽萨最后一面。丽萨活了20岁，在野生狮子里这个年龄是值得羡慕的，她的一生内忧外患，四处漂泊，堪称传奇。我隐约感到，丽萨就像塞卢斯禁猎区的一位守护神，她的离去意味着这片土地难以避免地变得混乱和破碎。

　　疯狂的盗猎使得塞卢斯大象已不足1万头，他们大多迁徙去了遥远的南部。大象缺失的恶果开始显现，塞卢斯北部的乔木变得更加茂密，开阔草地逐渐被灌木和荆棘侵蚀，如果大象们还在，他们就能够把这些清除掉，平整土地，让角马、斑马、羚羊找到足够的食物，但现在草食动物一只也没有了。

　　虽然同为世界自然遗产，塞卢斯的游客每年不到1万人次，塞伦盖蒂是

▼ 塞卢斯禁猎区内部分区域变成了工地

▲ 小希拉望着天边的乌云

每年45万人次，但前者面积是后者的4倍，旅游经济价值实在有限，难怪坦桑尼亚政府要在鲁菲济河开发水电站，他们不愿意这么大面积的土地被闲置。不过可以预见的是，这座水电站建成后，整个塞卢斯的生态和气候会遭到彻底破坏，盗猎活动会更加猖獗，大量的野生动物会被猎杀，就此消失，塞卢斯那美不胜收的红叶林恐怕也将成为历史。我痛心疾首，却无能为力，只能用文字和照片记录下这段历史。

我回到了塞伦盖蒂，照例每天拍摄。雄猎豹帕特里克见到我，变得惊恐不安。我还没接近他，他就扔下津津有味啃食的瞪羚逃之夭夭。晚上我收到丹尼斯的消息，他说一天前在罗利恩多（Loliondoo）控制区有一只雄猎豹被盗猎者打死，应该是帕特里克的兄弟，他们俩总是在一起活动。难怪我见到帕特里克时他就像一只惊弓之鸟。丹尼斯说，野生动物受到了人类的伤害，就很难恢复对人的信任。

我8月底见过一次小希拉，之后她就消失了。丹尼斯说她可能怀孕，正躲在某个安全的地方养胎。我跟踪着另一只名叫缇萨的雌猎豹，她生下了5

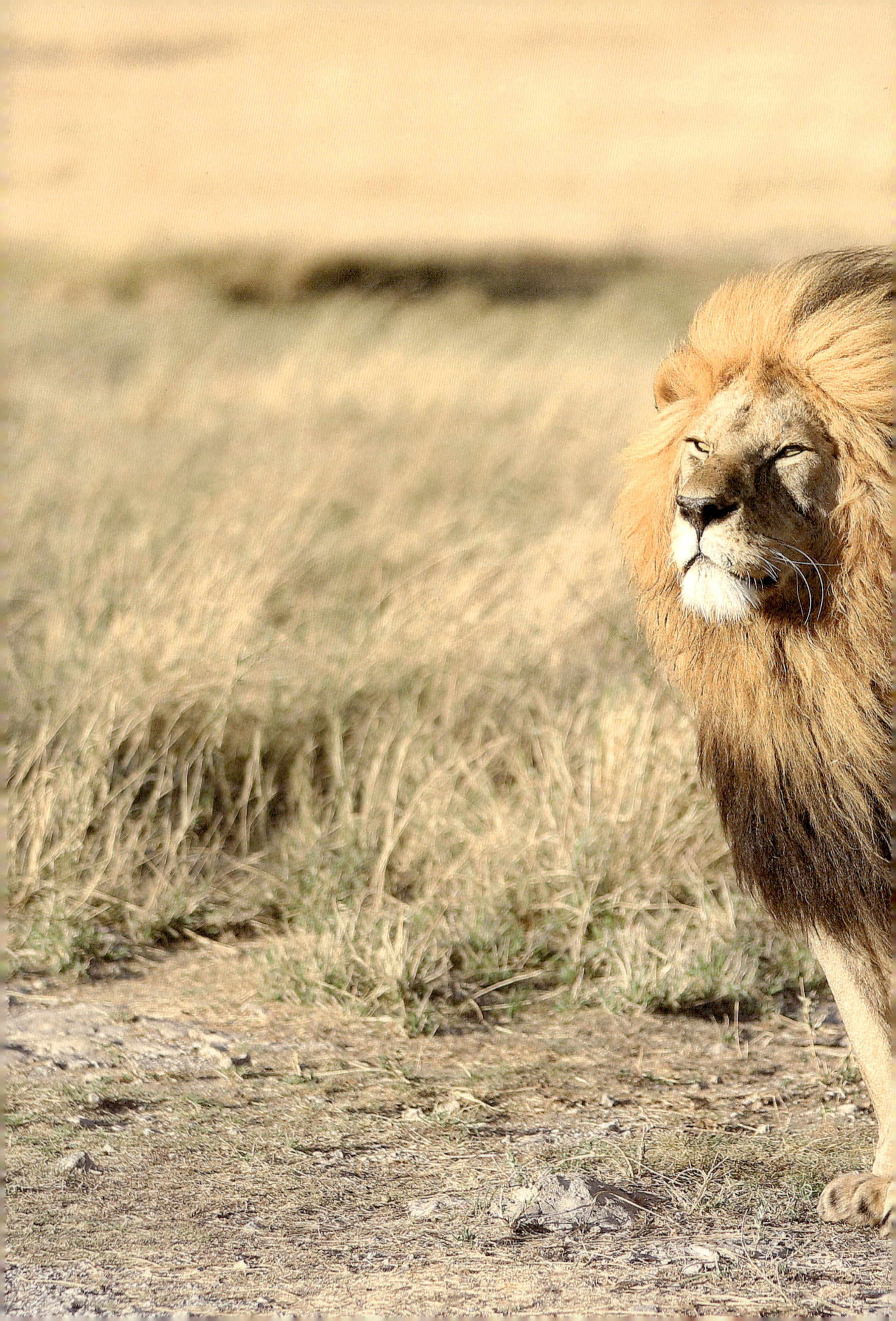

▼ 德华王者归来

▲ 小希拉又跳到了我的车上

只幼崽，我每天都在她们母子身边转悠，防范斑鬣狗的袭击。但一个月后，2只幼崽死去了，他还剩3个孩子。他们对我的车好奇，一旦我靠近，就跳到车轮胎上玩耍，等他们再长大一些，也会和小希拉一样跳上我的车。

　　接下来我居然见到了艾玛、瓜瓜和小狮子们。4月22日我在大雨中救下来的3只小狮子都活了下来，长得像小牛一样健壮。这就是说，去年出生的6只，最终成活下来4只，他们都超过1岁，不会有夭折的危险了。这是一个不错的成绩！这个狮群正在逐渐壮大。那么德华到底去了哪儿？小狮子们超过1岁以后，当家的雄狮经常不留在雌狮群里，他可能占据了别的领地，和新的雌狮们打得火热。

　　德华从来没有让我失望过。3天后，清晨的草原上笼罩着一层薄雾，一个黑色的身影在草丛中浮现。果然是他！只见他披散着鬃毛，咧着大嘴，生龙活虎地朝乌塔菲蒂沼泽地走来。他走过我的车门，抬头望了我一眼，眼神一亮，似乎认出了我。他继续朝前走去，我开车跟在他的身后。他的身材依然魁梧，鬃毛更浓更黑，脸上干净无痕。他走到沼泽地边俯身喝水，闻周边的气味。他的领地曾被别的狮群占据，留有别的雄狮的气味。德华大为光火，高声怒吼，惊起了沼泽地里的一群白鹭，远处的几只斑鬣狗慌里慌张地抬头观望。德华王者归来，我心里的一块石头终于落地。

在塞伦盖蒂工作了8年后，摄影从我的一项业余爱好变成了生活方式。我积累了上千个小时的视频素材，卖给国内的片商，换取基本的生活开支。大卫·阿腾伯勒说："野生动物摄影是世界上最为棘手的工作之一。你必须深思熟虑，知道自己究竟该藏身于何处。你必须知道，或者能够判断，依据自然的特性，好戏将在何处上演。"除此以外，野生动物摄影师不得不具备特别的忍耐力，在绝大部分时间里，野生动物的举止都是平淡无奇的，你能做的只有等待等待再等待。为一个镜头等上4~5小时，对这一行来说是家常便饭。

拍到一张满意的照片需要多方面条件的配合，首先天气不能太糟糕，光线不能太暗，前进的方向上没有激流或者沼泽地；其次动物不能被茂密的丛林或深草遮盖，我的位置要领先于猎手和猎物，而不能在狮子的屁股后面；

▼ 母猎豹露西的孩子，对我的镜头充满了好奇

▲ 坦桑尼亚政府决定在鲁菲济河上修建一座大型水电站

另外，周边没有不相干的车辆干扰，我经常得驱车上百千米，跑到塞伦盖蒂东部、南部等游客稀少的地方，拍上一整天。

拍摄的过程自然异常艰辛，一旦拍摄到如狮子捕猎这一自然界最激动人心的场景，所有的付出都是值得的。此外，和狮子、猎豹们朝夕共处，逐渐互相接受，引为好友，这种亲密和谐常使我感觉人间似乎不值得留恋。

我还记得第一次目睹角马大迁徙的情景，上万只角马嘶叫着从我触手可及的面前跑过，地面被踏出轰轰隆隆的响声，空气好像着了火一般沸腾，这轰轰烈烈的场面给人带来一种前所未有的力量感！那时的我，就如同找到了一颗传说中失落已久的宝石，发现一片人迹未至的原始森林，瞥见一颗美丽的彗星划过茫茫的夜空，感到此生足矣！我开始认同一本书上所说过的：曾经，这个星球上没有电脑、手机、汽车、飞机、体育场、购物中心，甚至没有人类，而她依旧精彩。

起初我痴迷于日出日落时的黄金光线，喜欢给

动物和风景套上一道漂亮的金边，时间长了，我发现这种照片只能引起感官的暂时愉悦，不能引发更多的联想，只能算一种"糖水片"。受到雌狮母子临终的眼神的刺激后，我的拍摄理念发生了转变。我不再去刻意创造光影效果，而更愿意深入动物们的心里，拍摄他们的家庭故事和情绪变化，从他们身上我受到了或大或小的触动，我似乎能够看到自己所缺失的生活内容。

  在胶片机时代，野生动物摄影只能是美好的想象，如今数码科技的进步，让每秒12张高速连续拍摄成为现实。当缇萨以110千米追赶羚羊时，我可以拍下她每一秒奔跑的姿态，同时4K摄影机也能捕捉到最细微的毛发抖动。在如此精密设备的辅助下，野生动物的爱恨情仇一一展现，更能打动人心。动物们在草原上履行各自的生存使命，也为我塑造了一种新的精神，一种新的归宿感，也是吸引我继续从事这一工作的理由。

▼ 天边的长颈鹿

3 最艰难的时光

▲ 旱季时的猴面包树残骸

　　在塞伦盖蒂东部荒原上，伫立着一块天然巨石，高耸入云，颇似人形。四周浩渺空阔，一望无际，巨石却拔地而起，仿佛是一颗巨大的彗星从天而降。巨石上方常有飞鸟盘旋，石根缝隙成为猎豹或狮子的休息所。我每次驱车经过，都能感受到它历经百万年风蚀雨剥的沧桑，在那时空交错的一瞬，全身的血液似乎凝固，逝去的岁月如海市蜃楼一般在眼前浮现。

　　2015年坦桑尼亚大选后，传言新政府对外籍雇员不再续聘，到了这年年底，我在国家公园的工作就要告一段落，我再一次面临走或留的抉择。那段时间我住在马拉河边，每天都有一场暴雨来袭，到了晚上帐篷里阴冷潮湿，我裹着一层薄薄的毯子，不住地打喷嚏。第二天我喉咙疼痛难忍，发烧至39度，大概是患了重感冒，我躺在床上一整天，一点儿力气都没有，只好叫一位司机把我送回阿鲁沙市内，在医院里打了一个星期的点滴。

　　回到阿鲁沙我才知道，关于我的谣言已满天飞了，周围的人看我的眼神都带着怪异。何以至此？我怎么一夜之间成了满口谎言、利欲熏心、阴险刻毒的小人？我想起不久前在恩戈罗恩戈罗保护区被当局羁押盘问很长时间，有人电话举报我没有合法证件，其实证件留在了塞伦盖蒂的办公室，没有带在身上。我大费周折才解释清楚，脱身回到驻地。

这究竟是怎么回事？我跑到国家公园总部找人了解，但找的人要么避而不见，要么顾左右而言他，所有的人好像都在刻意隐瞒一个事实，塞伦盖蒂已经不属于你了！我终于找到一个朋友，他说："你续约的事情，本来是没问题的，但有人在背地里说你的坏话，在现在换届的当口，高层的意思是息事宁人。"

远山的天空还残留一抹淡淡的晚霞，我一个人坐在杜鲁提（Duluti）湖边钓鱼，心绪纷乱。风萧木飒，落叶如雨。我望着镜子般的湖面，想起来一首诗："鱼那么信任水，水却煮了鱼；叶子那么信任风，风却吹落了叶。人心的冷暖，总是一直变幻。熟悉的陌生了，陌生的走远了……" 难道这一切跟我在阿鲁沙的助理有关？她为了替代我在国家公园的角色，故意搞坏我的名誉？我汗毛竖起，冷汗渗出，胃里一

▼ 旱季里死去的猴面包树

阵难受。回想这些年在塞伦盖蒂，我自然是乐在其中，草原、山峦、溪水、巨石，都成为我生活中的一部分，可别人怎么看？

我围着湖边，眉头紧锁，一圈又一圈地走，一如当初在使馆工作时。原以为天涯羁旅的生活让我脱胎换骨，却没想到又卷入这样的人事纠纷。在这个世界上，最危险的是人，而不是野生动物。我闭上眼，深呼一口气，喉头一丝哽咽。我抬头望去，星空似乎触手可及。稀疏的灌木尖上，银河如同一条灿烂的玉带，蜿蜒垂落在南面的密林深处。天边似乎飘来了轻柔的歌声，将我的身躯轻轻托起，在瑰丽的星海中漂游……

事已至此，我只能坦然面对，咬着牙收拾残局。我回塞伦盖蒂收拾行李，准备走人，另做打算。傍晚，太阳被乌云遮住，暮色笼罩着大地，我开车回小石屋去，经过高尔山区的人形巨石，石顶上似乎有东西在活动。我踩下刹车，只见一只年轻的雄狮正站在巨石上，四下张望。他为什么在这儿？他在等待狮群经过吗？还是在等待捕猎的机会？这是一只从狮群中分离出来的流浪汉吧？他的脸上有一些伤痕，身材瘦弱，鬃毛凌乱。他稳稳地站着，头部转动，巡视四周。他的眼光扫到了我的脸上，淡定自若，傲气逼人，我不觉肃然。

这时一轮明月升起来，照亮了无边的草原。清风袭来，虫鸣响彻夜空。狮子的影子投射到我的车前，好像沧波千顷中的一叶孤舟。我觉悟到，和这只每天面临着生死考验的狮子相比，我这点挫败算得了什么呢？实在是庸人自扰。世界上诸多痛苦，症结在于把自己当成了世界的中心。既然我跟大多数人选择的路不一样，那么我就需要承受更多苦痛。

我坐在车里过了一夜，直到东方发白。

我回到了国内，去了一趟黄州苏东坡纪念馆。苏东坡当年横遭"乌台诗案"后，被发配于此，他那份悲苦委屈我现在感同身受。读书时苏东坡令我拜服的是《留侯论》《念奴娇·大江东去》《赤壁赋》，现在令我反复吟咏的是《定风波》《八声甘州》，充满了对悲剧人生的豁达。苏东坡晚年在海南遇赦，乘海船回大陆，作诗"参横北斗欲三更，终风苦雨也解晴。云散月明谁点缀，天容海色本澄清"，就是对自己风雨忧患的一生的总结。苏东坡遇赦北还，朝野都认为他将出任宰相。与此同时，当年迫害苏东坡的章惇，被贬官至雷州。章惇派儿子面见苏东坡，乞求放他们父子一马。苏东坡就地回信，以示不计前嫌，还在信背面写下备用药品。这种不落井下石，以德

▲ 巨石顶上的狮子给予我积极的启示

▲ 黄昏中的食腐秃鹳

▲ 黄州苏东坡纪念馆

报怨的品德，让我叹为观止。我觉悟到：人生最大的修养是宽恕。不经历九死一生的磨难，也许苏东坡达不到这样的境界。宽恕既不是懦弱也不是忍让，而是察人之难，补人之短，扬人之长，谅人之过，善待他人，善待生活。在宽恕的背后，蕴含的是爱心和坚强，是挺直的脊梁和博大的胸怀。

可叹苏东坡这么有品格才情的人，后半辈子却毁谤随身，颠沛流离，穷困潦倒，几乎老死南荒。斯人如此，吾复何怨？

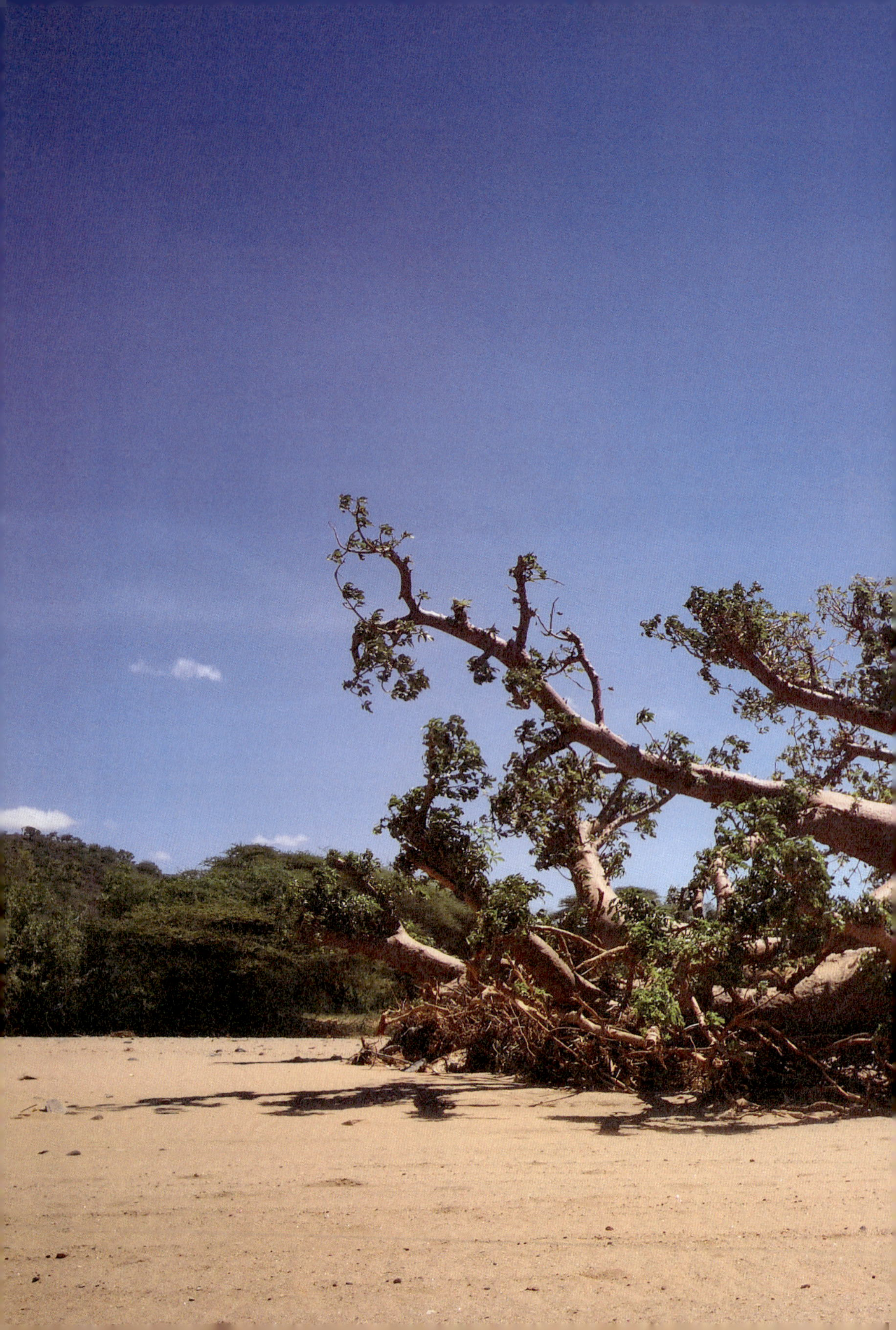

▲ 雨季来临，猴面包树残骸上居然长出了绿叶

苏东坡是幸运的，虽然遭到迫害，却并不消沉，他的志向从年轻时的向外在追求，转变为向内心的追求，"小舟从此逝，江海寄余生"，在苦难中实现了精神的升华，磨砺出圣人一般的心胸。我当然不敢与苏东坡相提并论，但他在黄州住了3年依然愁肠郁结（《寒食帖》中"自我来黄州，已过三寒食……"），我很庆幸，只花了半年多就平复得差不多了。罗曼·罗兰说："世界上只有一种真正的英雄主义，就是认清了生活的真相后还能爱着它。"与其悲愁，倒不如敞开怀抱领受世间为数不多却又领略不尽的美好吧。

这一天夜里窗外下着大雪，一声响亮的冬雷把我惊醒，霎时间有了大彻大悟的感觉，之前发生的种种苦痛都不再感到多么难过，海明威说："曾经的伤痕都会变成今天身体最坚硬的地方。"我不禁想到，在伊亚锡湖保护区，有一棵倒地的干枯猴面包树，根部已腐烂，树干也被人掏空。我去年经过时没有发现什么异样，还想着砍一些树枝拿回小石屋当柴烧。没想到，今年雨季来临时，那些干枯的枝条上，又长出了青青的叶子！

▼ 水牛群经过人形巨石

④ 狮子先生

▲ 小飞机飞跃马赛山

在塞伦盖蒂，大家都用莎鲁布（Sharubu）来称呼狮子，也来称呼我。我在塞伦盖蒂开车巡游时，经常听到电台里其他车上的司机在说："跟上那个人，别让他跑了。"我听见他们跟自己的客户解释，那是"Mr. Sharubu"，跟着他，就知道哪里有好看的狮子，也能近距离观看猎豹。以至于我的车后面经常跟着一串车队，让我哭笑不得。

2017年9月底，我在草原连续工作了3个月，越野车开始出现罢工的迹象，必须返回阿鲁沙的修理厂做一次保养。我驱车从塞伦盖蒂东门而出，穿过恩戈罗恩戈罗保护区，这条100多千米的乱石路可能是世界上最难走的路，倒不是多么险要，而是路况极差，大大小小的石头折磨着车轮和乘客。时值旱季，道路两旁如同戈壁一样炎热荒芜，每一辆车屁股后面都拖着长长的灰尘，如同卷起了沙尘暴。很难想象，路易斯·里基夫妇就在这里从事了70年考古发掘。恩戈罗恩戈罗保护区原属塞伦盖蒂国家公园的一部分，1959年为了安置搬迁而来的马赛人，把恩戈罗恩戈罗保护区划出，列为了自然保护区，允许一部分马赛人居住。

▲ 马赛人是杀狮子的行家

　　许多非洲作品和游记都对马赛人有详尽的描述，除了野生动物，他们是这片土地上唯一的居民。马赛人身材高大，目光敏锐，行动迅速，能够光着脚在凹凸不平的地面上奔跑如飞。更为神奇的是，无论何时，只要游客的车停下来，马赛人都能在一分钟内从四面八方奔来，出现在车窗外，伸手找车内的人要钱。他们对金钱的痴迷令人困惑，每家马赛人都饲养了几十上百头牛，其实是一笔不小的财富了。

　　我曾经去马赛人的聚集地恩派凯火山徒步拍摄。随行人员除了一名持枪的巡逻员，还有4名马赛武士作为挑夫。他们背着近20千克的行装和摄影器材，在崎岖的山路上行走如同闲庭信步。马赛人是猎杀狮子的专家，但对人和善。我一路上跟他们聊天，交谈中，我了解到他们并不喜欢杀戮，就连自己饲养的牛都很少宰杀，只在节日庆典时才吃点牛肉，平时只吃羊肉，牛是他们的神物。马赛社会实行一夫多妻制，男人的社会地位取决于孩子的数量。我告诉他们中国曾长时间实行"一夫一妻只生一个孩子"的制度，他们愣了半晌，其中一个说："嘿，真是岂有此理！

另一个说:"欢迎你来我们这儿娶妻。"

恩派凯火山纵深1000米,山路逼仄湿滑,我几次险些滑落山涧。我问这几个马赛挑夫,怎么不准备一些绳索,或登山手杖,万一失足摔落岂不是很危险?他们肩膀一耸,乐呵呵地说:"这太平常了,我们每天都要赶着牛羊走这样的路。Hakuna matata。"他们让我走到队伍的中间,可能觉得这样安全一点。其中一个抽出腰刀,砍了一截树枝给我当拐杖用。在东非,无论什么民族都喜欢说这句"Hakuna matata",一时广为流传,成了一种文化。"Hakuna matata"(意谓放轻松、没问题),你可以理解为乐观开朗,也意味着对凡事都不在意,不未雨绸缪,事到临头再想办法。

恩派凯火山的构造类似一个圆形汤盆,与世隔绝,四周是陡峭的悬崖,底部被茂密的森林覆盖,中心是一个巨大的咸水湖,湖中不少水鸟游弋,在旱季时成群的火烈鸟也从40千米外的纳特龙湖飞到这里觅食。火烈鸟多的时候,整个湖面被染成粉红色。2017年11月,有一位冒失的飞行员被火烈鸟吸引,竟驾驶飞机俯冲到火山口内拍照,却来不及拉升一头撞在悬崖上,机毁人亡。

恩派凯火山内只有狒狒、猴子、林羚等动物,没有大型猛兽,我们在湖边歇息,喝水吃午饭。我四仰八叉地躺在草地上,蓝天在白云缝隙中时隐时现,斑驳的光影投射在林间,云雾像瀑布一样沿山脊倾泻,几只茶色雕在翠绿的山麓间翱翔,一群黑白疣猴在树丛里觅食,传来几声悠长的鸣叫,这是一处可与香格里拉媲美的秘境。

▼ 恩派凯火山口

我问巡逻员，恩派凯火山一带的盗猎行为多吗？他说现在不多见了，恩戈罗恩戈罗保护区当局投入了许多人力参与动物保护，还购买了一架巡逻小飞机，从空中监视整个区域。

帕德里克是我熟悉的一名飞行员，来自南非，40岁出头，个头矮小。他受雇于国家公园，日常的工作是驾驶着二人坐的蛾式小飞机在草原巡逻，搜集动物信息，发现盗猎者。这种小飞机的起降条件和它的构造一样简单，只要有一段100米长的空地即可。有一次傍晚，他准备驾机外出巡逻，我正好要去马拉河一带，询问他能否捎我一程，他爽快地答应了。

小飞机擦着树梢摇摇晃晃地起飞了，视野逐渐变得开阔，金黄色的草地、岩石山、金合欢树、溪流在眼前铺展，上弦月早已挂在了湛蓝的天空中，景观变成了立体的，我的心好像也飞上了天际。我们飞过一群大象，有30多头，正疾步在草海中行走，大象背上的白色牛背鹭被飞机惊起，朝着夕阳方向飞去。另一侧的地平线上，几只长颈鹿在好奇地探视，高挑的身段几乎够着浮云。云霞受到风的邀约，翻过了远处的丘陵，像一大片吹散的芦苇。飞机上下盘旋，我感觉自己好像变成了一条鱼，在茫茫沧海中遨游。帕德里克抬手一指，对我说："看，石头上有狮子。"

果然，不远处的马赛山上，有好几只狮子在乘凉睡觉。帕德里克操纵小飞机围着马赛山绕了一个圈，让我看得清楚一些。一只正在酣睡的雄狮醒来了，他打了一个哈欠，抖抖鬃毛，抬头望着飞机经过。这是迪卢提！我兴奋地叫起来。我告诉帕德里克，我跟踪他快有4年了。

他问我："你学习什么专业的？"

"大学专业是英语。"

他比较吃惊："太不可思议了。你是来塞伦盖蒂之后对狮子着迷的吗？"

"不，我来非洲之前就对狮子着迷了。"

"你拍狮子的照片拿去卖吗？"

"是的，不过主要用于写书。"

"你的生活太让人羡慕了，等我退休的那一天，我就跟你一起拍狮子。"

"你的生活一样令我敬仰，飞行员是多么美妙的一个职业！你飞行多久了？"

"我干这一行20年了。"

"那真是相当有趣的生活经历。你在飞行中遇到过什么危险吗？"

"危险？经常遇到，不过小飞机的速度不快，高度不高，载油量也不多，出不了什么大事。一旦有危险，我可以立马降落，那种喷气式大飞机可不行。"

从那以后，帕德里克经常把看到的狮群告诉我，好让我掌握狮子们的动向。在越野车上找狮子并不容易，一旦狮群躲在灌木丛里，或者趴在离道路较远的地方，我就找不到他们了。塞伦盖蒂狮子研究中心会在偏远的地区安装一些触发摄影机，但中心负责人克拉格·帕克不愿意给我分享这些照片。

▲ 国家公园里巡逻小飞机

  我搭乘帕德里克的小飞机去鲁阿哈国家公园，那天暴雨将至，风速极快，帕德里克连续降落三次都没成功。我紧张地问他，能不能换一个机场？他说飞机的燃油不够，鲁阿哈国家公园中部只有这一个机场。我吓了一跳，又问他，万一迫降不成可怎么办？他没有回答我，手紧握着操纵杆，脸像铁一样僵硬。我冷汗直冒，万分惊恐。飞机像过山车一样忽上忽下，我只觉得天旋地转，干脆闭上了眼睛。过了好久，只听"砰"的一声，第四次降落终于成功了！谢天谢地。飞机在跑道上冲出去很远才停下来，地勤人员拿着灭火器围了上来。我手脚冰凉地走下舷梯，觉得反胃想吐。帕德里克检查完飞机状况，一个人扶着机场旁的一棵树抽烟，谁也不理。

  帕德里克有时跟着我的车外出拍摄狮子。他的地面巡逻经验少得可怜，只要看见了大型动物就叫我停车，拿着卡片相机拍个不停。中午，我们坐在巨石肩上休息闲聊，望着白云聚散，悼念着我们共同的朋友基玛罗，一个星期前他突患脑溢血去世了，年仅43岁。帕德里克的午餐只有两片白面包和一壶咖啡，我把盒饭拿出来跟他分享，有朋友捎给我的香肠或鸭脖。

  他突然像记者一样问我："莎鲁布先生，你为什么喜欢狮子？"

  我说："从小吧。我也说不清，可能因为狮子很霸气，这是我缺少的东西，我希望狮子的霸气能感染我。"

  "那么你现在从狮子身上找到霸气了吗？"

"恰好相反，我了解狮子越多，越觉得自己弱小。"

"为什么会这样？"

我想了想说："狮子比我想象中更加强大，我自愧不如。"

他笑起来，可能没有明白我的意思。

夜晚，小石屋外又响起了狮吼，我正在电脑上看《少年派的奇幻漂流》，突然心有所悟。我推开房门，凉风如水，夜色迷茫，狮子不知身在何方。又是数记狮吼声，从小石屋的另一端飘来，我连忙拿出强光手电探视，只见远处的深草中有几个狮子背影在移动，我的心跳开始加速。

我意识到，狮子似乎是我的另一面，是藏在心底的兽性，狂傲不驯，如影随形，近在咫尺，又远在天边。平日里，兽性是卑怯的、模糊的、伪装的，只有在孤身一人万籁俱寂之时，我才能明晰地触摸到这股力量。这是一股征服的欲望，就像我看到狮群撕咬水牛或斑马时，并无怜悯之心，反而感到冲动和快意，这种心态大概源自我心底的自卑。但实际上，狮子并不如想象中那么所向披靡，他们受到的制约和挫败远比人类要多，他们的气魄却远大于人类。面对坎坷的狮生，他们不会彷徨，不会萎靡，更不会放弃，没有机会就耐心等待，积蓄力量，机会出现就全力以赴，始终抱有乐观的心态。

我在草原上驱车寻找动物，只要有一天没有见到狮子，就觉得有一件事没做，找狮子成为每天的必做之事，或者说是一种习惯。狮子之于人类，往往比人更贴心，可能因为我对狮子期待甚少，稍有回应，就感动莫名，而这种回应源自我内心的一种想象，一种期待被理解、被关怀、同心同情的想象。人和人之间的相处常有期待，当期待与现实之间有差距时，心态难免失衡。

我喜欢拍摄威风凛凛的雄狮，欣赏雄狮魁梧的身材和蓬大的鬃毛，此外雄狮具有一种独特的孤寂感，这种孤寂感不同于花豹的孤僻，也不同于老虎的冷傲，而是一种不怒而威、卓尔不群、从容淡定的王之境界，散发着深思高举的气度，如皎皎月明、鸿雁高翔，给我一股冲然而澹、翛然而远的感觉，让我沉迷其中无法自拔。

5 烟雨平生

> 日暮时分，3只长颈鹿冒着大雨，缓缓从小石屋门口走过。我突发奇想，长颈鹿长这么高，按理很容易被雷电劈到，但我从来没有见过被劈死的长颈鹿，这是何故？莫非在他们的身体内，天然有一根避雷针？

刚到塞伦盖蒂的那段时间，成天暴雨，没法外出工作，我用读书来打发时间。我从国内带了一些书，来坦桑尼亚旅游的朋友也送我不少，我又找回了读书的乐趣。我最先通读了海明威的小说，尤其是他的非洲题材作品。

海明威曾经两次来非洲打猎，以此为背景创作了6篇作品，但我觉得一些作品并不如人们评说的那么优秀。我读《非洲的青山》，感觉情节循环冗长，看得我昏昏入睡，只有对马尼亚拉湖的描写让我留下了印象；《乞力马扎罗山的雪》大部分内容和非洲没有联系；《曙光示真》则充斥着无聊对话，一直到第八章才有一点波澜。

在海明威的狩猎文字中，似乎有一种矛盾心理在不断交织，具体而言，就是对野生动物的征服感和猎杀无辜生命的愧疚感。在《非洲的青山》里，海明威絮絮叨叨地描述猎杀大捻、水牛、狮子的每一个细节，看得出他对猎杀野生动物异常热衷和兴奋，我不能奢求海明威在20世纪30年

▲ 宋词中包含的美学特质和狮子有相同之处

代就具有野生动物保护的理念，但至少应该对生命抱有一点尊重，但在文字中并没有展现出来。令人匪夷所思的是，他猎杀斑鬣狗的理由，只是觉得斑鬣狗痛苦地撕咬自己肠子的样子很滑稽。

海明威晚年曾在杂志上承认，为了取乐而猎杀动物是一种犯罪。但在他的非洲行程中，这种意识大概还潜伏在他的心底。在《曙光示真》里，海明威带着太太射杀了一只害人狮子，彻夜失眠，之后有一长段心理描写，表面上和猎狮毫不相干，但那种忐忑惶恐，我觉得正是愧疚感的流露。

《威廉姆斯·麦康伯短暂的幸福生活》应该是海明威最好的一篇小说，且不说情节跌宕起伏，人物性格鲜明，复杂的情节在3个人简短的对话中呈现，值得注意的是海明威对狮子中枪之后的描写："它的爪子伸进了松软的干土中。它全身充满的疼痛、难受、仇恨和它仅剩的力气，都凝聚成一股准备突然袭击的冲劲。它听得见人类说话的声音，它在等待，集中精力做好反扑的准备。只要人类一踏进草丛，它就进攻。它一听到他们的声音，尾巴立刻变得僵硬并上下摆动。当他们到达草丛边缘的时候，它发出一声咳嗽似的咕哝，接着猛扑上去。"这段文字相比之前的作品截然不同，狮子成了海明威着力刻画的对象。这是一种托寓的手法，艺术形象中包蕴鲜明的主体意识，是海明威作品的一个特点，狮子不仅是小说情节中的客观存在，也成了自己心灵的对应物。

这种手法在《一个非洲的故事》中展现得更加全面深刻，8岁的男孩戴维（David），跟着父亲和向导到非洲丛林寻猎一头老公象，企图获取他那对拖到地面的长牙，据说重达200千克。一开始戴维觉得猎象是一件壮举，得手之后就成为他人眼中的英雄。但当他见到这头传说中的老公象从身边从容而威严地走过，并没有伤害自己的意思，不禁为老公象的气概所倾倒，为他有情有义的举动所感动，进而心生怜悯，他开始厌恶父亲和向导做的这件勾当。小说的最后，戴维倒向了老公象一边，他觉得人类为了私欲而杀死富有活力的动物是罪恶的。

海明威无疑是一个野心勃勃的人类中心主义者，具有征服一切事物的强烈欲望，他对大自然没有太多敬畏之心。虽然他的文字流露出对非洲的依恋，但这种依恋是建立在一种白人殖民主义心态之上的，非洲可以供他消遣打猎，这里的土著人围着他服务，野生动物存在的意义在于被人射杀，让他和野生动物交朋友是勉为其难的。不少情节充满了自吹自擂，也许海明威只是为了在圈子里显摆，就像许多游客来塞伦盖蒂并不是真的喜爱野生动物，只是为了凑个热闹，在朋友圈里炫耀一下。但《一个非洲的故事》让我谅解了他，他意识到工业化造成人们心灵的腐化，自私

▼ 如今长牙象几乎绝迹了

阴暗充斥职场，非洲的野生动物身上还保存着可贵的精神要素，因此他第二次来非洲时花了更多时间坐在野外沉思，而不是打猎。

对我影响最大的书是罗曼·罗兰的《约翰·克利斯朵夫》（傅雷先生翻译），这套书从我在使馆工作时就带在身边。克利斯朵夫拥有卓越的音乐才能，却终身不得志，沉沦下僚，贫困狼狈。他忠于自己的艺术信念和见解，从不随波逐流。他爱憎分明，感情直接而热烈，虽倍受打击，却从不气馁。我在坦桑尼亚工作这些年，每当面临重压，难以为继时，就会翻出这套书重

▼ 母猎豹展示婀娜的身姿

读。克利斯朵夫似乎就是我的行动楷模,我在他的身上找寻处事方针和精神支柱。

当克利斯朵夫向心中的女神葛拉齐亚求婚被拒绝时,急得眼泪流下来,我也跟着流泪,我为他感到惋惜和哀伤。葛拉齐亚要求造访克利斯朵夫的蜗居,得到克利斯朵夫的允许,葛拉齐亚见到了这样的凄凉景象:"过道又窄又黑,环堵萧然,到处是寒酸相。她很同情这位老朋友一辈子做了多少工作,受了多少痛苦,也有了点名气,而物质生活还是这么清苦!房间里四壁

▼ 草原上的小精灵——蝠耳狐

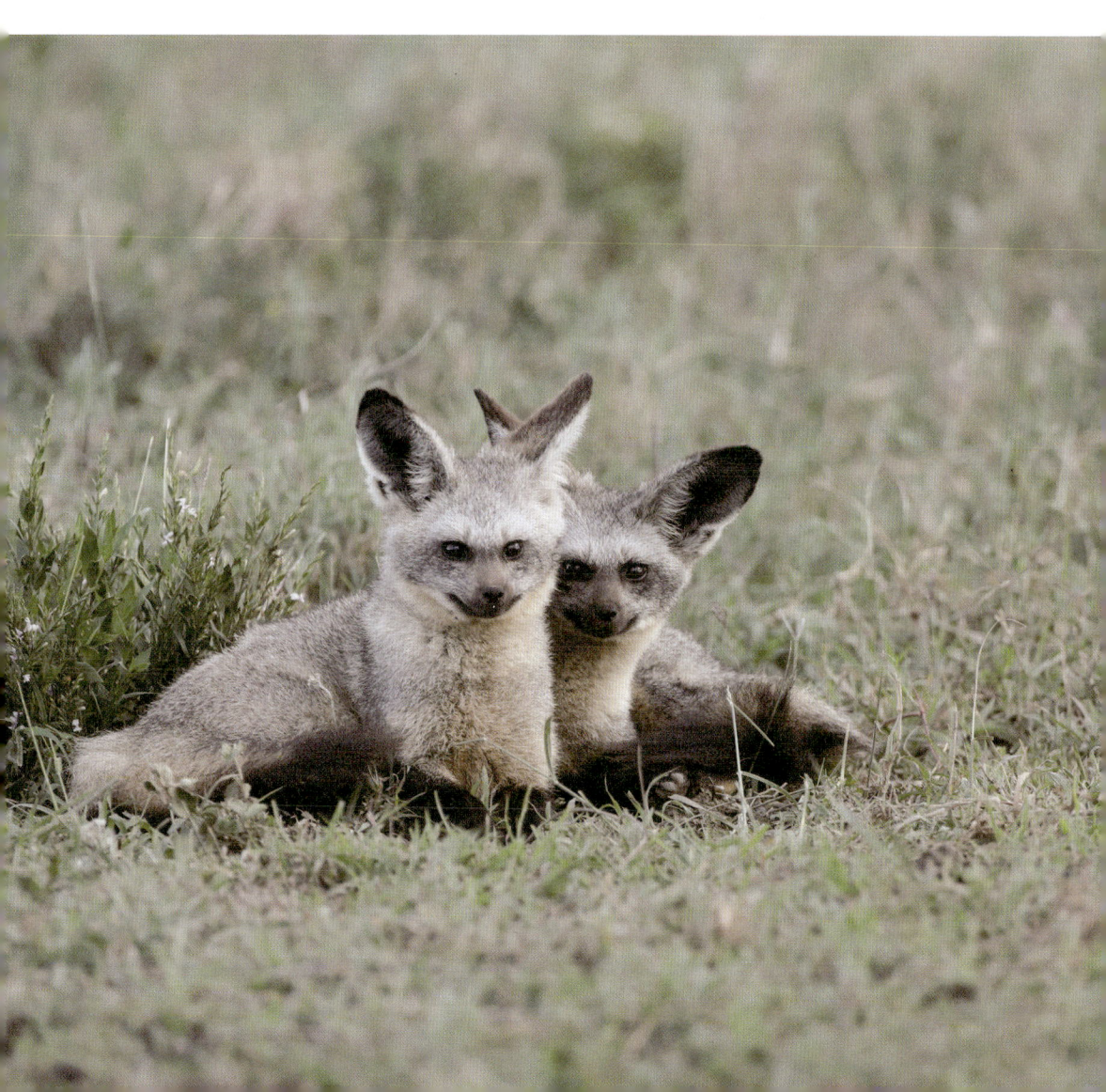

空空，没有一块地毯，没有一幅图画，没有一件艺术品，没有一张沙发；除了一张桌子，三张硬椅，一架钢琴而外，再没有别的家具。"（《约翰·克利斯朵夫》罗曼·罗兰著，傅雷译，安徽文艺出版社，295—296页）我掩卷长叹，哽咽难过许久。在那个尔虞我诈、自私自利的社会，如果你不愿意同流合污，就必然被排斥、被冷落。如果你还要坚持真挚善良，就一定会被伤害，挣扎在社会的底层。葛拉齐亚拒绝了克利斯朵夫，但她在余生的日子里，尽量照顾着这位老朋友，抚慰着他饱受风雨的心灵。克利斯朵夫没有因为被拒绝而纠缠或说过一句抱怨的话，既绅士又达人知命。他静静地守护在女神的身旁，用音乐与她心灵对话，为她分担生活的重担。他们心心相印，患难与共，达到互为知己的最完美的境界。

有一次正午时分，阳光肆虐，小希拉蹲在我的车前，睁着圆溜溜的大眼睛看着我，两道泪线更加显眼。我心里一动，拧开纯净水瓶子，把水洒在她面前的草地上，她低头舔着草上的水滴，脖子上的细毛被风吹得竖起。我知道，这样做有违自然法则，但我不想让小希拉失望，我怕她对我变得不理不睬。造物主把她设计为一只猎豹，但我完全能读懂她的一切表情和举动。

可以说，《约翰·克利斯朵夫》为我开启了一扇窗，让我领略到另一种生活态度，即不管外界风云如何变幻，环境如何恶劣，也要遵从内心最真实的呼唤，勇敢去面对一切苦痛。爱一个人就真诚热烈地去爱，做一件事就全身心地投入，即使没有什么回报，没有什么地位，没有多少金钱，又有什么关系呢？只要找到吾心安处。多年以后，如果对我盖棺定论："青山真像克利斯朵夫。"就是对我最高的评价。

2018年春节，我一个人在塞伦盖蒂没有什么事情可做，就把自己关在房间读《全宋词》，又读名家解读，特别是叶嘉莹的书。我觉得，在各种文艺表达形式中，词最能体现非洲的魅力。叶先生在张惠言、王国维等人对词的美感特质的研究基础上，提出了优秀的词作具有"弱德之美"这一概念，即"弱德不是弱者，弱者只趴在那里挨打。弱德就是你承受，你坚持，你还要有你自己的一种操守，你要完成你自己，这种品格才是弱德"。这种美就是弱德之美。我便从各种词人想到了克利斯朵夫，又联想到草原的动物们，弱德之美可以说也存在于动物身上。我意识到，角马、狮子、猎豹等动物在生存的重压下，同样在默默地承受，在艰难困苦之中，不放弃，不妥协，表现出一种倔强的美。

就角马迁徙来说吧，角马是草原上绝对的弱势群体，但他们意志坚强而执着。角马们横渡格卢米提河和马拉河时，明知前方危机四伏，依然义无反顾、前赴后继地跃入水中。尤其在入水的一刹那，每一只角马在漫天的尘土中腾空数尺，在空中划出一道弧线，接着水花飞溅，带来视觉上的强烈冲击，迸发出一股悲壮的抗争之美。

猎豹的弱德之美则更加动人心魄。《猎豹的眼泪》（史蒂芬·奥布莱恩著）一书，详细解释了猎豹的生存困境。母猎豹为了全家的温饱辛勤备至、忍辱负重，那两条泪痕就好像一曲悲歌的注脚。每当母猎豹蹲在尖锥形的土堆上,翘首期盼,身体扭曲成夸张的S形,配合那独特的优雅气质,真给人莫大的美感。这样做并不是为了吸引异性的目光,她是为了尽快发现猎物,同时观察四周是否有天敌,这就是在压力下呈现出的弱德之美。

狮子是草原上最强大的动物,生存却殊为不易,75%的小狮子活不过1岁,小雄狮不到两岁就开始流浪。这些浪迹天涯的年轻的雄狮,每天都要面对生与死的考验,不可能坐享其成,每一点儿利益都得拿命来搏。残酷的流浪岁月淘汰了大部分年轻雄狮,幸运存活下来的不仅需要足够强悍,还必须具备顽强意志力和开朗的心态,才能在强手如林的草原上打拼出一片自己的领地。每当我看到一只雄狮独立在荒原之中的巨石上,那坚毅的眼神傲视四野,我就能明白他所经历的患难。

我并不是机械地在宋词中寻找对应物,事实上也不可能,真有"双燕归来细雨中",即使我能够拍下这样的场景,也表现不出那种境界。词里的山

▼ 德华家的幼狮们

水鸟兽，更多的是一种心境，词的婉转幽深、余味绵长，实则与塞伦盖蒂异曲同工。文史哲禅宗美学或可相通，非洲与宋词的关系大抵如此，可直达终极，物我两忘，如大自然里的花开水流、鸟飞叶落一般无意中捧起，抬头可见，留神入心。

我经常把车开到草原深处，隔绝了所有游客，手机信号降到零，我拿着一本书阅读，饿了吃点零食，困了就把书盖在脸上睡觉。斜风细雨，白云悠然，鸟鸣豹啸，暖风熏脾，似乎让我触摸到草原的脉动，身心在天地赐予的一种无言大美中融化，犹如一杯醇酒浸入五脏六腑，每一个细胞都被熨烫得恰到好处。虫鱼鸟兽，林峦叠嶂，均可与之对话，大草原并不是狂野的，她富于深情，含蓄灵动。夜里我躺在马拉河边的帐篷内，听着河水潺潺，叶落花开，远处传来斑马的悲鸣，我无法入眠，月光透过纱窗，好像水银一样流淌……

2018年是我在坦桑尼亚的第十三个年头，有人问我，你从体制内跑出来，和野生动物待了这么久，有没有后悔？最大的收获是什么？我

▼ 母猎豹具备"弱德之美"

▲ 姆万扎市标志性的巨石

▲ 暮色中的维多利亚湖

从来没觉得后悔，收获每天都有，很难说什么收获最大。有一天傍晚，我在杜鲁提湖畔的湿滑小径上独自踱步，哼唱着喜欢的歌曲，悠然自得。眼前鹦鸦鼓噪，木叶飘零，月光微茫，我不禁悲怅，故园黄昏，天涯倦客，谁人我知？我意识到这就是我的收获，我不再感官麻痹，行同木偶，噤若寒蝉，惶惶不可终日了。我想起《红楼梦》第35回，两个婆子背后议论贾宝玉："怪道有人说他家宝玉是外像好里头糊涂，中看不中吃的，果然有些呆气。他自己烫了手，倒问人疼不疼，这可不是个呆子？""我前一回来，听见他家里许多人抱怨，千真万真的有些呆气。大雨淋的水鸡似的，他反告诉别人'下雨了，快避雨去罢'。你说可笑不可笑？时常没人在跟前，就自哭自笑的；看见燕子，就和燕子说话；河里看见了鱼，就和鱼说话；见了星星月亮，不是长吁短叹，就是咕咕哝哝的。"不禁感叹曹雪芹的爱真像海洋一样宽广，真是悲天悯人，大爱无疆！曹雪芹让贾宝玉可以有和万物交流的习惯，把这种童真的爱扩展到了其他生灵，甚至扩展到了星星月亮。杜甫曾经用自己优美的诗歌表达了对宇宙生命的热爱，这种精神被哲学家概括成民胞物与。一个人把全身心融入宇宙之后对万事万物的一种体贴，一种热爱，甚至愿意和万物做朋友的精神，这就是一种大爱精神。辛弃疾说"一松一竹真朋友，山鸟山花好弟兄"，对待外界事物，不仅格物，而且能感物。同样，草原上的一草一木、一兽一鸟，他们的悲欢离合让我越来越容易情绪激动。

中秋节快到了，我结束了4个多月的拍摄，从塞伦盖蒂开车去维多利亚湖边的姆万扎，盼望着吃到一顿久违的中餐。我驾驶着越野车在宽阔平整的柏油路上飞驰，十年前我第一次进塞伦盖蒂时就是走的这条路。没过多久，烟波浩渺的维多利亚湖跃入眼帘，天容湖色，风细柳长，物是人非，恍如隔世，当年带队的司机已因病去世，彼时的玩伴也各奔东西，只有我还在，我感慨万千，想起了朱熹《水调歌头·隐括杜牧之齐山诗》：

江水浸云影，鸿雁欲南飞。携壶结客何处？空翠渺烟霏。
尘世难逢一笑，况有紫萸黄菊，堪插满头归。风景今朝是，身世昔人非。
酬佳节，须酩酊，莫相违。人生如寄，何事辛苦怨斜晖？
无尽今来古往，多少春花秋月，那更有危机。与问牛山客，何必独沾衣。

不知不觉，我的车进入了市区，驶向沿湖大道，我又见到了湖中间那标志性的巨石。暮色苍苍，半月初升，飞鸟归巢，熟悉的晚风迎面而来。

后 记
Epilogue

之前说过，此生最大的幸福，乃是在塞伦盖蒂陪伴猎豹度过一个安静的下午。除此，便是在此年龄，还能日复一日背着书包去图书馆上自习。

周围的人似乎都在为赚钱忙碌打拼，打开朋友圈，坐在咖啡吧，和友人聚餐，看到的，听到的，大都在谈如果做市场，如何拿项目，如何炒股票，如何买房产等。

《走出非洲》里说，城市里的人生活在一个单维度的世界里，一眼都能望到尽头，完全是一种苦难，一种被奴役的状态，可怜可叹。草原上的人，生活在一个二维世界里，行为、思维都可以不受拘束地延伸。如果乘坐蛾式小飞机，则可以享受三维世界。（参见凯伦·布里克森《走出非洲》，王旭译，天津人民出版社，212页～213页）很庆幸我可以像《走出非洲》作者一样过类似的生活，不必太为金钱操劳。

这本书算是我过去13年在坦桑尼亚生活的流水账，没什么文采，也没有什么思想，我写它主要是为我熟悉的狮子、猎豹等动物立传。我不这样做，迟早有一天也会有人做。我希望这些文字和图片，能让更多的人知道，在遥远的非洲，有一块土地，还保留着地球原有的模样，土地上生活的动物们，还坚守着纯真的品质。它们的顽强率直，深深地影响着我的人生观。我在它们所演绎的生命悲歌中感慨伤怀，不能自已。

我在非洲待着，并不完全隔离人世间的是非恩怨，2016年的磨难，令我心伤落魄。那时候摆在眼前的有两条路：要么回国，前功尽弃，要么忍受屈辱，咬牙坚持。司马迁《报任安书》里说："……《诗》三百篇，大底圣贤发愤之所为作也。"小子何敢称焉？然若论情节的真诚坦率，庶几无愧。

我在草原上跟踪拍摄狮群和猎豹已有十年，每天早出晚归，暴晒扬尘，奔波劳累，辛苦自不待言，但仍旧乐在其中。我完全融入狮群和猎豹的日常行为之中，它们的悲欢离合。尤其每当见到新生命时，我就会受到莫大的鼓舞，好像自家添丁加口，感觉之前所有的等待和煎熬都是值得的。这就是大自然的生生不息。

行文至此，我的眼前又浮现出狮子的模样，耳边又回荡着草原的风声，犹如潮水的起落，如梦中的风铃，如竹林中的飞雪，那是一种寂寞的叹息，令我心旷神怡，不知不觉中，我已爱上了这种寂寞。